警报
在最后一刻
解除

一位法治记者的案情笔记

台建林◎著

群众出版社
·北京·

图书在版编目（CIP）数据

警报在最后一刻解除：一位法治记者的案情笔记/台建林著.—北京：群众出版社，2021.5
ISBN 978-7-5014-6098-4

Ⅰ.①警… Ⅱ.①台… Ⅲ.①纪实文学—中国—当代 Ⅳ.①I25

中国版本图书馆CIP数据核字（2021）第120552号

警报在最后一刻解除
一位法治记者的案情笔记

台建林 著

出版发行：	群众出版社
地　　址：	北京市丰台区方庄芳星园三区15号楼
邮政编码：	100078
经　　销：	新华书店
印　　刷：	天津嘉恒印务有限公司
版　　次：	2021年7月第1版
印　　次：	2021年7月第1次
印　　张：	10
开　　本：	880毫米×1230毫米　1/32
字　　数：	260千字
书　　号：	ISBN 978-7-5014-6098-4
定　　价：	39.80元
网　　址：	www.qzcbs.com
电子邮箱：	843195700@qq.com

营销中心电话：010-83903991
读者服务部电话（门市）：010-83903257
警官读者俱乐部电话（网购、邮购）：010-83901775
综合分社电话：010-83901705

本社图书出现印装质量问题，由本社负责退换
版权所有　侵权必究

序
每一张脸都是一堵墙

"枪声并不清脆。'噗!'沉闷,轻微。"

"这一颗枪子儿从脑后打入,掀开天灵盖,溅起个粉红雾团来。"

这是1990年代处决罪犯的场景。那时的我虽然没有跟随人群前去围观过行刑的场面,但作者在书中这些白描式的简洁词句还是直击人心。这是一种非常文学的方式。

当然,随着法治的进步,这种公审公判、公开处决的方式已经彻底告别了中国法治的舞台。但作为一种时代图景,它还是深刻地留在人们的记忆里。更重要的是,沉闷的枪声响起来之前,粉红雾团溅起来之后,缠绕一个罪犯的故事是什么。

一个罪犯的故事,在某种程度上,可以视为时代的某个侧面的呈现。台建林先生的作品《警报在最后一刻解除——一位法治记者的案情笔记》就记录了这样一种时代背阴处的面貌——1990年代的关中犯罪生活史。

1990年代中后期,台建林先生是《渭南法制报》记者,也是公安机关的好朋友。每逢有案,他必被召去听案;归来即摊开稿纸彻夜写作。几年下来,竟也留下了系列内容丰厚、人物饱满的犯罪故事。

当年法治记者的身份给了台建林先生得天独厚的条件,他能亲临各种现场,抓捕、审判、处决,乃至罪犯所在牢狱和家庭。总之,他能全视角地去接触一个犯罪嫌疑人或罪犯。在采访的过程中,总会有喊上他一块去现场的办案人员所不能觉察的细节。这或许就是故事的微光,召唤和触动着当年那位敏感而又善于深思的青年人,去追寻真实的故事。一个人如何成为罪犯,对作者来说,成为一种致命的吸引。于是,就有了这样一本书。

以罪犯故事为核心、以侦破为线索,台建林先生的作品展示了一幅1990年代处在封闭与开放、前现代和现代交错纠缠的关中人的欲望生活画面。当然,以罪犯的视角和故事为主,而不是以案件侦破的视角为主,也决定了这本书少了一些正义凛然的善恶之判,多了一些人性复杂的考量余地。这也是这本书的特色和厚重之处。作者娴熟地运用富有地域特色的语言,叙事节奏把握恰到好处抑或戛然而止的韵味,让这部作品增添了文学品位。

警报在最后一刻解除之前,在关中大地,在八百里秦川,那些杀人、诈骗、贩毒、偷盗的人正在夺路而逃。除了脚下真实的路,在他们眼里,每一张脸都是一堵墙,没有人可以相信。他们从村庄、从城市，从自己熟悉的故土逃离，在陌生的世界里，安顿那一颗惶惶不安的心，等待那或早或晚到来的追捕。

当这些逃亡者筋疲力尽之时，望见人间的炊烟升起，那些日常的、人性的温暖就会重新回到他们心里，犯罪之时的仇恨消失，随之而来的是悔恨。然而，恐惧和侥幸还是人性中挥之不去的情感，继续逃亡下去的冲动永远存在，直到被抓住，心里恐惧的石头也就落地了。

几乎所有罪犯逃亡的故事都有这样一个结局，然而，胜利者带回来的远不只是胜利这么简单。因为罪已经留在了人间，伤痕是无法完全愈合的。那些犯罪故事里面的人，都在承担着罪与罚。追捕，更像是一场正义的打捞，用以弥补社会的伤痕。

所有的审判，最后迎来的还是一场人性之光。虽然是罪犯，可他们还有一颗心。没有天然的邪恶之人，也没有天生的罪犯，即便我们在一个罪犯身上看不到光，我们也能看到他身后的封闭和贫穷。

正因如此，罪的本身更值得关注。《警报在最后一刻解除——一位法治记者的案情笔记》的可贵之处，正在于对罪本身的追溯和分析。

每个犯罪之人，在以戴罪之身从普通人中区别出来之时，总是这个人群中普通的一个。他和他们一样，生活在同一片土地和同一种人际关系中。本书最大的特点就是，复原了一个罪犯的生活史。作者以反思的视角来审视罪犯的生活处境和他们的内心，而方言的运用更增加了故事的质感。《一口面条》短短千余字，却力道十足。孙子高满法为了在晚上吃上一口面条，与归来休息的爷爷产生了点灯、熄灯之间的斗气。最后，爷爷被杀，高满法也被法判。他们死于那个人性逼仄的窑洞空间中的一场美食诱惑，其实是死于贫穷，死于愚昧。

这样的故事，虽有不可思议之处，但总体来说还是可以看到，在那个时代中，贫穷、愚昧与罪恶的紧密联系。当然，有的故事也让我们看到，人性之恶并非有贫富之别。但总的来说，可以某种程度照见那个时代人们的法治水准以及道德观念所影响的生活。而有些故事已经与小说无异，但正因为不是虚构的而是真实事件，反而有超越虚构的震撼力。

《警报在最后一刻解除——一位法治记者的案情笔记》让我们再次触摸到一种关于我们自身存在的真实。这些真实存在于1990年代的那个陈旧的渭南，它们已经如同《渭南法制报》一样成为一张泛黄的新闻纸，可这些故事是鲜活的，是有生命的，并被一位法治新闻记者用独特的文笔定格下来，留给今天的人们去阅读和体味。这是一群故事的好命运。

台建林先生的写作集中在1995年左右。那个时候，电脑还没普及，他每次听案或采访回来，总是先打好腹稿，然后吸足墨水，稿纸摊开即写。他右手中指那个老茧，就是那个时候刻苦写作留下的纪念。

一个老茧和这些故事，以及关中平原的那一群逃亡者，就这样留存下来了。这对一个人来说，是一段实现自我价值的生活历程；而这些故事，则变成一段中国法治的史话。实为诚实，亦难能可贵。

是为序。

宋学鹏
庚子年冬月于北京花家地

自 序

一座城市的早晨

渭河南岸,一座小城在苏醒。

清晨,是这座城市最好的时刻,无论四季。有点雾,滤得空气清冽冽的,直欲洗净你的肺腑。脚下总是有枯叶,踩出一路喀嚓喀嚓的声响,叫走在城市大街的你,心底弥漫起稠稠一层神秘。

街上流动各色人等,流成一条急匆匆的河;自行车铃打起的响儿,就是这条河里泛起的浪花。跑步的,在人流中绕来兜去,倏忽之间不见了人影。早起的人,一定不是勤奋者的全部,但一定是勤奋的。

市府门前,广场深处,多有舞者。舞者多是老太太,大红的运动衣，大红的扇子，像是大红的蝴蝶在风中翻舞。也有年轻点的在踩踏鼓点，但你的目光，一定还在那些老人身上。人生负重几十年，或许就在此刻，他们仍然被种种重担压在肩上，无处推卸。但是，不见焦躁、烧燎，他们磨砺出了从容，波澜不惊。太极拳源于中国是有道理的。四两拨千斤的功夫，也不是拳师的专利。起码，在精神上，这些舞者也深谙太极拳三昧。

商场屋檐下，三两个卧者，在看不出本色的被褥堆中打起长长的呵欠。这些进城寻活路的农民伸罢懒腰，将铺盖扎紧、扎小，连同一把长锨，绑上一辆老式加重自行车车架。在吞下一杠子干馍之后，他们将聚集到几个路口，等待城里人来挑选了去干些杂活。在这里，这座小城的农耕烙印毕缕毕现。

淡雾散尽，有微风吹进大街。此刻，肯定有另外一些人正从席梦思床上爬起来，踩着猩红色厚厚的地毯去洗漱间；楼下，锃亮的小轿车已为他们打开了车门。

这就是生活。是生活，就会有各自的轨道，但一样地都要面临即将升起的同一颗太阳。

说是喜欢一座城市，不如说喜欢这座城市里的人。喜欢傍晚那些拍着大腿吼秦腔的老头儿，可以养神；喜欢正中午那些款款走过大街的年轻人，可以养眼；喜欢清晨行色匆匆的人群，则可养心——那几乎可以激起你全部的活力。

太阳升起来了，街旁法桐阔大的树叶被镶上了亮边，白花花的，耀人的眼。一只老海碗撂上厚木桌子，两只手将一块烧饼掐成碎疙瘩，长长一声吆喝，羊肉汤煮成了。剜一坨油泼辣子，碗里顷刻洇得通红；撒上绿的芫荽、白的葱条——桌子一圈，随即嚼出一片声响；脑门上腾起热气，汗珠聚在鼻尖——喧嚣开始了。

城市清晨的那层神秘，就这样被一碗羊肉泡馍打破了。

小城翻了个身，醒来了。

二十多年间，几回回梦回小城！她依然这副模样，像是一幅缓缓展开的长卷。

而接下来的这些故事，就是长卷里的几笔白描。

目　录

001　"白面"生意
013　稀软的"少侠"
017　没费一枪一弹
027　黑矮个和白高个
032　小所大案
037　潜伏者
048　一只臭袜子
051　九儿劫
053　又能跑多久
070　一口面条
073　罂粟花的恶
084　疑心之祸
086　刘小鱼们在暴雨七月
092　开在米泉的"陕西发廊"
098　骗子穷途
107　"副省长的亲侄子"
114　曲里拐弯

- 117　十斤花生
- 121　盗路昙花
- 134　无情棒
- 138　死刑今日执行
- 141　他只剩下"跑"这一条路了
- 148　刑警队长出马
- 162　不挂牙花的小事
- 165　解救蕊娥
- 171　懒人贾蛇民
- 175　李小女的婚事
- 180　匪影出没 WC
- 185　多看了一眼
- 187　黄河一道弯，渭河一道弯
- 195　警报在最后一刻解除
- 200　黑乎乎的矿区，白皎皎的莲花
- 209　第二十五夜
- 216　较量黄河金三角

- 222 就擒时啃着颗烂苹果
- 225 七十四头牛
- 232 毒饺
- 234 于涛的悔过书
- 243 铜豌豆
- 249 "大款"大逃亡
- 258 邱兴华的"三怕"
- 263 一个检察长的死坎儿
- 270 民警小心收好那包炸药
- 274 黄金大骗案
- 279 以"幸福"的名义
- 286 完璧归赵
- 293 最后一次较量

- 301 代后记 玉面罗刹

"白面"生意

一

那日清早是个好天儿,太阳将出未出,天下清爽。按说,文田带"货"不该出毛病。可是,人心里倘若有了鬼,不定哪儿就弄不对。文田下了那辆红色夏利,抛给司机一张大钞,说:"嗨,伙计,甭找了。去吃顿牛排!"

司机也是血气方刚的汉子,听了这话一愣,喊住文田:"伙计,兄弟啥都缺,就是不缺钱。给你找这八十六块!"

文田有点火了:"咋的,不识抬举?"

司机不干了,下车,甩开车门,与文田理论。

街头拐角处转过来一位警察,皱了皱眉头:"大清早的,吵啥吵的?"

文田扭头一瞥,脸色"刷"地变成灰白,抓起密码箱就跑。

警察心说,天下纠纷都似这般好解,那才美哩,不觉驻足,看文田跑。细看时,却又觉有点怪,就喊:"站住!问你话哩!"

文田疯跑起来，两只裤脚卷起两股风。警察紧跑几步，挡住文田，作势要打开密码箱时，文田已瘫软在地。

　　箱内两只精制盐袋，袋里却散发"白面"的异香。

　　就这样，1992年5月28日凌晨6时，在西安解放路，一张贩毒巨网被警方无意间扯出一个线头。此网覆盖西北，内联昆明，外结泰国，端的是十分严整。文田，仅是其中一个小"马仔"。

　　1994年6月，织网者陆玉然及同伙被枪决。子弹溅起的血花，骤起瞬息。行刑警察拾掇起枪支，一死者的女人抚尸长泣："你说挣大钱哩，三年两年不回来的，就是做这事哩！啊呀呀……"

二

　　陆玉然少时，在河南太康县他那个村子里，就算个人物了。这是个要做"人上人"的人，做事冷、狠。年长于他的，一不留神，还要吃他的亏。

　　有一回，村里几个闲汉在旮旯打牌，陆玉然站着看。闲汉骂："谁叫你做我的照壁？是你娘吗？"

　　陆玉然听了，一笑。当下回家，翻出一根枣木棍，提在身后。找到闲汉，问："你骂我？"

　　闲汉眼尖，早见他身后的棍了，撂了牌，立起来。又看陆玉然猴头碎脑的样，就说："你娘的！不骂你，骂谁？欠揍！"

　　陆玉然早将枣木棍杵在身前，出手就朝闲汉裆里戳去。闲汉惨叫着蹲下，额角黄豆大的汗滴子一颗颗朝下淌。陆玉然拄棍立在那里，问道："叫你骂哩！骂不？"

　　1973年，陆玉然是个大后生了，参军到部队，心里揣着的愿望只对爹一人说过:"要摘掉农民的草帽!"

爹说:"好好表现!"

虽然膀大腰圆,可要文化没文化,只是舍得出力下苦。天天早起,一帚一帚扫净院子,又给炊事班挑水。连长见天价的表扬,弄得全连新兵人人早起,抢着扫地。扫帚少,有人就在熄灯号前拿来扫帚,藏在褥子下;也有人半夜起床去扫地的。几年后,那茬兵复员了,还有人骂陆玉然害人不浅的。然而,他终究没能提干,"农民的草帽"仍旧套在头上。

倒也不是一无所获。部队驻在甘肃天水,临复员时陆玉然在天水给自己找了个对象。部队自然不允许战士恋爱,陆玉然少不了一番遮遮掩掩。这对象是个家道殷实的,待陆玉然复员,操办着成了婚事,将一座院子七八间房子划给了陆玉然。新家散发着无穷温馨,陆玉然确也萌生过在天水快快活活一辈子的念头。他将房子稍加装饰,领回个开旅店的牌子,自己做起店老板。心眼活络,嘴又巧灵,陆玉然操持小旅店简直不费吹灰之力。店里日进斗金说不上,但足以让左邻右舍眼红舌咂。陆玉然开始圆他那个"出人头地"的梦了。

这个时候,马素出现了。三十啷当的女人,十多年的从商经历,一脸的风尘相,大老远从云南来,恰就宿在陆家小店。马素与陆玉然苟合了。马素旅程寂寥,陆玉然贪图南方女人的别样柔韧,本是一场风花雪月的事,而且马素三天后便离开此地,谁也没有太认真。

只有一个人认真了,那便是陆玉然婆姨。她想不通。是她,把陆玉然从河南的穷窝里拔出来!是她,像菩萨一样收留了陆玉然这个乞儿!可是,陆玉然竟敢乱搞,而且就在自己眼皮底下。

"你是人么？畜生！"她骂。

陆玉然平端着脸，看着骂他的这个黑塔似的女人，觉得不可理喻。

婆姨本是等着汉子来求饶的，不想这人卖了良心，还做出一副死猪不怕开水烫的模样，情急间就喊："打起你的铺盖，走人！"陆玉然起身就朝外走，兜里只有二十多块钱。

三

整整一个冬天，陆玉然都在西安康复路上混事。

说起西安市市长，老百姓或者十个里有三两个不晓得；若说康复路，那可是西北人没有不知道的。层层摞摞的货！黑压压的人！手高的谋大钱；手低的，沤汗出力，挣俩馍馍钱。陆玉然在这里给人蹬三轮。他原想攒足了钱，再回天水，将钱抛在脚下，让婆姨一张一张地拣拾，骂她的娘，臊她的皮，叫她晓得陆玉然不是傍女人吃软饭的！哪承想，出死力竟只能喂饱肚皮！

一日下雪，纷纷扬扬的，迷眼。陆玉然做主给自己放假一天，去东门外戏场子找乐。掏一块钱就能点一折子秦腔。倘若是常客，还有三两个小女人凑围上来，叼着，逗着，叫一撮儿喝酒，嗑瓜子儿，趁机手上占点儿便宜。陆玉然泡了两个钟点，出来，飘飘悠悠地往住处逛。

脑后猛地有人喊："陆老板！"

陆玉然扭头一瞅，咬牙道："你！你害得我好苦！"

四

来人却是马素,两眼珠子活活泛泛。夜市上消停地坐吃罢,陆玉然已将半年来的根根梢梢说了个透。马素两只手拉住陆玉然一只手,大气地说:"玉然,是我害的你!这样吧,如果你愿意,来跟我跑生意,保你不出一年半载就能大发!"

陆玉然大喜,跟马素来到云南下关,见水绿山青、人物俊秀,更与西北不同,越发欢喜。只是无甚业务,白日拎包,黑里陪睡,薪袋虽实,终不能遂他意愿,就有了分手的打算。

不承想,马素一日给他开罢工资,带着去咖啡屋谈生意,说是打个电话,一走半日,不见回还。陆玉然一时间,竟是无处找寻,心说正好分手。他去倒了几趟木材、矿石,有些红利。虽不甚丰厚,倒也使陆玉然的衣物鲜亮了些许。

有一天,他到南昭宾馆找人,敲错了门。沙发上陷着个胖子,听陆玉然是甘肃口音,顿时双眉飞动。一番盘扯下来,陆玉然晓得对方是朱老板了。

朱老板前倾了身子问:"生意可好?"

陆玉然道:"他娘的!木材、矿石利小,真划不来!"

朱老板盯紧陆玉然双眼说:"现成的有桩大买卖,不知道老弟有胆量做不?"

"怕个屁!"

"白面。可敢?"

陆玉然咬了半天牙,恨道:"不做违法事,难挣万贯钱。老子干了!"

朱老板本就缺个打开甘肃"市场"的人，陆玉然就此当了送货人。

一年过去，经了些风雨，陆玉然贩毒的手段渐渐纯熟，腰包日益见鼓。1991年底，陆玉然去找朱老板交款，老远地见朱家门口停了警车。不多时，朱老板被架进车门。陆玉然七魂散了六魂，倚着树，半晌挪不开脚步。待还过魂来，一头钻进租来的房间，半个月没敢上街。

五

陆玉然真正踏上贩毒之路，是在认识一马姓毒贩之后。此人能从泰国搞到极便宜的货源，但在国内"市场"上远远没有开拓出一寸来，于是找到了陆玉然。这使陆玉然有一种真正站起来了的感觉。他在甘肃已经织成了一张由亲朋联结而成的贩毒网，并对人员严密分工，丝丝相扣，牵一发而动全身。陆玉然挑选成员，第一个标准是不吸食毒品。他对此的注释是："吸食者意志薄弱，易坏我大事。"为向甘肃的网络输送货物，陆玉然在四川大酒店设立交接点，甘肃来人由此提货；而他则逡巡于闽、川、甘三省，监督"货物"的进、转、销。

此间，"爱情"再一次降临在陆玉然头上。那一日，他觉着头发长得烦心，随意去了一家美发屋。美发师照例是个小女人。洗擦剪吹，一双小手左右上下翻飞，片刻整出一个新发型来；完了，又在陆玉然头颅上上下下按摩一气。陆玉然整日价劳心费神的，经她这般一番折腾，竟昏昏然想要入眠。临走时，陆玉然排出一张"五十"票子，不阴不阳地笑："小姐这双手妙极！尊丈夫是何人？真有福气！"

小女人正色道："先生以为凭这五十元，就可以对我说这样的话吗？"说罢，找回四十元去。

陆玉然折服，从此隔三岔五地去修发。

却说这女人名叫方玉仙，原也是个不甘平庸的主。与陆玉然混熟了，今日陪着上舞厅，明日相随了咥四川火锅。眼见着陆玉然的阔绰劲儿，不几日便黏黏乎乎，有点转向。方玉仙是结了婚的人，两口子间的事，做丈夫的哪能一点也察觉不到？先是劝，后是骂，再打了几架，终不能使女人回心，索性去离了。

方玉仙顿觉一身轻松，一刻也不耽搁，便与陆玉然同吃同住同劳动。作为男人，陆玉然离不开这女人；作为毒贩，陆玉然更少不了这个"如夫人"的角儿。于是，他抽出一张支票，先给方玉仙买套别墅，将旧房子送与方玉仙的妹妹。又给方家姐妹一人一辆夏利，带两人上峨眉、下三峡，一通浪逛，讨得方家人的欢心。

一手拨拉源源不断的钱财，一手搂着美娇娘，陆玉然春风得意。不几日，突地想起西安，那个曾洒过他汗水也留下他屈辱的古城。他得将手中的"货"倾进那里的大街小巷，得在那里扬眉吐气地走几遭。这念头一纠缠起来，几乎折磨得陆玉然夜不能寐。

六

一个汉子闯进陆家客厅，急眉失眼地找陆玉然。陆玉然正啜茶哩，一扬下巴，示意来人入座，双手捧着茶盅仍纹丝不动。汉子话不过三句，陆玉然已惊得顿下茶盅："什么？你说马素？马素咋的了?"

那次在下关咖啡屋,其实是马素甩掉了陆玉然。马素也靠贩毒谋生,她从西安领来陆玉然,原想陆玉然家道殷实,可以拉他入股。当时,陆玉然笑说自己一无所有,马素不信。不料到云南下关后,才发现陆玉然真的是一文不名,马素就生出些悔意;后又见陆玉然尽管年长,但贩毒时说话做事太外道,一狠心就将他抛在咖啡屋,扬长而去。山不转水转呢。没看出陆玉然入道挺快,"贩货"的规模和收入很快超过了她。这次因为在西安犯了事,被拘进监狱,寒冷难耐,急切间想起陆玉然,便托探监的人找到他,万望能帮衬着叫她女儿带几件棉衣进监。

陆玉然听罢,仰头饮下一盏热茶,顿觉腹底一股热气腾起:"这事包在我身上!"陆玉然拍了胸膛,去保险柜抓出两万块钱来。次日飞到西安,少不了先去康复路找见熟人。熟人又托熟人,花去许多钱物。终于在一个月圆之夜,让马素女儿探了监,算是完事。

陆玉然心里喜哩,来西安短短几日,已将自己的网络伸入了这座繁华古城。与此相比,促成马素母女相会一事便只能算个淡事了。

第一个入网盟友张小利,是街上的闲人,块大、膀圆、环眼,动拳头的时候比动脑子的时候多。一回打架下手太过,断了对方几根肋骨,很是在号里蹲了几年。这次熟人介绍到陆玉然跟前,相随了几日。见陆玉然花钱不眨眼的架势,才真正开了眼。不几日,就死心塌地跟定陆大哥了。他很快凑齐十五万,交给陆玉然,脸上的横肉抽了几抽,抽出个笑来:"陆哥,兄弟可是把全部家当交给你了。你要骗我,我杀你全家!"

陆玉然心说这家伙不是善茬，脸上却诚挚之至："兄弟，你放心！"

一日，张小利设宴款待陆玉然，向其讨教。陆玉然拉住他的手，说："老弟，我有一事求你！"

"西安城里，就算天大的事，你也只管吭气！"

"帮老兄找个靓妹来，算我在西安的落脚点。"

张小利说着还当是多大的事哩，就先将认得的女子挨个筛了一遍。次日，给陆玉然领来个小女子。

这女子唇红、齿白，身段也飘逸，说不来那股大都市熏陶出的吸人眼心的味儿。陆玉然一见，先酥了半边身子。女子心高哩，跟张小利来是"相对象"的。见陆玉然年纪大些，面目不甚英俊，然而行有车、食有鱼，自忖女人结婚，亦不过是找个港湾、求个温馨，陆玉然有足够的能力办到这些，还挑什么呢，遂芳心渐悦。

陆玉然干这事早已是行家里手。过了几日，领女子逛街，装作不经意间给女子买了辆夏利。女子激动得不晓得说什么好，当街送给陆玉然几个香吻，还觉得不够分量，不足以回报陆玉然的深情厚谊。

与张小利同时入网的，还有个女将刘惠兰。马素母女监狱相会成功，还有刘惠兰的功劳。所以，陆玉然临行前夜给刘惠兰打了传呼，约到住处面谢。门开处，是个四十多岁的女人。落座，沏茶，互叙家常。说起丈夫吸毒、贩毒、判刑十二年，十七岁的小儿子戒毒时失火烧死一节，刘惠兰泪如雨下。

陆玉然掏了块毛巾递过去。细看眼前这女人，老些、胖些，倒还白净，举止仍未脱骚劲。他的处世哲学只有"财色"二字，当下动了心思："刘大姐，我命运不济，你比我还苦！你遭这许多罪，真让人心疼！罢罢罢，以后我带货来，你可以先卖掉再给我个本钱，何如？"

刘惠兰泪珠儿还在眼角呢，听这话，禁不住绽出一脸笑。房间灯灭了许久，并不见刘惠兰出门。

说话间，已到1992年3月。陆玉然果然带来三个货（每个一千克），给张小利两个半，赊给刘惠兰半个。皆大欢喜，几个人在舞厅卡拉OK了一个通宵。陆玉然带来的货在黑道上称作"黄皮"，主要成分是吗啡，毒性极大，却须经一系列化学反应制作海洛因，方能吸食。

三月的西安，还冷得紧。在东郊野外的一座小二层楼上，陆玉然与刘惠兰一通温存。待子夜一过，两人架起坩锅，放入原料和添加剂，开始熬制。许久，异香升起，溢满楼房。二人兴奋得不能自已，坐在地毯上举杯相庆。

就在这杯盏相撞的悦耳声中，毒品在西安市迅速扩散。仅仅一月时间，陆玉然与西安"市场""负责人"间的交易额即达七十万元。

七

女人提出要跟陆玉然分手，陆玉然并不生气。水落石现呢。时间一长，她越看越琢磨，越觉着陆玉然面目不清。说是生意人，做事鬼祟得厉害；说是谈对象，又流露出天水有家、云南有家。她交还那辆夏利车的钥匙，说不上惆怅还是轻松地走出陆玉然的住处。

陆玉然陷在真皮沙发里，打了个响指，顾自品着"人头马"。走了一个小女人，算什么？像是指甲缝里弹出一丁点儿垢泥！世上贱女人多哩。只要有钱，她们会有吸血的蚊蝇那么多！

然而，此事似乎是他厄运的开始。1992年5月，他住榆兰酒店，给儿子看病。张小利天天来探望，提及"货"事。陆说尚未备齐，张说"不急，不急"。陆玉然着急。这家伙说杀他全家的话似乎就在耳际，咋能不急？陆玉然坐卧不宁，连连向云南打电话催"货"。

5月28日凌晨，两喽啰带来五千零一十六克"黄货"。陆玉然将他们安排住进金华饭店。5时许，开箱检查。"货"分十包，皆用精制盐袋包装。

一通分发之后，文田即去送货。车过解放路，本想给"的士"司机扎个势，不料撞在警察手中。

11时，陆玉然在榆兰酒店被捕。

6月2日，刑侦处某科长家，一人来打听陆玉然下落。科长心内大喜，又不敢形于色，故作支吾："现在办事……"

那人豁地立起："人家不惜一切代价哩！"

"谁嘛，这么上心？"

"托我那人叫张小利，是陆玉然的拜把子兄弟。"

科长遂约当日下午"刀下见菜"。

当其时，张小利依约而来。稍致谢辞，即开箱，确是金钞。

科长喝一声："拿下！"

里屋早冲出数人，铐住张小利双手。

至夜，张小利还未喘过气来，审讯开始。张小利不堪一击。公安局绘出"陆玉然特大贩毒团伙"作案示意图，上报、请示，全线出击。

在甘肃天水,在云南下关,在四川成都,数十个喽啰悉数被捕。至此,陆玉然苦心经营的贩毒团队,线断网破。

稀软的"少侠"

蔡三儿长得亲，咋看咋都不像个"匪"样！可就是他，在渭南城里，恣意糟蹋了十七位女性。终于在 1994 年末，华山脚下，吃一颗枪子儿，从脑后打入，掀开天灵盖，溅起个粉红雾团来。

他强暴的最后一个女娃，是家招待所的服务员。蔡三儿见过她，惊羡她的漂亮，觉得以前干过的那些女的，全是粪土！蔡三儿翻腾了一晚上，早晨起来，决定要娶到她。得先打动她的心，拿什么去打？钱。蔡三儿理所当然地这么想。他有的是钱。他的母亲是蔡家坡最先开美容店的，那钱挣的，够三儿花四五辈子。

学着港台录相里的样，蔡三儿不露面，指使他的手下给女娃送鲜花，一送就是一大捧。女娃没经历过这阵势，先红了脸，又怕姐妹们讥笑，不要，却推脱不开，接过手就塞进垃圾桶。蔡三儿听手下禀报了，并不生气，说真他妈的有气质。然后，取过个信封来，填进去十张大团结，又送去。女娃这回哭了。经理出来，逮住送信的小痞子，一通狠剋。

敬酒不吃吃罚酒哩！蔡三儿大怒，心说老子对谁也没这般下作过，你是个王母娘娘的亲女子？就是王母娘娘的亲女子，也还少不了个"女"字吗?！天快黑的时候，三儿就喝了一头一脸的酒，骑车子撞到城外，倚在一棵桐树上，等那女子过来。

六月的天，说黑也就黑净了。女娃骑着车子，悠了过来。

"哎！"蔡三儿喊。

女娃用眼梢一瞥，见个男子猥猥琐琐地蹲在桐树下，便不在意，照旧蹬着车子。

"叫你哩！"蔡三儿又喊。

女娃觉着不妙，想快蹬几下，离开此地。然而，晚了。

蔡三儿操半块砖头，立起身，照女娃头上就拍。躲闪间，女娃摔倒在地。

蔡三儿一把拉起女娃，对着她的耳朵尽量绅士地说："我爱你！"

"我不认识你！"

"我爱你就够了。为什么要你认识我！"蔡三儿觉着不可思议。

女娃死命掰他的手。蔡三儿怜惜地欣赏女娃的挣扎，很快进入曾经有过的十六次的热颠了的状态。那天是个没有月亮的晚上，即便有月，月亮又怎忍看这人间的惨剧！

蔡三儿心满意足地立起身，踢一下女娃，吼道："嚎你娘个腿！占了我便宜，还哭！"

他打着打火机，摸根桐树枝，认真做了番检验，不由鄙夷道："还当什么值钱货呢！我又不是头一个，你张什么张！老子弄过十六个，哪个有你这么张?！"

女娃听了这话不再哭，慢慢爬将起来，整理一番，说："我不敢再张了！不过今天这一场，不能就这么白白过去。"

"要钱？说个数，给你！老子也是看你漂亮，破一回例。"

"钱我不要。你说我漂亮,我要嫁给你。"

蔡三儿一愣,旋即大笑:"有眼力!谁不晓得我蔡少侠呀!跟上我,吃香喝辣,随你!不过,这事得报告老头子。他在 XX 局,弄对了,将来给你解决个好工作。"说得高兴,又伸来胳膊。

女娃板着脸:"已经是你的人了,以后天长地久,日子多哩。你先办正事。明天早上 8 点,还在这里,我等你。"说罢,推车子走了。

蔡三儿白拣一媳妇,对自己颇为满意,一路哼着小曲往回赶。到了市区家属楼下,看满楼的灯火灿灿,念头一转,心说我个"蔡少侠",能娶个婊子回来?玩玩罢了,咋地又答应娶她?明早 8 点去见她?屁,婊子无情!让她等去!

次日果然睡到 10 点,才悠悠起床。正刷牙哩,从镜子里看见几个警察走过来。

他把牙刷一丢,喊:"别抓我!我们是谈恋爱!"

警察里有个年轻的,厌恶地皱紧眉头,一脚将他踹翻,铐了。

少侠其实稀软,一一招供了十六次案件。但是,警察去对证时,却只有两个人哭诉了详情;其余的,或瞪着眼说从来没有过这事,或垂着头一言不发,或嚷着警察:"你可别坏我的名声!"警察气哼哼地回来,心说蔡犯难怪如此嚣张!怕只有渭南这块土地,才出这等逮住了偷鸡贼、找不着鸡主人的怪事!

蔡三儿死的时候,才二十二岁。二日就要去刑场了,夜里,管教干部给拎来桶温水,叫洗了,穿戴一新。

管教干部问:"蔡三儿,你妈送饺子来,还在门外。真的不见见?"

蔡三儿抬胳膊胡乱一抹脸,说:"报告干部,算了吧。"

"还留点儿什么话?"

"报告干部,算了吧。……要我说,我还说冤。不能再上诉了吗?"

"不能。高院核准了的。再说你不冤,冤啥?快二十个女娃!畜生!"管教干部说着,动了怒。看这小伙子的大花眼里,尽是腌臢、污浊,管教干部从牙缝挤出一句话:"这个世道,容不得畜生猖獗!"

鲁迅先生的《药》里说:"一阵脚步声响,一眨眼,已经拥过了一大簇人。那三三两两的人,也忽然合作一堆,潮一般向前进;将到丁字街口,便突然立住,簇成一个半圆。老栓也向那边看,却只见一堆人的后背;颈项都伸得很长,仿佛许多鸭,被无形的手捏住了的,向上提着。静了一会,似乎有点声音,便又动摇起来,轰的一声,都向后退;一直散到老栓立着的地方,几乎将他挤倒了。"

那只"无形的手"是什么?看客心态。纵容恶行,就是与恶同行。

没费一枪一弹

算起来，王延是去年11月19日丢的。

王延是个七岁的小男孩。王延的父亲王建生，渭南人，经着商，是有一些钱。

王建生觉着天都塌下来了，他的眼前，没有一丝丝光亮。这一辈子，甚么事没有经过？偏偏丢儿子这事是头一遭！这事是一记闷棒，硬生生地将王建生打懵了！

11月19日那一日，下午放学后，不见儿子回家，以为老师留着做作业；天快黑时，以为娃在路上耍哩；到了天色黑净，还是不见儿子，这才着了急。老老少少，全家出动，把个渭南城区齐捋了一遍。背巷里，旮旯里，不见人影！

一夜煎熬过去，又开始找寻。隆冬寒天，天气冷得紧，王建生的鼻尖、脊背可全是汗！

19日、20日、21日，天上地下，能想到的地方都想尽了，能摸到的地方都摸遍了，只是不见王延。王延他妈，人前人后，不晓得哭了多少场，掉了多少泪，挖心掏肺般的痛彻，怨天恨地，没有良策。倒是王建生跑了几日，一疲下来，想到警察，急急去临渭区公安分局报了案。

昏天黑地的,又过了许多时日。到了元月 5 日,王家电话铃响了:"拿四十万元,到南边来解决问题。"

王建生急问:"解决什么问题?"

那人不慌:"你想解决什么问题?"

停顿一下,话筒又响,正是王延:"爸,快来这儿接我。"

王建生觉着眼泪立马要掉下来了:"儿子,在哪?"

王延倒不急:"南边,热得很……"

线路被人掐断。

警察赶到王家,问起情况,王建生只记得对方是西安口音。那么,无疑的,这是一起绑架案了。绑匪不是渭南人,就是西安人,绑架了渭南小男孩王延,窜到了南方。现在,整整一个多月之后,他们开始索要钱财了。

给!要多少给多少!只要王延能回来!王建生咬牙道。

可是,这个"南边"是什么地方?海南?广州?昆明?南宁……在地图上比画来比画去,警察们还是无法确定地点。中国的南方,是如此阔大!

王建生犹豫道:"要不,先去桂林?老是觉着儿子就在桂林。是第几感觉在起作用?去桂林看看?"

警察们同意了王建生的想法。立即的,元月 6 日,王建生和妻子带足了几十万元现金;和渭南市公安局的王明宇、颜峰,临渭区公安分局刑警大队的王一文、李进文一道,整理起装束,启程南下。

此次行动在渭南设有指挥部,张俊华、皎正敏、张金龙等指挥员以三言相嘱:"娃要弄回来!钱不能丢!开枪的火候要把准!"

桂林是个多么美丽的地方！山水柔顺，人物秀美，一如"南方"这两个字，牵引起人无穷遐想。然而，王建生一行北方人的心境，与此处温柔的景致是格格不入的。王延，你这个七岁的孩子，此刻身在何处？是什么状况？

警察们住好后，立将电话报告给指挥部，通告王家，以备王家再接到索钱电话之后能迅即通知在桂林的渭南刑警们。

一天，两天，三天，那个索要四十万元巨款的电话再未响过——一定是遇见狡诈凶狠的主儿了！他们在躲在暗处，窥伺着，与王家比着心劲儿，先要把王家人精神拖垮了，才打算轻轻松松拿走那四十万——刑警王一文这样恨恨地想道。

转日，这一干人扎到了南宁。因为王建生电光石火般的想到一桩事，想起一个人来：还是在渭南，他曾经与一个人合伙做过生意——贩苹果，钱财上起了纠纷。两人都说对方欠了自己款项，都说是三五万元。这个人名叫西冬。这一桩纠纷悬而未解，西冬不日到南宁开起一家小饭店。莫非那个索要四十万元的电话，是从南宁打来的？

到得南宁，一行人住进邕江宾馆。照例地，与南宁当地公安局联系了，将宾馆电话号码汇报给渭南指挥部。还汇报说：想再等几日，等索要钱款的人出现了，好一举捕获。指挥部作了斟酌，说这几日王家电话再无动静，先让王建生在南宁接触一下西冬，也不失为一种主动。

王建生便打了西冬的传呼。片刻，西冬的电话打进来了："谁？"

王建生道：我是谁谁；我儿子怎么怎么了；我现在带了多少多少钱；在这边只有你这么一个老乡，只有你这么一个伙计；千千万万要设法帮我!

话筒那边沉默。又沉默了会儿,才约了个时间,双方碰头。

过了不多久,西冬果然依约前来。三十七八岁,胖胖的一个人。见了面,先拱手,说一些不咸不淡的客气话,表明身处异乡,并未忘记故交,云云。

王建生急拦住话头道:我儿子那事,万望老弟放在心上!人家要四十万,我如数带来。你看!我打开这箱子给你看:一沓一万,这不是四十沓!你在南宁熟络,帮了老兄这忙,以前的事都好说!

西冬见王建生直奔主题,倒也爽快:咱们有甚么事?不就一车皮苹果?说起来那事也怪你!咱俩的本钱,如果运到云南,哪有不赚的道理?你偏不听。西冬一阵夹七夹八算下来,说是王建生连本带息该给他二十万。这次带了钱来,正好还他。

王建生见他只字不提王延的事,哪有心思纠缠债务的事?说过几句,打发他就走。

眼见着西冬下了楼,警察便让王建生提了装钱的密码箱,放在警察房里;却把另一个空密码箱锁了,用铁链缠在床腿上。只做个假象,预防着到了别人的一亩三分地盘上,万一有人来抢。

"娃要带回来!钱不能丢!开枪要把准火候!"指挥部这样说过的呢。

进得隔壁警察们的房间,王建生一脸灰暗。几个人坐下谈了,想这西冬只字不提王延的事,却要拿二十万元走!恁大的口气,可不是个最大的绑架嫌疑人?还有,王建生南下后,家里再未接到要钱的电话,可不是西冬的一个佐证?把想法汇报了渭南,指挥部也赞同,又嘱警察们暂不要露面,免得绑匪知晓王建生是跟着刑警到的南宁，撕了票。可就把最重要的一头捋脱了。

此后的半个多月里，渭南的刑警们蜷在南宁的这间房子里，潜伏着，等候绑匪的显形。他们不能走出房间，只用开水泡方便面充饥。电话铃响时，听不是指挥部声音，便只"唔唔"几声，搁断电话。防的还是绑匪探听到王建生的隔壁住着一群北方人，起了疑心。

其间，西冬两会王建生。西冬是那种商界闯荡出来的人物，心思也稠。仗着与王熟识，将王衣裤兜里摸揣一番，笑说：不会有录音机罢？

王建生急急表白："哪里话？我带那东西干什么！"

西冬还是不放心，邀了王去洗桑拿浴。两人赤诚相对，气雾缭绕间，他却掏出纸笔，写道：让娃十天回渭南？

王建生摇头。

西随手抹掉"十"字，写上一个"八"。

王仍然不肯，接过笔来，将"八"换成"五"，又加上粗粗一个感叹号。

两人回得房间，沏上茶来啜饮。西冬大约觉着自己已让了很大的步，便又加价：你说那二十万，我这边人多，回去分不公。你算，我那一车苹果，倘若运到越南——我完全有能力运到河内——该是什么价钱？

王建生道：到底要多少？

西冬盘算半日，道：二十七万吧。有二十七万元，各方面就能摆平了。

王建生大度道：再给你加三万，凑个整数！你在这边做生意，也需要钱。只是得将我儿子快快弄回来！儿子一回来，钱款立马兑付！

西冬道：那就先打个欠条来。

王建生当时撕下纸条，写道：今欠西冬现金 30 万元整！我娃王延找回来后，立即还钱。某年某月某日。

西冬看了，嚷：不要出现我娃回来这几个字！这是两码事，粘到一起算什么？

王建生不肯改。两人谈了半晌，没有结果，散了。

渭南刑警们在一处商议了，觉着欠条写了也行，事情总在进展着。王建生只担心西冬在南宁时日已长，生了势了，拿走欠条，万一使人来索款，却不放他娃回来，岂不泼烦？警察们想了，也对，可也有对策：王建生条子写后，便再不见西冬的面，看事情如何进展？

王建生便呼西冬来，照着他的要求，写了欠条。西冬欢天喜地的，揣上走了。

到了次日，就有南宁人来王建生处，自称是公安局的，传唤王建生，给西冬还钱。王建生早就离了这间房子，只他的妻子在房中留守。王妻并不怯场，只问来人要拘传证来看。那人有什么拘传证？又未见王建生，就怏怏然走了。

渭南刑警们当时向南宁公安局局长汇报，说明欠条来历，不让拘王。那局长倒是个性急的人，听罢原委，不多时，抓了西冬三人到局，通知渭南刑警前去审讯。

种种迹象，都将破案方向指到西冬头上。然而，时至今日，并无一丝证据可以证倒西冬。此时前去审讯，能否突破？

警察单刀直入：娃在哪里？

啥娃？西冬一脸惊诧。

王延！

王延是谁？

果然，西冬不认账。当日下午4时到次日上午7时，十五个小时里，面对警察的咄咄逼人的气势，西冬腾挪躲闪，只不接招。

与西冬同时被抓进公安局的，除了西妻何文，还有一个叫路平的。说来巧极，路平是渭南人，平日惯常进出刑警队的，与渭南去的几个警察都认识。没过几招，路平已无遁路。看看挨不过，道：我说，我说。王延那娃被关在城郊友爱村的一间民房里，房子是西冬租的。

警察立时分作两拨：一拨留下审问，另一拨急急赶到友爱村。那里早已人去屋空，并不见王延踪影。从当地人那里倒是证实，确乎有个年轻人带一小孩，住过一段时间。

另一拨审问的，到早8时，就又扩大了战果：西的手下，有个叫王峰的，这些日子一直押着王延。初来南宁时，王峰押着王延住车站旅社。西冬嫌费用太高，便在南宁城郊友爱村一组给租了一间房，月租一百元。但是，此刻王峰住在哪里，连西冬也摸不清了。

撕票？逃逸？一万种可能都会发生！刑警们简直是在煎熬中度过那一分一秒的。

所幸到了中午12时，西冬的BP机响了。所有的人都松了一口气。警察们安顿西冬如何如何回传呼，西点头答应，可一拿起话筒，听是丈母娘的声音，立时又乱了套，说：我这里有点事，姆妈不要着急呀……

警察夺了话筒，按下。片刻，又一个传呼打进来，警察嘱咐西妻回电话。问答之间，果然是王峰！

何文问：你在哪里？

王峰道：我在湛江……警察听声察颜，觉得何文像是要坏事，又果断按下了话筒。

下午5时，BP机再次鸣响。警察们将电话筒交给了路平，厉声告诫：都是渭南乡党，坏事不要做得太绝！这一次就看你了！路平倒是能沉得住气，问清了王峰就在南宁市区，住在军转干部培训中心招待所。这边话音刚落，那边刑警已经冲出房间了。

这次没费多大周折，王峰被捕，小王延也解救了出来。王建生夫妇紧抱住儿子，喜极而泣，对刑警自然千恩万谢。不提。

王峰是临渭区园里堡的一个无业青年，他又是如何卷入这桩绑架勒索案的呢？

且说西冬与王建生的苹果生意散了伙后，又招募几人，帮衬着他干。每每闲谝时，西冬提起王建生便气愤不过，说欠他五万元，拖得时长，要不回来。新招募的人中，就有王峰，说是若论要账，他最有办法。西冬当时喜道：你能要回来五万，我给你提成三万！王峰一口应承了。那是1995年5月间的事。隔了几日，王峰便向西冬要活动经费，西摔出几百元；不久，王峰打着西的旗号，在西的一朋友处借得六千元钱；又不久，又要经费。

滚雪球般的，王峰手里，已攒着西冬一万多元了，而索账的事情毫无进展。西三番五次找王峰问话，王峰便拍了胸脯：这事包在我身上！是拿了你一万元，可是你说要回账后给我三万。我还有两万块钱存在你腰包里呢。西冬一想，也对，便不着急。其实，王峰根本就不认识王建生，更没有找过王建生要账。现在看看事急，又无良策，眉头皱了半响，终于想起录相里的样，便绑起王延送给西冬，以此索要巨款。

王峰在王延身上很下了一番功夫呢。11月19日的前一个礼拜里，旁人在西安路小学门口指认出王延后，王峰便经常给这个小男孩买泡泡糖，买巧克力，称自己也姓王，与王延是一家子哩，王延该给他叫叔的。王延少不更事，果真认了这个大方的叔叔。

11月19日中年，叔叔又来了，说是带王延到开发区买枪，那种真的，最带劲的。王延就跟着叔叔钻到出租车里。到了开发区，出租车并不停歇，径直开往西安。在西安药材大市场门口，王峰摔给司机一百三十元钱，让等着，说是回渭南时还要坐这个车哩，说罢带小孩进了药市。司机等得时长，不见人影，自回了渭南。

却说王峰带着王延，说话间到了汽车站，赶到汉中；玩过几日，又坐火车回到西安。从西安到得南宁，已是11月28日了。

在此案所有案犯中，王峰当是最"辛苦"的一个。他也当真将王延认作了自己的"侄子"，带着这个小男孩游玩，给小男孩买吃买喝。他在做着这一切的时候，只想着自己就要拿到手的那二万块钱，直到渭南刑警撞开南宁那家招待所的房门……

一干人犯，全部抓获。如何返渭南？正值春运，火车可是不好挤。雇车！

南宁距西安两千五百多公里的路程，价钱出到一万元，还是没有车主愿意走这一趟，说是北方冷呀，他们会吃不消的哇。

又托了当地公安局，才找着一辆车。司机是个公安子弟，价钱只说到八千元，就算搞定。渭南刑警们又买来四副大镣、八个大锁，将五个人犯链在一起，这才上路。

在南宁奔走二十多日，可这座南方都市之于渭南的刑警们，仍然是陌生的。刑警们上路后，昼夜不舍，跨长江，翻秦岭，跋涉三天三夜，回得渭南。

刑警王一文，在向指挥部领导复命时说，娃救回来了，钱也没丢，没费一枪一弹。

黑矮个和白高个

渭南市朝阳路那家电子游戏厅有两道门，最外边是一道铁栅栏。6月2日大早，游戏厅女老板在铁栅栏下拣起了一封信。她心里一惊一坠，额角浸出细细一层汗。因为信旁还躺着一把尖刀，尺把长，刀刃在晨曦中漾着寒光。

那是一封没有抬头的信。字迹七扭八咧，像是狗爪乱刨过的痕迹。可是，每一笔、每一划，都透着霸气、狠劲："……我是渭南黑帮成员，……上次抢了（你）六十元。还差五百一十元。请你于6月2日晚12点后（将钱）放在一道门底西边露一半，（我）会派弟兄去拿。如果出现下列情况，（我们）七十多个弟兄找到天涯海角（也要）捅死你全家人……如不信，大姐你试试看：一、收不到钱，数不够；二、报案，发觉有警察……"信末还信誓旦旦地保证：这是最后一次找你。署名是黑洞洞的四个字：渭南黑帮。

女老板额上的汗终于汇成珠，一颗一颗滚落下来。在这先前一天，5月30日晚上，她已经遭过一次劫了。

30日夜里11点,打游戏的人渐渐散了,大厅里空空荡荡,还剩两个小伙,爬在游戏机前用功。一个高些,白些,双眼皮;另一个矮些,黑些,眼角雕着一丝毒气。12点15分,黑矮个走来,说要买三个游戏牌子。

"太晚了,不卖了。"女老板推辞。

黑矮个似乎很有耐心:"三个牌子么,不到半个小时就打完了,卖吧!"

开面馆的还怕人吃八碗吗?女老板顺手拉开抽屉,坦露出里面花花绿绿的游戏牌和钞票。眨眼间,黑矮个伸胳膊勒住她脖子。她想挣脱,拚出一片杂乱声响。黑矮个摸出一把剥羊皮尖刀,顶在她腰眼,打消了她要逃走的念头。白高个窜过来,掏出一卷胶带,唰——唰——揭开一圈。

女老板急急哀求:"不要粘我嘴!你们要什么,我给!"

白高个一愣,竟笑出声来:"我们为财而来。拿四十元就行。"

黑矮个持反对意见:"这人有钱哩,拿七百元吧!"

女老板捏起一沓钞票递去。两人也不细数,抓去掖进怀里,刀尖点住女老板鼻尖说:"我们是在华县杀了人的!你若报案,回头弄死你!"话音落时,二人已挪到门外,反插上门闩,走了……

一劫方过,一难又来!6月2日晚上这一关可咋过呀?这事不通知警察行吗?女老板的心里,这个时候实在是乱如麻团。

夏日天长。夜幕一点一点地罩严了渭南城。城里一排排的橘黄路灯,想要撑开黑沉沉夜幕的一角,不晓疲倦地亮着,亮着。晚上9点,女老板便关门打烊,将一个鼓囊囊信封仔细塞在铁栅栏下西边,露出一半,急急就走。

天是热呀。城里人享受不着田野的凉爽，只好摇把蒲扇，端个棋盘，蹴在街头消暑。朝阳路那家电子游戏厅旁，一拨人在喝茶，翻报；一拨人围严一个棋摊，观棋子进进退退，替楚汉争争辩辩，煞是热闹；街头另有四五人，干脆就是闲人样，脱一只鞋垫在屁股下，烟头明明灭灭，正为印度和巴基斯坦的大打出手忧心忡忡。这是一幅普普通通的1998年渭南"城里人"的盛夏纳凉图。

夜12时，棋摊主人熬不过，先散了。三个观棋的意犹未尽，辩着对垒双方的得失，不肯走远。偶尔有人抬头，见天清着，星星是那么小，针眼尖似的，越看越小，越看越小，连说走吧走吧，该是时候了。几人就走到一堵高墙下，屏住呼吸，又不像是避暑的了。

一个黑矮些的人消消停停地走来，隔一会儿就要弯下腰去系一次鞋带。天这么热，他却蹬一双白色网球鞋，纳凉的人们都看到了他的笑话。他径直走过游戏厅门口。人们似乎也失去了对他的兴趣，别过头。可是，那人很快又转回来，伸手掏走铁栅栏下的信封，风一般就跑。

不晓得哪里吼了一嗓子，对面街旁一棵大冠子槐树上"托"地跳下来两人，撒腿紧追。街对面黑影里猛地开出辆吉普，直轰油门，差点撞翻穿白网球鞋的黑矮个；那些喝茶翻报的，观棋的，替印度、巴基斯坦担心的，一齐围过来，压翻了黑矮个。稍稍问了几句，这些人分乘四辆小车，飞箭一般掠过渭南城区，直插造纸厂。刚到大门口，就见一人骑自行车急匆匆闯进院里，正是白高个子。车上撞出去几人，几胳膊扭住那人。

6月2日早，女老板犹豫再三，还是觉得这事自己捂着不对。

她走进了临渭公安分局杜桥刑警队。七十多个黑帮分子？这案子惊动了刑警大队。杨西录副大队长递给她一个信封，里面厚厚地塞着一沓裁作钞票大小的旧报纸，嘱咐她9点关门，如此这般……

街头那观棋的，正是杨西录带着刑警张卫兵、冯波、张卫国等人；那差点撞翻黑矮子的吉普车里，坐着杜桥刑警队高延长队长及李忠恩、刘康等一干人；那在街头喝茶翻报的，是杜桥刑警队冯涛副队长和董建军、兰涛等人；那坐在鞋上的"闲人"，是刑警大队王一文教导员和王战良等人；那树上藏的，却是李平安、谢小林两个壮汉。

落进刑警们密密织就的网中，黑矮些的，叫拜小四，临渭区保丰村人，二十多岁。他从上个月准备实施抢劫，买得三把剔骨尖刀、一卷胶纸、一双白线手套、一双灰色长筒丝袜。他在录相中看到，这些东西在劫钱时都会派上用场。刑警们后来在体育场一块楼板洞里，找着了这些东西。

"你在华县啥时杀过人？"刑警问。

拜小四不好意思地一笑："哪里杀过人？唬人呢！也没有七十个弟兄……"

"为啥要抢劫？"

拜小四不答，伸出胳膊。他那发育相当不错的手臂上刺有两块纹身图案。据说因为这个，考民航飞行员时他被涮了下来。他劫钱、诈钱，就是为了去掉这两块纹身。

"哪里是考民航飞行员的事？他打牌输了钱的！"白高些的、叫作邱五儿的同案嫌疑人，一句话揭穿了拜小四的谎言。

拜、邱二人不久前都曾是渭南一所重点中学的学生，因不守校规被处理过。杜桥刑警们原以为碰上对手了,6月2日晚几乎全部出动,未料落网的是这么两个"渭南黑帮"。刑警们心里沉甸甸的,全没有往日案破后的喜悦和轻松。

小所大案

余二"栽"了。

余二精心设计了一场"局",这局的"标的"是二百六十万元。在他距成功只有一步之遥时,二百六十万元却如黎明惊梦一般,杳无踪迹。

他有些不服气。因为他没有"栽"在大都市刑警之手,却"栽"到一个农村派出所——蒲城县公安局兴镇派出所的民警手中。

兄弟情深

高中毕业后,余二不甘心脸朝黄土背朝天,自费到深圳读完金融管理大专学业。接着,"下海"捞钱;随后,回到渭南干起饮食行当。几年折腾,终究没有落下多少钱。这常让余二气短。

1997年7月,经人引荐,他认识了三原县台属台胞基金会主任张保定、咸阳市工商联基金会主任杜大刚。他的如簧巧舌,赢得张、杜二人好感。余二顺竿攀援,与张、杜称兄道弟,经常在两家游来窜去。

忽一日,余找到张、杜二人:"有一朋友急需一笔款,你俩敢放吗?"

"有没有支票作抵押?"两人稍一迟疑,问道。

余将两手一摊:"要有支票,我就不找两位大哥了!"

"哼!现在的人,要款时是孙子,该还款时就成了爷爷了!"张、杜两人感慨道。

余赶紧说:"不放心的话,把你们的存款存入澄城农行,我再从澄城贷出。息差嘛,就由我朋友支付吧。"

两人心里一拨拉,觉着挺合算的,遂点头应允。

事变初起

11月19日,两人携带二百六十万元汇票,同余二前去澄城办理存款手续。

他们拐了个弓背远路:三原起身,走西安,折渭南,过蒲城,再到澄城。

车过西安市某体校,余二要求下车,说进去留个话。出来时就带着六个学员。这六人个个人高马大,面目冷峻。其中一个,耳朵还有个豁口。

张保定心里隐隐不安,担心道:"余老弟,叫那几个虎背熊腰的后生干啥?"

"出门在外,不防不行。谁见了二百六十万元不眼红?"余二答道。

九人分乘三辆车子,出了省城。

驶入渭南城区，就见一个女子在当路口转来转去。余二喊停了车，和那女子叽叽咕咕，耳语一会儿，便将她塞入另一辆出租车内。这女子嘴唇涂抹得血红，忸忸怩怩，假装纯情。张、杜二人只道是余的什么人，习以为常，也不见怪。

一路沉默。到得蒲城境内，余二开了口："请两位大哥委屈一下！"

话音未落，坐在张、杜两旁的体校学员霎时摸出黑布，将两人兜头蒙住。车子东转西拐，驶入一个果园。此处正是余二家地盘。

在一小房内，解了黑布，余谦恭道："请两位大哥莫见怪。只要你俩好好配合，这位漂亮小姐会让你们满意的。"说罢，将女子往两人面前推了一把。

"你到底想干啥？"张、杜惊恐交加。

余二立时翻了脸："难道你还不明白吗？别软的不吃，吃硬的！"

两个小伙即对张、杜好一顿拳打脚踢。看看打得差不多时，余二上前搜走两人身上三张二百六十万元的汇票、身份证以及手机、一千三百元现金等，又逼着两人写下委托余二代办二百六十万元汇票的字样。

差点得手

黄土高塬的雪夜格外寒冷。张、杜两人蜷在土炕上，被几个小伙子监控着，连说话的机会都没有。两人各自后悔不迭。瞅了个机会，张将手伸入杜的被窝，在杜的腿上用手指写道：忍，等待机会。

余二拿到二百六十万元代办委托书,欣喜莫名。东方天际刚露出一抹明亮,便起身赶往澄城。临行前将几个"保镖"叫拢来,吩咐:"将两人看管好!如不老实,可把他们'除了'!事成之后,每人两千元的报酬马上兑现。干得好,奖金更大!"

20日下午5时许,从澄城县农行提出二十万元现金,余二与那女子回到蒲城县里。一番鬼混之后,将原来乘坐的三辆出租车打发走,又在东门外租了两辆出租车:一辆标致,一辆桑塔纳。他计划着连夜将张保定拉到澄城,再贷出一百二十万元现金。

可是,车过蒲城兴镇,坐在标致出租车上的余二环顾左右,不见另一辆桑塔纳出租车时,心里不禁一阵慌乱、一阵惶恐。

木门开处

却说桑塔纳司机刚才跟着余二到果园,看到六个彪形大汉立眉横眼,吓得当即开车到兴镇派出所,报称有人预谋劫持出租车。

所长任和平立派民警赶往果园。行至兴镇街西约五公里的西禹公路旁,发现了另一辆出租车。干警喻伟跳下车,一把拉开出租车门:"我们是兴镇派出所的。请你们拿出身份证!"喻伟边说,边出示了警官证。

车内几人你看看我,我看看你,脸色骤变。突然,两个男子钻出车外,拔腿就跑。喻伟一把拽住一个;另一个抡起拳头,砸在了喻伟头部。两个歹徒连打带踢,喻伟忍住疼痛,只不放手。民警小马赶紧冲过去,制服了两人。

回到所内,张保定叙说了遇劫的前前后后,泣不成声:"谢谢民警！我还有个同伴，被扣押在果园里。请赶快去救救他吧！"

案情报到蒲城县公安局局长张安新那里，他又接通副局长申军明的电话。片刻，县局刑警队迅速运转起来……在兴镇，脸、手血流不止的喻伟，正和小马带着联防队员，马不停蹄地赶往发案地点。

现场位于西禹公路五公里处一偏僻果园内。此处沟深坡长，荆棘丛生。民警们兵分两路，迂回包抄。

"赶快开门，我们取东西！"喻伟叫门。

话音刚落，木门"吱呀"一声，裂开了条缝。干警们一拥而入。

凌晨两点钟，一干犯罪嫌疑人全部作了交代。

余二说，筹划了好久，破灭得太快了，就像做了个梦。

潜伏者

猴　子

长长的汽笛声，长长的刹车声，铁轮和铁轨擦出星星点点的火花，在薄薄的夜色中分外耀眼。列车停靠在渭南站。

这是座小站，出站的人不多。"猴子"跟在人群后面，漠然走着，捱出了火车站狭小的铁门。铁门在他身后"咣"的一声，上了锁。

"猴子"是个后生的绰号。后生本名赵七，河南省平舆县人。在平舆，猴子没啥挣钱的营生，日子过得缺盐少醋的。可是，他有个兄长赵六肯提携他，一同做些生意，手头也渐渐阔绰了起来。赵六与猴子是隔山兄弟，没有骨子里那一份亲情。两人钻在一起，只看着钱亲。一念及这点，村里虽有人热嘲冷讽猴子十足一个"马仔"，猴子也不往心里去："马仔"咋了？有票子就中。

1998年3月3日傍晚，猴子斜签着身子，坐在一桌醪糟摊前，要了一碗，让浇了蛋花，端起来慢慢啜饮，眼光从碗沿边上朝四处乱滚。醪糟很烫,他哧溜哧溜喝得额头上浸出一层细汗。火车站广场——这小块凸凹不平、老是湿漉漉的地方倘若也算广场——三三两两地散落着几个人,此刻似乎没人注意到他这个外乡人。他一手从领口探进内衣,挖出一张纸条,朝电话亭走去。纸条是他的隔山兄长赵六吩咐他藏的,那上面有一个渭南人的传呼机号码。

猴子拨通了电话。传呼小姐称他"先生",每一句话完了,语气都俏俏地朝上一翘。猴子感觉真不错。

老 张

老张正是猴子要找的人。

老张很快复了电话,与猴子约定一个见面地点。

七拐八拐之后,猴子哈腰进得一间小屋。屋里黑,他闭了一会儿眼。再睁开,才看清老张的模样。猴子有点失望。老张是位做粮食生意的大老板,头发上应该打了蜡,一丝不乱地梳向后脑勺;脸是油光的;肚要腆着,裹一身挺刮的西装;能在渭南城里呼风唤雨的模样。眼前这位老张,虽也抓着一部手机,可总的感觉很普通。猴子作想,他要是走进人群,立马就能融化掉,再难找寻。当然,老张的眼睛还是蛮厉害,刀子一样,扎得猴子有瞬间像脱光了衣服一样不自在。

"你哥哩?"老张虚虚寒暄几句,兀地就问。

猴子想了想,道:"俺哥来不来不要紧,俺有货。你把钱备齐了?"

"你有货?晃荡我们渭南人?……"老张不信,刀子一样的眼光闪了几闪。

猴子就将胸脯拍得噼啪作响:"俺哥交代了,只要俺亲眼见到你的钱了,就成交!"

老张要买猴子的"钱"——一张"老人头"要买他三张。这就是猴子大老远从河南入陕、要替他的隔山兄长做的生意。自然,猴子的钱只能作假,假得看上去天衣无缝!你摸、抖、照,都跟真的似的。

老张妻弟

老张和猴子交易的假币数额是二十万,需要真钞六万多元。是笔大买卖啊,两人都提着心。一处商来议去,决定住进祥龙宾馆。那地方在城边,感觉就是安全。

老张给猴子接风,油丝窝、炸糕、细沙八宝,点了一桌。油黄的、翠绿的、嗞嗞作响的、腾着热气的,猴子胃口大开,嚼出一包间的叭叽声。

打出一个饱嗝之后,猴子说河南饭菜就是孬,哪里赶得上陕西的好吃!说着,说着,口风又变了:"俺哥说了,让你带着钱,去我们平舆取货。"

老张听了很烦躁,叼上一支烟,"嚓"的一声燃了,看烟雾缭绕,不作声。

等了半晌,猴子见不是事,又道:"要不,去郑州取货?"

老张看定猴子,只不作声。

一支烟燃到了烟蒂处,仍是冷场。猴子急了:"不去河南?……也中。俺哥也交代了,只要见到你的现钱,就打电话召他来！"

老张慢慢舒出一口气，双手一摊，很生气的样子："一会儿说这，一会儿说那，世事都是你们河南人的？你拿定了主意咱再说！……这会儿要看钱，我能提在手上等你看？"

猴子立时软下一截，眼巴巴看着老张。

老张长叹一声，道："罢了，就照你说的办！"摸出手机，"笃笃笃"地压下一串号码，要通了他妻弟，满嘴秦腔地要赶快送钱过来。

3月5日中午，老张妻弟敲响了祥龙宾馆三楼一间客房的门。这后生面清神朗，走路一阵风，极利落，将手提箱一摆弄，一大沓钱就摊在地毯上。

猴子数了数，是六万元；拾起一沓，摸捏了半晌，晓得是真钱。也不言传，拿过老张的手机，接通了他的兄长赵六。兄弟俩当下议定：速到渭南，交货取钱。

却说老张妻弟，待一房子人验过了钞，仍旧独自拾掇起来，退出宾馆。挡了辆出租车，三拐两拐；中途又换了辆出租。眼见着车后无人跟着，才拐进临渭公安分局杜桥派出所院子。院里，早有刑警中队长高延长接住。

妹妹你坐船头

世人都晓得，关中平原是陕西的白菜心儿——纵横八百里，地肥水阔，长得麦黄韭绿，埋得帝王将相，拍得大腿唱得大戏，吃得捞面浇得辣面，滋润得一个个关中男子女儿面白唇红，却不晓得此地人自在散漫、不甚讲究的坏处。汽车都啃住了腿，他照旧昂首阔步不予理睬；骑车从来不看红绿灯，照直就撞，撞得司机、交警胆颤心惊；城里尘大，政府给扩了街道、压了水泥路面，哪料护路的草毡一揭，就漫过来两行小贩，橘子、甘蔗、面皮、米皮乱叫一团，又占了半边街道去！

河南人猴子住了三日，见日日有好饭好菜，老张又跟得殷勤，在南街头游走，虽然乱哄哄的，却有秦腔听，有霓虹灯看，通宵轰响的"豪华影院"还有人堂堂皇皇地竖着招牌，要给人洗脚，乐得个后生不辨南北。

他们是3月4日住进祥龙宾馆的。3月5日，对门也住了客，和和善善的，搭眼一看就是生意人。内里一个矮点点的年轻胖子，脸大，又戴了副大眼镜。

猴子觉得眼熟，想了几想，想起一句歌词——"妹妹你坐船头。"这人可不像那唱歌的尹相杰？

这话说给老张，老张本在想心事，听了一愣，接着就笑说：太像哩，我咋就没想到哩。哈哈哈。直到床单皱了，肚子疼了，才慢慢止住笑。

三天之后，3月7日，老张的传呼机嘀声大作，有男士留言道："退掉宾馆房间。电话联系交货。"

猴子喜道："俺哥来了！他总是弄得恁神秘！"

拾破烂的老汉

渭南西半边城的空气都缩紧了，看不见的一根弦在扯紧、扯紧，看不见的一柄寒剑在鞘里起鸣、跳动。照旧的市声鼎沸，买的卖的分分厘厘地抠索，看在老张眼里，却都浑然不觉。他一双眼睛跟燕人张翼德似的，都红了。

猴子说他哥赵六心眼儿稠，果真是的。老张他们出宾馆大楼时，尚不知道在哪里交货；出租车动了，传呼才响，说是到西三路交货。

西三路是条新兴的大街，人挤人，且长。车子正在逡巡，传呼机又响。这次要求回电话，说是到朝阳路西段见面。

朝阳路老长哩，又没说具体地点，出租车只好慢慢走。走了一程，传呼再响。老张按下绿键，抠出一行字来：在沈河公园门口正式交货。

这样折腾，老张觉得一团愤怒像炸弹一样在胸中爆响，烟雾弥漫胸腔，火苗不大，却在烧灼着他的心房……

到得公园门口，寻一个背人处，老张交给猴子一个提包。猴子拉开看了，见只有三万元，当时眉毛、眼睛都错了位："这点？够啥？得六万哩！说好了你还得担着俺们来回路费哩！"

老张笑悠悠道："急啥呀？钱，方便得很，叫我妻弟去取呗！不过，你哥哩？咋不见人影？"

猴子道："俺哥是你轻易能见的？你让你妻弟取钱，俺去叫俺哥。"两人走散。

且说公园门口，四散着几辆车，堵住各个通道。车里几个壮汉，正用手机急急说话，眼不错珠地盯住老张。猴子走后，就见老张身旁冒出一个七八十岁老汉来，佝偻着腰，又低勾着头，像个大问号斜戳在地上；烂棉袄，提一只脏兮兮编织袋，伸手朝老张讨要了点什么，慢慢往北溜走了。分明是一个拾破烂的老汉。

杀 猪

壮汉们挪开视线，见老张身边再无第二人。

拾破烂的这老汉与老张有甚么联系？他掂着的那个编织袋，怎么不像破烂？一丝疑问在脑中升起。

先别让这老汉走脱了！一辆车子像惊马般驶出，咬住老汉。撵出去三百米，见人墙严严地隔断了公园门口，这才突然打开车门，冲出来两人：一人卡脖，一人捉脚——放翻老汉，连同编织袋一股脑塞入车内。就在车上摘开袋子，竟满满的是钱。认出是真币，足足两万元。

"莫非这也是你拾的破烂？"

"噢，不，不，是人家让俺取的。"

"谁？"

"……赵六。"

壮汉们后来回忆，捉这老汉，正像关中人杀猪一样的套路，就觉着可笑。

那边厢，老张还定定地立在公园门口。他已经拿到了拾破烂老汉交来的十万元假币。这个数目，仅仅是"交易额"的一半。他还要等另一半到手。天又变了，薄薄的一层阴，蒙生着小雨，煞是寒冷。

猴子究竟会不会再来？赵六呢？为何老不闪面？……正夹七杂八地乱想，传呼振响，是猴子，说在公园紧邻的饭馆里坐等。老张急急赶去，见靠窗的一个桌上墩着啤酒、凉菜，猴子斜倚在椅子上。桌上还堆着一个布袋，鼓囊囊的。

猴子张口就问："你拿来的真钱呢？"

老张还未答话，就见门口拥进三个人。也不搭话，发一声喊，上前压翻猴子，连老张一块儿绑定，取了布袋就走。到人稀处解开袋子，满满的十万元假币。从老张身上，也解下十万元假币来。

一双老眼骨碌碌乱转

假币摊在桌上，好大的一堆。买座宿舍吧！买辆桑纳车吧！摆放假币的两个年轻刑警笑道。

年前，渭南街面出现假币。杜桥刑警中队逮住线索，通过丝丝缕缕的渠道，知道假币在河南人赵岳雷手中。一个月前，又晓得老张、赵六说好了要交易"二十万"钱钞。临渭公安局领导数次阵前决策，说要尽快拿下案子，快侦，快审，快诉，绝不允许假币流入社会。

3月7日，公园门口那几辆车上的壮汉，却是渭南市公安局技侦支队张副队长，临渭公安分局刑警大队许克钊、王民、倪卫东，杜桥刑警中队冯涛、王战良、董建军，等等。众刑警分作几组，分乘几车，团团围定沈河公园，只等河南、陕西两省的人交钱换币，要捉个现行。

等到正中午，才见老张登场，猴子、拾破烂老汉先后来接头，便依次逮了猴子、老汉和老张……多少天的艰辛，多少天的煎熬！现在，二十万元假钞截获，初战小胜。只是一直联系着的赵六在哪呢？

立审嫌犯。一身拾破烂装束的老汉，正是河南平舆人，名叫曾先亭，七十八岁，孤老。这厮常常像要将头抵在地上似的，其实一双老眼总在骨碌碌乱转。周围的一丝儿风吹草动，他都尽收在眼里，一副久走江湖的坏相。年前，赵六瞄上了他，要雇用他"送货"，每趟五百元的收入。曾先亭问清是假币，心里颤了几颤，终未熬过五百元钱的诱惑，跟着赵六从河南赶来陕西。他不认识猴子，只是照赵六的指令到公园门口送"钱"。哪承想，刚到地点，就被"杀了一回猪"！他交代自他拿上假币到换回真钱这一段时间里，赵六一直和他保持着五米的距离，隐在公园的花墙里遥控。捉他的时候，他看见赵六的脸瞬间变得煞白。

猴子进了预审室，眼睛一亮，看见一个面熟的人——矮胖，脸大，戴着大眼镜，唱"妹妹你坐船头"的尹相杰？

看他犹疑，那人笑了：咱在祥龙宾馆见过的。我是刑警中队副队长冯涛。

正问着，老张的传呼又响了。

谁？会是赵六吗？满屋子的人都震了一震。

你可真臭

传呼机显示出的电话号码，看局号应该在二马路上。刑警押着猴子，前去二马路捉人——迄今为止，刑警们，连同老张，都没见过赵六一面。

已是傍晚，走了几个电话亭，均不见人影。待到二马路东路口，就见一个后生，一身蓝西服，在电话亭旁转来转去。

"是你哥？"刑警问。

猴子认真看过，摇了摇头。

车子又走几步，猛然打回方向，戛然停在小伙身旁。"你是哪里人?"问的人撇着河南腔。

"俺……是驻马店的。"答的每个字也都是河南腔。

话音未落,刑警已弹出车门。小伙早觉语失,撒腿就跑。

二马路东头横着民生街,民生街连着渭河桥,是进城的大通道,车多人稠,磕磕绊绊。刑警们急切间竟追不上那河南后生。一人掏出手枪,对空鸣过三响,高喊:"站住"。小伙子只管狂奔,哪里听得进耳?到街尽头,又猛地拐进一家苗圃,踪影皆无。

刑警们四面把定苗圃。搜一遍,不见人;再搜一遍,仍然没人。河南小伙难道施展了遁地术?再搜!几人齐齐在苗圃梳寻。冯波走过厕所,就听得"咕"的一声。前后看过,哪有人影?声音却又从何而来?

转到粪池边,就见缺了一块盖板;蹲下瞄去,见那池子颇大,影影绰绰有个人影。他拉来根树枝猛戳,感觉软囊囊的是个人体,可这人只不出声。冯波被粪臭熏得喘不过气来,猛喊一声:"再不出来,就开枪了!打死在粪池里!"

那人鼓捣一阵,终于露出头来。早被刑警一把抓住头发,拉上池沿,铐了。

审这后生不易。他只交代是从河南来打工的,再剩下的啥啥都是不晓得。主审他的刑警王战良动足了脑筋,发起上百次讯问攻势,进进退退,东敲西打,设陷阱,布圈套,鏖战三个小时,终于拿下他的口供。

这后生名叫位娃子,赵六同伙。7日一早,与赵六、曾先亭一起到的渭南。本与赵约好了傍晚会合,一块回河南的,可到了下午,猴子、曾先亭明明已分别将十万元假币拿走,却都不见了踪影,连赵六也不晓得是上了天,还是入了地。他搞不懂哪里出了纰漏，便只身上街打探。他两眼一抹黑，又能向谁问去？想起老张的传呼号码，顺手拨了……

"赵六呢？"

"真是不晓得！"

"你可真臭！"

姓甚名谁

赵六明明已经来到渭南，位娃子和曾先亭都供述过的，可还是让他溜了号。虽说二十万元流向市场的假币被完全截住，但有了这个缺憾，刑警们仍然狂喜不起来。

"老张"姓甚名谁？杜桥刑警中队长高延长说：我们掌握了许许多多个这样的"老张"。我们还有"老王""老李""老赵"。我们有足够的让千千万万刑犯落网的力量。赵六躲过了今日，未必能躲得过明日！

又是一个黄昏，一趟列车打着长长的汽笛，停靠在渭南站。车上下来一些旅客，三三两两地走散了。

也有人坐在广场边的小吃摊上，将醪糟喝得满腔子声响。他偶尔抬头一望，觉得满城灯火，真是不赖。

一只臭袜子

年节刚过，兜里的几个钱热腾腾花了个精光。张董和木背谋划着，要弄几个钱花花呀。二人经年在社会上走动，自忖很见过点世面的，便将一沓纸片裁成钱票大小，要拿去换成真钱。一切都看上去天衣无缝。哪承想，临了临了，竟栽在一只臭袜子上。

2月29日，沈河公园围墙外，张董、木背设好套子，单等前来送钱的呆子。来了！来了！来了个老汉，勾着头，一步一颠，腰包上看上去鼓囊囊的。二人就贴在老汉身后，走了一程。瞅瞅四周，鬼影也没见半个，一人突地拉住老汉胳膊肘。

老汉惊问："咋哩？"

扭过头来，却见一人手里舞舞扎扎、气急败坏的样子："咋哩？咋哩！这个人拾这一大包钱，想独吞！见面有份！咱俩也得分上一点！"另一人正将一包东西遮遮掩掩，往怀里揣。

老汉是老城印刷厂老职工，渭南城里住过一把年岁的，还不晓得这里头的长长短短？——说是分钱呀，三个人又分不均，便让你先拿点钱出来凑个整数，三颠五倒，趁你迷糊，就能裹挟了你的钱去！老汉抽身要走，那二人哪里肯依？索性扭住老汉胳膊，里里外外翻搜。贴肉处寻得三千元,外罩兜里寻得八十元——一声呼啸,走了。

大阳还亮晃晃的在,咋就遭了劫了?老汉惊了半晌,才回过神,把案子报到临渭公安分局向阳派出所。

所长杨民安急急派人四处堵截,现场只有几绺小风卷了细尘起起伏伏,哪里见得着那两个贼子?四下里细细搜索,见着一只袜子,有恶俗的花纹,给什么东西撑得鼓囊囊的;拾到手里,立时有一股臭脚味漾了开来。抽出袜子里的东西,民警大喜,说这案子有了下家了。

袜子里装的正是那沓裁作钱票模样的纸片。那纸片却是学生娃娃的作业本,本子皮上,歪斜斜地写着木屯小学某年级某班某某。找见了这娃,可不就拽住了歹徒的尾巴?

在白扬乡木屯小学,一个学生娃认准了作业本是他的:"用完了本子,我放在猪圈围墙上,准备攒着卖点零花钱。咋到了你手上?"学生娃感到不可思议。

民警问:"你给别人借用过吗?"

"没有。"

"你爸是谁?"

"木背。"

看来木背是脱不了干系了!攥在放学前,着了便衣的民警到了木家。进得院门,就见一个壮汉立在院中,短发、翻眉弄眼,正像受害老汉描述的歹徒模样。却说那人,见院中猛地涌进来三五人,身上都透着股冷煞气,晓得不妙,嘴里支支吾吾,跨上摩托车就想走。

哪里走得成?来人拦住他,喊门外的老汉进来。壮汉一见,一手就往怀里掏摸，叫喊："老哥，是这，我把你的三千多块钱还给你！"

迟了，民警甩出手铐。壮汉还想挣扎，结果被手枪顶住胸口，给铐了个"秦王背剑"。

捉住的这人叫张董，四十六岁，双王乡赵村人，1983年曾被劳教。

木背屋里，如何却捉住了张董？这两天，张董与木背的媳妇不晓得如何厮混在一处，走些歪门斜道，胡乱度日。这一次，张董也是为了在相好的面前显示一下能耐，便拉上木背拿袜子去弄钱。劫得钱后，两人当下吃掉八十元钱，将三千块分掉。正准备好生受活几日呀，没想到劫钱时遗下的那只臭袜子，这么快就套住了他俩！

木背不见了踪影。

再说木背避过了这一回，虽是侥幸，又怎么会一而再、再而三地侥幸下去，永远避开警察的缉拿？！咄！

九儿劫

　　一层雨，一层凉。阴雨下到 11 月 15 日傍晚，冷气已逼得街上行人寂寥无几。这一晚，杜九儿"光顾"了东风街上的一家药店，劫得摩托车一辆、现金四百八十元。可是，仅仅半个小时之后，他还没来得及享用"战利品"，就被临渭区的刑警们扑倒在泥地里。

　　为了劫到钱的那一刻，杜九儿煞费苦心。15 日白天，他在东风街游逛，瞅准了街东头的这家门面：生意火，地点僻，还留有后门。他随即到汽车站，在人稠处买得一大卷透明胶布；一把匕首揣在怀里。晚 8 时，潜伏在暗处的杜九儿终于等到了时机：店里只剩下店主一人，铺门已关。

　　杜九儿出现在药店后门口时，确实吓了店主一跳。他后来在刑警队称：那人个头挺高，进了门并不多话，用匕首将他逼到店后小煤房里，抄过一截麻绳，把他捆扎结实，又撕开胶纸，在他嘴上缠了几匝，这才从容地从他身上翻出四百八十元钱，并摩托车行驶证、钥匙，从店内推出摩托车，扬长而去……这店主后来挣脱麻绳，顶开煤房顶上的石棉瓦，逃了出来。

晚8时半,临渭区刑警大队大队长张金龙最先接到报案,院子里招呼大伙上车,急赴现场。到车上一瞅,可巧,刑警队副大队长钞凤奎、王创业、杨西录全在,几乎能开起一场队委会了。另有个干警王韵珊也在场。一行人急急赶到现场看了,认定劫犯仅骑一辆摩托,又天雨,不会跑出多远,遂兵分两路,向渭河大桥追去。

且说钞凤奎、杨西录、王韵珊这一路赶到老桥收费处,问清没有摩托车过桥,便慢慢往城里回巡。行不到二百米,就见路旁有个下水道井口,没了盖子,却有一个摩托车前轮卡着。

细看车号、骑车人模样,不是劫犯那厮却是哪个?三人一齐扑上去,另有群众刘新利等亦上手相助,将那人逮了个结实。当时从腰间搜出匕首、现金、摩托车行驶证等物,与店主所报钱物相吻合。有人看了表,快9点了。回头一问,杜九儿供认抢劫经过,无误。再问作案动机时,这位二十二岁的澄合煤矿工人,半晌低头不语。或许,在号子里他能理出个头绪来?

巴金先生在《〈序跋集〉跋》中说:"那么重的包袱!那么多的辫子!我从小熟习一句俗话:在劫难逃,却始终不信。"劫,劫数,祸灾也。杜九儿"光顾"药店之时,就已给自己命里添此一劫。

又能跑多久

一

那路，可不像一株大树？在主干，它粗、平、直；愈细枝，便愈窄、狭、曲折。

李亚军顺着路，往北，只拣狭小的走。这一日，走到了一条路的尽头。这里是澄城县的一座小煤窑。

矿主斜着眼白，从头到脚打量眼前这个小伙。长发，瘦，神情疲惫，像是几夜没合眼，净干了劳腰损肾的事；只两个眼珠活灵乱转，透着几分机警伶俐。矿主就有些不满意。他的矿，要有力气的，傻大黑粗，最好；要这机灵的做甚？与自己作对闹事吗？

李亚军"扑通"一声，双膝砸地，磕头道："叔！士为知己者死！收留下我，我不会让你后悔的！"

矿主沉吟着不言语，李亚军又磕一响头道："要不，先试火两天？"

矿主爽快道："中！先试两天再说。"矿主的盘算是，这人既如此心切，必有心病。我不趁机叫他白干两天，却不是憨憨！

地下的煤矿巷道里，潮、冷；头顶的矿灯，只照得见小小一圈晕亮。李亚军爬着，拼死劲抓挖。他是不曾出过这般死劲的，像驴，像牛，淘尽力气。可是，还得不停歇地挖、刨、挥动沉重的钎镐。两天下来，矿主的脸上有了笑意。李亚军晓得，他可以留下来了。

他恨这矿主，凭着一碗饭、一个窝棚，就可以让自己服服帖帖听命于他！可是见了矿主，他眼里眉梢又尽是谄笑——只要能收留下他，给他一口饭吃，哪怕矿主让他喊爹、喊爷，都成！李亚军这样恶狠狠地想。

终于，矿主开始赐惠于李亚军了，让他保管材料，镐、钎，炸药，煤斗车。虽是不用下井，仍然累。矿上没有昼夜之分，机器不歇，电灯不灭，一窑的工具，就得一遍遍地数发，一遍遍地拾掇。李亚军不敢停歇。

只有到了换班的时候，从地底下涌出来一拨一拨黑污透了的矿工的时候，李亚军才能有片刻的轻松。这些矿工们拖拉着步子，简直想立刻歪靠在什么地方——一堵断墙、一截矿柱，然后死死睡去；嘴里却永远是玩笑，荤腥十足，性致勃勃。他们用这种方式来满足自己的渴望，抚慰自己焦躁的心绪。这个时候，李亚军就能想起他的女人来。想女人的时候，躯体虽然承受着苦役般的劳作，魂魄，却就飘飞出这一片黑黝黝的山谷了。

二

　　他的女人，叫王大莉，却不是他的老婆。王大莉自有一个丈夫；另有一个男人，便是李亚军；还有一个男人，名叫张无产。

　　王大莉常常慨叹自己红颜薄命，为甚么偏就生在农家院子里呢！麦田、黄牛，注定要成为她眼中永远的景致吗？人说男人只有一次生命，而女人却有两次——那第二次，便是嫁个好男人。这男人得有钱，有地位，最好强壮，从结婚之日起便一改女人的命运，携她度过美满人生。

　　王大莉从懂得她的爹娘不能给予她富贵的日子起，就开始做着这样的美梦了。过了很多年，到她再也无法拖拉着不嫁人的时候，终于痛苦地发现：这样一个梦，是何其浪漫！又是何其脆薄！破碎起来，简直连个声响都没有！在她的周围，她实在找不出一个可以圆她美梦的男人！

　　她开始恋爱了，与张无产。张无产的名字，就是张无产的家境。可是，此刻的王大莉已经迅速从富贵梦的极端滑到另一个极端——开始追求爱情，不加任何条件的。爱情，谁人又能够限定它的内容？多少只爱情的瓶子里溢满了污水呵，没有理由责怪张无产、王大莉们的迷乱。从言语逗撩到肌肤相亲，王大莉与张无产并没有用去多长时间。

　　然而很快，王大莉又醒悟过来。她可以爱一个一无所有的人，却不可以嫁一个一无所有之人。闪电般地，她嫁到邻县临潼零口乡去了。丈夫比她大了十多岁，人亦木讷，却喜家有薄产。王大莉入门三日，便将大门小柜的钥匙绑了一裤带，指东喝西，颇有如鱼得水之幸。

剩下一个张无产,掏心挖肺般的苦疼,疯了似的去找王大莉,软缠硬磨,屡屡以自杀相威胁。王大莉见他痴勇可嘉,勾起几缕旧情,更兼现在衣食无忧,情感之潮遂冲垮低矮单薄的道德之堤。隔三岔五,她就要外出"走亲戚"——趟水越崖,去会情郎。

这个时候,李亚军出现了。李与张无产本是同村人,从小一起捏尿泥玩大的。张无产那一疙瘩事,李亚军全晓得,还撞见过几次张、王在一起的情景。王大莉对张无产的这个"朋友",开始并未在意,只是她不曾想到,她的大胆的谑笑,她的不加任何约束的扭动,在李亚军心底已激起轰天巨浪。

此时,李亚军已娶妻,生子。妻子需要他的忠诚,孩子需要他的纯洁,但这些已不足以束缚他的躁动的心了。他麻着胆子,迈出了第一步。那是个黄昏,李亚军掐算住王大莉回家的必经之路,便在路边坐等。他的愁眉苦脸,自然引起了王大莉的注意。李亚军向她"痛陈革命家史"。

女性有种天然的同情心吗?王大莉很快同情起这个"家庭生活极其不幸"的男人来。他们一同走完从西洛村到零口王家的路时,一个多情,一个有意,简直有点难分难舍了。李亚军对这种感觉是蓄谋已久,自不待言;王大莉却像是往家里多拾了一个麻钱一样,少这一个,能过;加这一个,也行。从此,王大莉周旋于三个男人之间,调度着男人们,不让他们冲突。是三个大活人呀,这需要多高的技巧?她紧张、疲惫,却又是兴奋地生活着。

三个男人中,还数李亚军心眼稠些,晓得怎样钩挠女人的心。天长日久,他后来居上,大有一统王大莉之势。这使张无产大为恐慌、嫉恨。他焦急,却只会向王大莉施加压力,软磨硬缠。不料时过境迁,王大莉竟不再接受这种感情表达,命令李亚军"失塌掉无产"……

这样一段多少有点乱七八糟的风华雪月的故事,现在的结局是:王大莉失掉两个情夫;张无产失掉一条性命;李亚军失掉整个自由,逃亡在外。李亚军在逃亡的日子里,只有靠回忆来打发时间了。可是,他的时间还是显得那样漫长。下一步,还会发生些什么事?

三

一盆煮洋芋疙瘩、一盆猪肉粉条、一筐杠子馒头,热气缭绕的,就是矿工们的晚饭了。他们揉着永远也洗不净的鼻孔,大声地打过喷嚏,抓过馒头,开始享用了。照例的,少不了玩笑。玩笑的归结,少不了下三路。吵火到热处,就会有一个身弱些的被扒光了,在人堆里被推来搡去。

今天,这不幸落在一个小伙子的身上。是那种还没发育成熟的男孩子,到矿上才两天,没有人认识他,更没有人呵护他。在那种疯狂的玩笑中,他完全不知所措,只是瞪着惊恐仇恨的眼睛,眼里渗着泪水。

"够了!欺侮一个碎娃娃,不怕X烂?!"这一声喝叫,使闹剧收了场。这人是李亚军。

凭着心计,凭着两片薄薄的嘴唇,凭着一股子狠劲,李亚军很快在煤窑里立住了脚。而且,他开始培植自己的势力了。他发现了小伙子眼里仇恨的火焰,他欣赏这种仇恨,并且打算利用这仇恨。

接下来的几天里，小伙子老是趁机往李亚军跟前凑。李亚军提筐，他赶紧提筐；李亚军摆矿灯，他赶紧也摆矿灯。然而，李亚军对他的帮助、殷勤视而不见，一句话也不给他。这种仗义，这种神秘，终于彻底征服了这个才见世面的小伙子，对李亚军愈发彻底地忠诚。

一日，估摸着火候已到，收工时，李亚军提回来十节炸药，兀自在窝棚里摆弄。小伙子来了。

"你叫什么？"

"三娃。"

李亚军教会了三娃使用炸药，漫不经心地说："这家伙厉害，一下能炸不少人哩！"又说，"这世上坏人真是太多了！"

三娃是何等聪明的人呢，立马道："李哥，说！谁是你仇人？咱拿这家伙整他一下！"

李亚军认真想了一下。张无产已死，还真没什么仇人了。不过，西洛村有个叫李智武的，警察们来来往往，都在他家吃饭喝茶，可不是个汉奸？遂切齿道："村里李智武和我弄得不美！"

"把那家伙整一下！"三娃立即喊。

"咋整？"

"用炸药！"

"瓜娃！整死了，又一条人命在了咱身上！咱也没钱了，整一下不如弄些钱耍耍。"李亚军盘算着，附耳于三娃，说出一条计策来。听得三娃直吐舌头。

四

三张乡西洛村那个李智武,办着座养鸡场,又开个饲料厂,人缘好,生意好,是村里的人尖子呢。8月1日这晚,天刚擦黑,李智武敞开房门,让屋里灯光铺照住院子。院子里,正有两人在打鸡饲料哩,就听见大门外"通通"的脚步声。待院里人抬起头时,已撞进来两个男人:一人把住梢门,一人吆喝:"都进屋!这里有炸药!"

李智武细看时,认得是同村的李亚军。"亚军,来!坐!好一阵子不见你了。"

"见我做什么?报告给警察吗?"

"看你说的!公家人来来往往的,只说我家屋子大,来这里吃饭。我可报告过啥嘛!自家兄弟么,来!叫你嫂子做饭吃!"

"你把我整得没路走了,吃甚鸟饭!"

李亚军的油盐不进,使李智武有点吃惊。对村里这颗烂桃子,李智武从来没有多往心里放过。这人有点才气,可品行不端,能成什么气候?然而,今天的气味有点不同寻常。这小子胳膊下夹的包裹,真的是炸药?

见自己几嗓子吼定了李智武,李亚军心中不免有些得意,终于露出底牌:"你把我整得到处乱跑,现在连一分钱都没有了!"

一听是要钱,李智武松了一口气,从上衣兜里抓出一把钱,爽气地说:"全给你!要点钱么,咋不早说?"

李亚军定睛看时,却是一把块块钱、毛毛票子,不觉大怒:"你少来这套!哄娃哩?"

李智武迟疑一下，去桌子抽屉里，又取出一沓钱来，归在一堆说："好兄弟，就这些了！将来挣下多的，再送你些！"

李亚军嘴一撇，并不伸手。三娃急去拾了，塞进裤兜。

"这是炸药，相信不？"李亚军又吼。他一胳膊夹着炸药包，一手捏着电池，说："来看看？"

三娃帮腔道："太少！再拿！"

李智武看看捱不过，牙一咬，去里屋抽斗里搬出一堆钱来："两万，全部家底都在这儿了！你们再要，就只剩我这条命了！"

活这十几年，哪见过这么多花花绿绿的钞票？三娃眼也直了，涎水也滴溜了。见李亚军点头，这才醒过腔来，扑上去，用一张报纸裹了，就往外走。

出得门来，看见墙角李智武的摩托车，李亚军站住了，重新摆姿势捏好炸药包，喊："智武，你整天价地骑着摩托风光，惹得女子们冲你飞骚眼，多可憎！今儿栽到我手里，干脆连车一块儿给我，咋样？"

李智武还有什么说头呢，就去房里拿出驾驶证、车钥匙，递与李亚军，大方地说："兄弟，老哥平日也没帮你啥。今儿有这机会，你把这些都拿去！要是去西安，我给你介绍个住处？"

李亚军问清了住处，拧大油门，道："多谢了！"

李智武亲兄长般送走李亚军，急急着人去派出所报了案。照他的想法：冤有头，债有主。认得是你李亚军抢的东西，还跑得到天涯？何况还套出了他的话，的确是去西安方向了。

李亚军本还有去西安的意思，经李智武一说，立时扭转车头，直奔另一个方向，去了大荔县了。

五

天亮了，摩托车却开进白水县城。李亚军与三娃迷了路。

昨日夜里，他们调教好摩托车，直取大荔。三娃说他的家就在大荔县。夜色深重，辨不得东西，又不敢停车打问，一路北来，便差了大码。两个人干脆找个背僻处住下。白日逛街，黑地就在旅店。时时怕人追捕，他们前后总是保持着一段距离，睡觉也不在一个房间。这样过了六七日，倒还平安。

三娃看看无事，算来出门时长，也是年少，想家心切，溢于言辞。李亚军虚意挽留几句，便跨了摩托车送。车进大荔地界，三娃下车，不让李亚军再送，说是怕父母责打。李亚军道："那你走吧。以后有甚事，尽管找我！"

三娃迟疑半会儿，终不挪步："那钱，怕该分了吧？"

李亚军一拍脑袋："你看你哥这记性！分！你给咱找个安全点的地方就分。"

在三娃的一个朋友家，两人紧闭门窗，由那朋友作证，开始分钱。李亚军点数一遍，只剩九千。三娃疑问："只剩下这点？"

李亚军"哗啦啦"地捋一下票子，笑道："这十多日，咱吃、住、玩，都拣最贵的，又买这许多衣物，可不得花很多钱？剩下这九千，咱二一添作五，一人一半，你看？"

三娃不说，不笑，停了半晌，才拿了一半去。

看着三娃下楼，那朋友笑道："李哥，够脑筋！"

李亚军不笑："我俩是生死兄弟，谁也不会欺哄谁。"

"真的只剩下九千？骗憨憨去吧！"

李亚军不语，警觉地盯着眼前这"朋友"，心说世道真是艰难啊，这么点钱，怎么这么多人盯住不放？怎么摆脱这人？

正思谋间，就听那人说："别紧张！兄弟是正路人，心也不贪，你借我两个就行。"

明情是硬要哩，偏又说了个"借"！李亚军抽出一张大钞，递过去："不用还了。"

那人捏住了，胳膊僵着不往回缩，挤出点笑："李哥是大方人，这回咋像是打发叫花子哩！"

李亚军又摸出一张，重重压在那人手上。

那人强笑着，说："你的头就值这两百元？"

李亚军只好再抽出一张，道："多的就没有了！剩下的，我得还债。债不清，我全家人都活不成了！"

恰巧三娃上来，那人才掖起钱钞，顾自去了。

六

一根蔓上，还结两样瓜呢。生在农村，李亚军偏就不喜耕种耙耱那些套路。他爱跑，串村走县，四处招摇。这样的生活，赋予他见风使舵、能立能蹲的禀性。他见人说人话，遇鬼言鬼语，成为一个"人油子"。他没有挚友，多的却是称兄道弟的人，一抓一大把，陈芝麻烂谷子，吃吃喝喝，吹吹拍拍。

告别三娃，李亚军又绕着道儿，去了三原县城。他在这里很快找到旧友王谋。一番寒暄之后，王谋摸清他的来意。他是要来做生意，带着钱呢。得，这事好办。王谋腾出家里最好的房子，新铺净被，安排李亚军住下。

可是，一连几日，李亚军只是蜷缩在屋里，并不出去打问货物行情。王谋觉得奇怪了，整治好酒席，要套李亚军的实情。酒是大口地喝，闲谈话也一箩一箩地抛，只是一点儿实话也不说，李亚军滴水不漏。

改日，王谋撑起麻将摊子来，邀李亚军出场。李亚军走南闯北的，啥玩物没见过？正闲得发急呢，见了麻将摊子，也不推辞。论说起来，赌博这事，有输有赢，也是常理。偏这李亚军手红，几夜下来，竟是赢得多，输得少。一条街上霎时传遍，说王谋家来了个赌王，手高得不得了。

有不服的，就邀了几人，专找李亚军凑场子。开场时，一人站在李亚军身后，挤眼睛抠鼻孔，给其他人传消息。那三人往一块凑牌，又和又炸，攻势凌厉。李亚军哪经过这阵势，待要退场时，却被人死活拽住。他晓得遇着克星了，硬下头皮应付。不一时辰，输去一万多元。

现钞点了几点，也只有四千。他服软告饶，好话说尽，那几个人只是冷笑，不放他走。

王谋道："兄弟，到这工夫了，还留那个摩托做甚？"

李亚军这才想起劫来的摩托，与那几人一番讨论，作价六千，顶账了事。交罢行车手续，李亚军想想这几日，富也富过了，说穷也就穷了，像是南柯一梦。现在一分钱也没有了，不觉抱头大哭。

老大一个男人一哭，弄得其他几人愣了，问道："男子汉呢，哭啥？输不起？"

"输了钱，有什么哭的？只是现在一文没有，原说去山东给老娘看病哩，这下去不成了，能不叫人伤心？"

那几人一商量，摔过400元来，喝道："念你还有点孝心，给你这点钱！记住，以后到了人家地盘，别翘尾巴！"

在王谋家又住一日，眼见着王谋脸色渐渐不耐烦起来，李亚军只好打起另寻出路的算盘。恰好电视上有山东德州的风景镜头，楼高街阔，人物俊秀，李亚军作想那地方不错，遂拐到西安，坐排了一夜的队买的火车票，轰轰隆隆地去了山东。

七

这地方再好，也是别人的啊！李亚军由衷地感慨。在德州几日，他转遍了大街小巷，薄薄的煎饼、油乎乎的烧海螺，他对付起来倒不费什么事。但是，站在街旁，看德州人急匆匆的脚步，他觉着像是一条急湍的大河，而他自己，就像河边一粒顽石，河水奔流，与这顽石又有什么关系呢？

一种独在他乡为异客的感受，酥酥地爬遍了他的全身。他强烈地思念起渭南——那座尘土飞扬的城市；那像是吼叫的秦腔；他难缠的媳妇、他的儿子！还有王大莉，妖娆的王大莉，叫他浑身暖洋洋的、快要融化了的王大莉！

大莉是愿意跟自己的呢！张无产值什么呢？大莉他男人又值什么呢？大莉不是整日缠我李亚军吗！李亚军是精灵的，从来不相信王大莉这样的女人会和他厮守一辈子。什么海枯石烂都不变的爱情，不都是哄弄那些初中学生的？然而，他完完全全迷惑了，迷惑于王大莉的放浪。他与她，完完全全成了一对发情的野兽，寻找着一切机会进行苟合。果园里，狐朋狗友的炕上，甚至他娘的屋里，都成了庇护他们勾当的好处所。他们完全不顾身后的指责、辱骂，李亚军媳妇的寻死觅活，张无产的拳刀威胁。这些压力，只是加重了他们野合的力度，丝毫都不能让他们回到正常人的生活轨道上来。

3月10日，杀完张无产，还是深夜，李亚军径直去了王大莉家。他抡开王家的房门，像是一个得胜还朝的将军，大喇喇地朝屋中央一站，问："大莉呢？"

大莉男人吓得瑟瑟发抖，急往被窝钻，一边漠然道："不晓得去了哪里。"

李亚军仗着杀人的余威，一把拉出男人，吼："走！你带我去找！"

男人很久以来已习惯王大莉和她的姘夫们的吆三喝四，也就顺从地披上衣服，一同去临渭区良田乡找着了王大莉。

"我把张无产失塌了！"一见王大莉，李亚军便带着哭音喊。王大莉不作声，李亚军抓住她手，学着电视里的绅士："大莉，你决定！要是跟我走的话，咱就走；不走，你就和这男人回去！反正我杀了人，此地已容留不下我！我就要浪迹江湖去了！"

王大莉犹豫一下，说："当然是跟你！"

王大莉的男人竟没什么反应，或许心里厌烦已甚，早就盼着这个结果的到来？

此时，天已微亮，几个人敲开一家小卖部，买得几个蛋糕，分着吃了，算是最后的早餐。

李亚军准备带王大莉流浪天涯了。他俩携着手到李家取衣服的时候，遇到了点小小的麻烦。李亚军的媳妇一见王大莉，立时红了眼，扑上来就要厮打。

王大莉优雅地躲在李亚军身后，柔声道："你看她，可不是个泼妇?"

李亚军当时喝退了媳妇,没顾上拿衣服,只掖了家里的现金,匆匆离去。

他们的第一站是潼关县。这是个产金子的地方。只住了一天,王大莉便不耐烦起来,与李亚军大吵了一通。她承认与李亚军爱情至深,但他们的爱情又怎么能在挖矿石的民工们住的窝棚里生存呢?还有那霉了的面粉,那稀汤寡水的菜肴,叫她怎能下得了口呀!当下,两人又偷偷折回渭南城。

李亚军的本事也就这样了——一遇真刀实枪,也是没脾气了!王大莉开始小看他。不几日,趁他不在意,便溜之大吉了。

在逃亡的日子里,想起这一节,李亚军也时常气闷,觉得王大莉薄情。然而,离家时日越长,李亚军还是越发强烈地思念起这个女人来。在德州,李亚军忍受不了异乡的孤寂,决心不再大着舌头学德州人说话,他要返回老家了!

八

1995年的8月26日,李亚军在杀掉张无产一百六十余天后,回到了渭南市。

关于杀人一事,再一次显示出李亚军的精明来。他和情敌张无产都是临渭区三张乡人,却将杀人现场放在了邻县临潼零口乡的一处果园里。这个安排给警方带来许多不便利。尸体的发现、立案都在临潼县公安局,案犯却在渭南,这就需要两地警察的协调合作。天下刑警是一家。李亚军制造的这个小小的麻烦,并不能阻止他的覆灭的到来。在他潜回渭南的当晚,就被人发现,而且迅即报告了刑警大队。

　　临渭区公安局为此案成立了一个专班,组员王民最先接到的报案。王民即刻与另一警察各骑一辆摩托,将渭南城区搜了一遍,未曾发现李亚军的踪迹。王民细细思量一番,觉着举报人发现李亚军时是在南塘巷,李正在上一辆三轮车。那么,李在南塘巷是否有个落脚点？王民遂蹲坑南塘,准备守株待兔。

　　时过子夜,灯昏人稀,一辆自行车晃悠悠地过来。王民看车架上的人像是李亚军,便拧开摩托油门,从自行车旁掠过。认得准时,确是那厮！王民将摩托轰到前面路中,候着。

　　李亚军喝了两瓶啤酒,正晕呢！一踏上渭南这块土地,他就有些毛骨悚然的感觉,怕熟人、怕警察。甚至,他害怕闭上眼。一闭眼,张无产临死时哼哼唧唧的声音就会在耳旁响起。从山东回来之前,他以为过了这么长时间,血淋淋的那一幕早就该淡漠了。谁知偏是不能！过去的一切,反而愈加清晰地映在他的脑穹里——

　　3月9日,他和王大莉从西安浪了一圈回来。王大莉娇声道:"无产老是寻我的事,你咋不把他拾掇了去？"

　　他绅士似的说:"等等！我先给他说说！说不下,我就把他收拾了。"

　　3月10日,他邀张无产去零口王大莉处说事。两人各怀鬼胎:李亚军带一把藏刀,张无产腰佩一把杀猪用的短刀。寻王未见,两人夜宿零口孟塬村一个果园。

　　果园主人叫增社,质问李亚军:"你咋和这货一块来了？这货打过我！"

　　内中原委,却是李亚军携王大莉曾在果园苟合,此事叫张无产晓得，气愤不过，又寻不得王大莉的不是，遂将果园主人增社一顿暴打。

李亚军抚慰道："这不是给你解决问题来了吗！咱把这货失塌了！"

"失踢了就失踢了！"诛灭一条生命的预谋就是这般简单。

张无产先是挨了李亚军一斧背，当下昏倒在地，双脚乱踢。李亚军与增社将他往一个浅坑埋的时候，他的喉管里又发出呼噜声。这声音使李亚军感到厌恶、惊恐，他掉过斧子，朝张无产肚子猛砸了几下。

张无产照旧呼噜着，增社大怒，顺手抬起张无产的戳猪刀，一刀割断张的喉管，呼噜声立止。"这熊货死牛活牛，还不是这个祸根作乱！"增社拨拉到无产那物，一刀割去，"叫你到了阴曹地府，好给阎罗做个太监！"

这一幕幕，忘得掉？唉唉！做了亏心事了！

自行车扭过路口，李亚军觉着头皮发凉，就见两条黑影扑来，踹翻了自行车。李亚军翻滚起来就跑，却被一条胳膊箍住脖子，一支枪管顶在腰眼。李亚军乖乖地等警察给扣上铐子。命啊！他想。

李亚军没有想到的是，这伙警察上了案子，像是玩命，深夜两三点了，还要审问："我都说！能不能等明天？今儿实在是乏了！"

"老老实实的！"警察训斥。

在人屋檐下，哪能不低头？李亚军嘀咕着。交代完毕，他反而没有了睡意。

毫无疑问的，增社已被逮住。那天晚上，他留给增社的最后一句话是:"把地上遗的血弄净!"

　　这个增社呀!还有三娃,现在怎样?他当哥的,今晚可还没有交代三娃的住址、姓名。不过,到了明日,还能抗住不说吗?三娃,你即使跑了,又能跑多久?唉!

一口面条

　　高满法想吃一口面条时，已是天黑，村里又停了电。他从炕上坐起身，摸着火柴，择出来一棵，用手指蛋捏出火柴头一端，呆坐一会儿，"嚓"的一声，擦着火柴，燃亮半截蜡烛。黄黄的光晕一圈一圈增大。屋角几只桌凳早看不出本色，却污脏得又能映出烛光来。

　　高满法擀面，两只胳膊很带劲，肩胛骨高高耸起，突又放平，面团被擀杖压薄了，薄了。高满法舀两瓢水倒进铁锅，锅下生了火。

　　"呱呱呱呱！"刀声乱响，一声急似一声。切好一碗底碎葱，撒上盐颗。热一勺底油，浇到碗里，"嘶啦——"葱香满满地灌了高满法两鼻孔。再切面，再煮，再捞，就能吃上这口面了。高满法满心欢喜。

　　高满法爷爷摸进门来。

　　高满法"咣咣咣"地切着面，扭回头说，爷，我想吃口面。

　　高满法爷说，吃逑！二十五岁的大小伙子，睡了一天，天黑了想吃头！高满法爷高声恨气，脱了鞋袜，手和脊梁骨在炕上挪着，躺舒坦了，忽又坐起，"噗——噗——"吹熄了蜡烛。

一下子，就静了。可是，葱花香、锅里的热气，都在屋里弥弥漫漫。高满法还嗅着一股面片香，淡淡的，可是绵绵不绝。高满法决然点亮蜡烛。

高满法爷坐直了身，骂："你个夯货，除了卖家当，就是吃吃吃！夯货么！"骂毕，吸满一腔气，"噗——"吹熄了蜡烛。

屋子里全黑了。村子里也全黑着。远处有几声狗吠；院里墙角，猪在圈里哼哼。高满法立在案板前，手脚没地方放。爸早亡，妈嫁人，他和大哥就跟八十多岁的爷过活。

爷脾气太躁，张口就骂；除了骂，再无二话。前几日，村里有人收麸子，高满法想把家里的麸子卖掉，才一开口，就被爷夹七夹八地骂得抬不起头。有时候静下心来想，爷是七八十岁的人了，牛一样劳作一辈子；老了老了，还得带管两个孙子！大孙子说是外出打工，一去不回头。爷不骂小孙子，该骂谁？骂吧，骂吧，爷还能有几年活头？

黑暗里，高满法立得两腿酸胀。挪一下腿脚，感觉浑身血流畅快，心里轻松了一点。爷总该让人把这口面吃到嘴里吧？他想，就又摸着火柴盒，用大拇指顶开盒子，两个手指蛋捏压出火柴头，抽出来燃了。高满法看见锅里热气只剩下一丝两丝，葱花碗里凉冰冰的闻不见香味，赶紧往灶里添火，把风箱拉得呱唧呱唧大声作响。热气腾起来了，高满法奔到案板前，抓起面条抖搂开。才要放进锅里，爷爬到蜡烛前，嘴凑近火苗，"噗！"只一下，火苗走了。

高满法抓着两手面，没处放。"爷！你把蜡烛给我点上！"高满法喊。

"你个夯货！半吊子！"爷干瘪的胸腔里咳出这几个字，大口大口地喘息。

"爷！你到底是点还是不点？"高满法委屈极了，边喊，边冲到炕前，手里掂着根烧火棍。

爷咳着，说：你个夯货，想咋哩？

爷想拾翻起身子，高满法已将木棍抡得雨点般砸下。

毕了，高满法爷毕了。

1999年5月初，陕西省韩城市西庄镇有人打开高满法家门，看见高满法爷身上都长了蛆了。

2000年2月3日，高满法到韩城市公安局投案自首。高满法闹下瞎瞎事，就跑，去陕北找见他妈。心里其实隔生得很，又踅身回到韩城邻县。无以谋生，唯有卖血。卖血又不得窍，不会喝盐水，不几日便元气大伤，失了人形，只好挨进公安局大门。

后来高满法在法院受审，几回低勾着头嘟哝：爷咋老骂我"夯货"？为啥不让我吃那一口面？

2000年9月15日，高满法被渭南市中级人民法院一审判处死刑。高满法没有上诉。

仓廪实而知礼节，衣食足而知荣辱？这出一碗面条引发的悲剧里，看得到高满法病了，且病得不轻。

世界卫生组织对健康有个定义：健康是一种身体的、心智的和社会道德的完全状态，而不仅仅是没有疾病。

心理是否健康？国际上通行的标准是：社会适应良好；性格健全；意志健全；行为协调；反应良好；心理年龄符合实际年龄；注意力集中；思维健全；情绪稳定协调；心理防卫功能良好。

社会心理健康，不能再漠视了。

罂粟花的恶

谨以此文献给"6·26世界禁毒日"

你艳丽！你妖娆！罂粟花，你纤茎，硕果，是尘世至美的结晶！你邪恶！你魔魅！罂粟花，你毁人，祸国，是人间至毒的浓缩！罂粟花，为了你，多少人妻离子散，多少人血灭烟尽，多少人身陷囹圄。

这世上没有哪种花，能像罂粟那样，会使人品尝短暂的迷幻快感之后，永恒地步入地狱的庭院！渭南人又何曾能够想到，在自己城市的繁华背后，生存着苟延残喘的吸毒者这样独特的人群。

何 三

这名字响当当的，有哪个老渭南不晓得？家住老车站，膀大腰圆，是条威凛凛的汉子呢。做着粮食生意，发得不轻。人说何三腰缠百万，何三谦虚，说没挣多少。先前倒是有台彩电，二十九寸，算渭南第一，可没领风骚几年，现在人家三十二寸、三十三寸的彩电多了，咱算老几？！何三感慨。

挣够五十万时，何三确确实实松了一口气。五十万呀，叫先人背着太阳，刨尽土坷垃，就是淘尽全身力气，得干多少年？不能算，不能算！何三做生意，虽说淘脑筋，虽说也费神，可一车皮一车皮朝外运粮，有的是火车么；一万元一万元地进项，有的是银行么！金钱，的确使何三换了个人！走起路来凸胸腆肚，说起话来底气十足，整个人都壮得硬邦邦。而且，娶一房媳妇，叫小红的，是个人尖子，人见人羡。何三还缺什么呢！在人前说话，话语就有些满，好像世上没有办不成的事、没有走不通的路。

可是，很快有人骂了："何三？是有俩钱，可那是土财主！"

财主？还是土的！何三听了这话，不服气，寻了去，问咋是个土法。

那人就问："你可抽过烟？"

抽烟？笑话，不是云烟，我还不沾嘴唇呢！

那人鄙夷："说的是大烟！"何三有点儿傻眼，他可真的没沾过大烟的边。不过，拿来，我抽！别人抽得，我何三偏抽不得？咄！

这就上瘾了。一日八百元的消费，何三眼也不眨一下。他有五十万呢。抽足了，精神头倍增，觉得浑身都是劲。地球若是有个环，他都能将地球一把拎起来！瘾来时，烟又不凑手，那就是抓了何三的筋了，浑身瘫软，鼻涕、口水一把抓，卧在地上，一摊烂泥似的。

媳妇小红贤惠，头一回见他那烂泥样，吓得半瘫，不晓得咋样招呼，端了烟递在他鼻孔前，才救他一命。待到第二次、第三次，也就看得淡了，不愿意伺候下去。规劝几次，何三是左耳进、右耳出，心里留不住媳妇的话。照样抽，照样犯，照样一摊烂泥。

一怒之下，媳妇一走了之。离婚协议书上写的理由是"感情不合"，何三也认，心里感激小红，还没出卖他。

离了婚的何三，大老爷们的脾气没倒，作想不就是个媳妇嘛？再找，找个更漂亮的，更绝的！人有了钱，就有了"朋友"；钱多，"朋友"就多。朋友多了，起码有一样好，说出去的话，总有人应承，砸不了脚。

朋友很快给何三寻来了媳妇，四川的，大学生，妖妖的，看去挺柔顺。何三极满意，当下迁入四川，好好过小日子去呀。生下一儿一女，何三放宽了心，摸出烟枪，又抽。不料这四川老婆面柔心不软，眼见着家产变作烟土，快烧完了，一纸诉状，"休"了何三。

何三光溜溜一人回到渭南，风光不再，再也没有唤朋呼友，再也不能颐指气使。饭是混着吃，先前有谁沾过他光的，一个也不饶，专拣饭时去拜访，也不客套，赶上了饭就吃，吃饱了走人。不多时，弄得人见人怕，日子算是彻底烂杆了。之前吸毒，被缉毒队抓住，罚款三百元，竟是掏寻不来。何三八十岁的老娘，走东邻，跑西户，赔尽脸面，方才凑够罚款，替他交了。

最难过的时候，何三都没想卖了那台彩电。二十九寸，曾经是渭南之最呢！他舍不得，缴不起电费，也得留着。但是，到了被强行送入戒毒所的时候，交不起戒毒费，千难万难，何三咬紧牙，以彩电抵了戒毒费。终于，那个做粮食生意的何三，那个硬邦邦的、腰缠五十万贯的何三，走入了历史。

据渭南缉毒队警察介绍，何三不晓得又触了哪条刑律，现在羁押在老城看守所，等着处理。

狗 娃

员张有个叫狗娃的,也是愣抽大烟。很费了些周折,戒了。小伙今年二十五岁,这几日正筹划着要结婚了呢。

狗娃永远得感激他的父亲。

狗娃父亲发现儿子抽大烟,是五年前的事。当时只有一个念头,一定得让儿子戒了!五年中,上西安,下长安,在家里,狗娃父亲让儿子戒了十次烟,一次两个多月,仅戒烟费就花掉万把块。起初收效甚微,狗娃爸情急之下,掂来一条拴狗的铁索,一头捆于铁床床腿,一头绑住狗娃双手。

烟瘾上来时,狗娃浑身疼痛,无法自制,仿佛有千百万支带火的箭头,一排排直射肌肤,朝肉里穿扎,越深,越痛,那火烧得,连血液都煮沸了。狗娃额上,豆大的汗珠滚滚而下,糊住了双眼。房间的一切都变作小黑点,小蚂蚁,千万只,亿万只,潮水般涌来,叮咬狗娃。狗娃哀叫一声,倒在地上,双手抱头,打起滚来。最后以头撞床,撞地,撞墙,鲜血涂染得到处都是。

狗娃的父亲在窗外见了,心里老大不忍,流着泪喊:"狗娃!你还抽不抽?"

"……爸呀,我受不了了!……"

"说抽,还是不抽?"

"我保证不抽了……"

儿子能有这话,做父亲的总归高兴。当下解了铁索,抚慰一番。又掏五万元盘下辆小面包,叫来女婿等人,3个人陪住狗娃一个,让跑运输。心说整日不得闲着,又挣着钱,狗娃或许能断了那瘾呢。

见面包车新崭崭的,狗娃倒是蛮高兴,吆喝哩,拉客哩,挺欢实。

票卖完,人上齐,狗娃的烟瘾上来了,叫道:"姐夫,我得上趟一号(厕所)!"撒腿就跑。剩下几人等得时长,旅客又嚷嚷,叫着催走。打发人去厕所找寻,哪有狗娃人影!回家报告给狗娃爸,一审问,狗娃拧着身子哼唧:"我实在是撑不住……"

最后一次,父亲将狗娃送进了渭南戒毒所,一手交了若干钱,当着狗娃的面,对警察说:"狗娃一日戒不了烟,就一日不要放他出来。我倾家荡产,也认了,就把他一辈子养在所里!"狗娃这才从心底发了慌,戒好后,再没犯过浑。这5年间,他已将家里20万元钱烧了个精光。

张民丰

烟鬼张民丰死后,家里没有一个人为他掉泪。

这个渭南市配件公司的青工,是1992年麦收前死的。他没有钱,不晓怎的却染了烟瘾。瘾上来,无法排遣,只好向家里讨要。家里能有多少闲钱呢,一家人要吃要喝要过日子哩。

老父亲是个医生,正直了一辈子,不想儿子这般不肖,回绝张民丰时,言语间就有些气愤。这可惹翻了张民丰。他抄过菜刀逼住父亲,大骂,被人劝过。下一次再索钱时,又拿了菜刀胡戳。他弟弟眼见着父亲要吃亏,抄后腰搂定了张民丰。做父亲的急昏了头,也气昏了头,摸过手术刀来,几次出手,戳倒了张民丰。

张民丰死年,三十岁。

郭 涛

西安西门外居住的男孩子郭涛,给渭南戒毒所的烟民们写过一封信,称:"在我十三岁那一年,母亲生了大病。父亲忙着照顾母亲,又要上班,只好将我和九岁的小妹妹寄放在姑姑家。姑姑管不住我,我经常不上学;到学校就和老师打架,后来就不上了……"

郭涛停学,他的父母、姑姑都不知道。郭涛就这样走上了社会。那时,他手头还有几个零钱,西安街头最能吸引这个13岁少年的便是电子游戏机了。屏幕上激烈的枪战、变形金刚,带给郭涛好多的快乐。钱,很快就花完了。郭涛一天都没有吃饭,他饿,缩在一个墙角里,数街灯。周围灯红酒绿,音乐轰响,歌声悠扬,时至午夜,这个孩子就在西安的街头墙角里昏昏然睡着了。

他被惊醒时,看到的是两个和他差不多大的孩子正掏他的口袋。见他惊醒,那两个孩子一点儿也不惊慌,反而笑嘻嘻的:"嘿,哥们太穷!比我俩还干,口袋里连个分子都没有!"

"你们是干什么的?"郭涛有气无力。

"跟你老哥一样,夜游神。"

"我一天没吃东西了,饿得慌。你们给我点吃的吧!"

那俩孩子哈哈一笑:"你以为碰到两个资本家啦!不过,你这件上衣不错。怎么样,十块钱我买了。你可以饱饱的去吃一顿了。"没有丝毫犹豫,郭涛脱下了上衣。那孩子就从鞋子里抠出十块钱来。

吃饱喝足,郭涛一时无处可去,回过头,见那俩孩子在墙角抽烟，姿势极地道，烟缕一丝不留地全吸进嘴里。看他们的快活样，郭涛十分羡慕。"给一棵烟抽抽吧。"郭涛说。

"嗝，你说得倒挺轻松的。这是我们的口粮。给了你，我们抽什么？你晓得这是什么？海洛因！抽过吗？"

"没抽过。"郭涛老老实实承认。

"那倒是要尝尝的！人生一场，能不玩玩这东西？来一支吧！按平价给你，一块钱一支。抽了这烟，有说不出的幸福感呢。"买他衣服的孩子说。这家伙，显然是个生意精。

我有过幸福和快乐吗？郭涛想了想，好像没有过。母亲生病，父亲又忙，没有人在他身上多花费时间的。那我就尝尝这幸福和快乐的滋味！

郭涛连抽两支后，只觉得浑身舒坦，四周明亮，灯火柔和，人人脸上都露出微笑。他成了变形金刚了，陡地极高大、极威风，人人尊敬他，喜欢他。忽地倒在地上，又变成一辆公共汽车，在街上跑得呼呼叫；然后变作一架超音速飞机，在云层里钻来钻去。

郭涛很不喜欢他的班主任老师，这老师总是鄙视他学习成绩差，羞辱他，罚他站墙根。他很快从飞机变成了一个武士，手持轻型机关枪，几步就跨到他原先的学校，寻到老师的家。他看见老师正看电视，就瞄了瞄，搂了火，他的老师连同电视机立即炸成了碎片。他哈哈笑着，好不得意……

十三岁的郭涛，就这样上了吸毒的道。西安城里，又多了一位小烟民，又多了一位公共汽车上的盗窃者。直到十九岁，郭涛才在渭南戒毒所里，根除了毒瘾。

刑小光

　　刑小光也是拿着刀子撑着家人要钱吸毒,死的方式却与张民丰不同。刑小光是渭南林机厂职工,吸毒没钱,找岳父要。他以为岳父连女儿都嫁给了他,更不会吝那点烟钱。老丈人眼见着给他的钱都随烟缕飘走,自然不愿再给。刑小光便手持利刃,撑得老丈人满街躲藏。

　　所幸刑小光很快找到了条好路子,以贩养吸。他去了甘肃,哪知此路更为狭窄凶险。未几,被缉毒警察追捕。刑小光自恃身子壮些,跑得脱,拚命挣扎,被一枪击毙。

老水旺

　　老水旺一早就在床上咳咳咕咕地动静起来。他不想下床。儿媳妇做的早饭,又是稀饭,又是腌萝卜条,他没一点胃口。

　　把喉咙的痰吐在地上,"啪"地响了一声。仍然没人来理他,他就躺在床上想心事……这一辈子过得窝囊哇!做少爷时,可是饭来张口、衣来伸手的。他十二岁就抽鸦片烟,有一个漂亮丫头专门陪他躺烟榻,给他点烟的。可惜,解放了,被管制,就没得烟抽,也不敢了。哪料这几年,日子又松泛了……

　　老水旺眼泪、鼻涕流出来了,浑身刺挠。老水旺知道,时间到了,自己也该吃饭了。老水旺也饿了呢!

　　老水旺从枕头下捧出一包东西,打开包着的纸,纸里是白面粉般的货色。老水旺用竹签子挑出那么一点,放在一张锡箔纸上,就着火烤锡箔纸，那白面样的东西立即变成一缕烟雾。老水旺凑近烟缕，一丝不漏，全吸进鼻孔。立即就耳聪目明，老水旺畅快地打个哈欠，伸了个懒腰，下得床来。

儿子、媳妇都已走了。老水旺出了家门，到墙沿的脚踏石上坐着晒太阳。他抽大烟，他们是知道的。先前，还未待进劝，老水旺倒一蹦多高："老子又没找你们要钱，凭什么管老子!"这倒是真话，儿子、媳妇只想不通，老头子哪来钱买那玩意儿？他们是不晓得，祖上留着金条哩，足够老水旺抽好多年的。老水旺将金条藏在茅厕石板下，任谁也想不到的。

现在，老水旺精神焕发，坐在条石上，眼里笑眯眯的，觉得太阳分外温暖。

这时，六儿来了。六儿趿拉着一双折了帮子的解放鞋，黑长裤子、蓝布上衣皱巴巴，脏兮兮，头发蓄了好长，胡子好久没刮，脸色铅灰。六儿打了个呵欠，见老水旺笑眯眯的样子，心说这老家伙刚吸过了的，看美得他！嘴里就讨好道："水爷，你好精神啦！"六儿的寡娘，就是因了儿子吸毒，气噎而死的。六儿号过几嗓子后，卖光了手头所有东西，栖居在村后一个石洞窝里。与老水旺一起，一老一少，成了村里人念人唾的瘾君子。

咳咳咕咕！老水旺喉咙里又发出声响。六儿忙给老水旺捶背。

"我是差不多了……嘿，六儿，你别看我这把老骨头，值钱呢。你信不信？"

六儿摇头，说不晓得。

"骨头值钱，你们年轻人就不懂了。吸食这东西多了，汁液精华就都到骨头里去了。倘若把骨头砸碎，放在锅里熬制，都能熬出白面来。你信不信，六儿？"

听说白面两字，六儿给老水旺捶背的手都停下来了，浑身瘫软，眼泪、鼻涕混在一起，一把一把地朝下淌。

老水旺也打了个哈欠，伸起懒腰。妈的，这是传染上了。吸食这东西，瘾头上来，是会互相传染的。老水旺起床时已吸食过一次，现在被六儿这么一闹，不觉瘾头就提前来了。老水旺匆匆钻进他的小房子。

老水旺成了神仙，飘飘摇摇，见到了他年轻时那个丫环，陪他躺卧烟榻，嫩得出水。老水旺正浸在一种无法言传的幸福之中，蓦地被人拉出了幻境。

是六儿，躺在他脚下，眼泪、鼻涕与泥尘糊满了眼，双手抱住他，口里喃喃哀求："水爷，水爷，我就要死了。可怜可怜我吧，给我吸一点！快呀——"

老水旺火从心起，提起脚，对准六儿的脸。只一脚，就将六儿踢开。六儿眼睑当下就肿了。

六儿从地上爬起，像头狂兽，一拳砸在老水旺心口。老水旺两眼一黑，倒在地上。六儿扑在老水旺的锡箔纸上，狠命地吸，嘴里呵呵地、痛快地叫着。

老水旺睁开了眼，破口大骂："六儿，你个狗日的！老子平时给你多少好处，你竟敢下我的毒手！你小子有本事，就打死我！要不我就出去喊人，叫你小子跑不掉！"骂着，就往起爬。

六儿踹翻老水旺，喝道："你喊吧，看谁理你？你和我一样，都是臭狗屎，没人愿管的！我只想一件事，就是你的钱。放哪了？快说！"六儿吸食过后，一扫萎靡可怜相，声音洪亮。

"老子没钱！老子的钱扔进东海，也不会给你这狗东西！你快点滚！"

六儿哼哼两声冷笑，抽下裤带，套住老水旺的瘦脖子，轻轻一勒，老水旺动也未动，就咽了气。急急翻拣，只在枕头下找到那包未吸完的海洛因和四块多零钱。六儿知道，老水旺是绝不会把钱藏在家里的，这老家伙鬼得很哩。也罢，有这点面儿，尚可支应三五日的。六儿精神焕发，回他的石窝子去了。

老水旺死了。老水旺吸食了过量的海洛因后，死在他的小房间里。这消息是吃中午饭时在村里传开的。这消息并没引起人们多大惊奇，就如谁家死了条狗一样。吸食那东西的人，迟早总是要死的，人们想。老水旺的儿子当时就有一种如释重负的感觉。老头子终于死了！死了就死了，家里少一个祸害。他没有一点哀伤的感觉。老水旺被草草掩埋掉了。

过了几日，早晚起风，村人们都闻到一股恶心的臭味，且愈来愈浓，像死猪、死狗腐烂到了极点的味儿，叫人吃不下饭，睡不好觉。村长带人撵寻臭味来源，寻到六儿住的石洞窝子。

六儿已死，蜷作一团，缩在一堆烂草上。另有一具尸体，剔出骨头，砸作十数段。石窝里架着只破了沿的铁锅，锅下烧过火，锅里熬的黑骨头汤水，亦是臭气熏天。

警察来了，记录，照相，然后让村上封了石洞。他们也弄不清，六儿是瘾头犯了，活活地痛苦而死呢，还是熬煮老水旺的骨头，等不及熬出海洛因而喝了铁锅里的水毒死的？

石洞周遭的草木后来都枯黄了，人说是毒死的。

疑心之祸

姜娥是个农妇，过日子的人，顾家，二十八岁了，已不甚漂亮，却差点惨死在丈夫的菜刀之下。丈夫说，怕姜娥有男女方面的事。

这事发生在1995年8月14日。关中平原还酷热呢，姜娥在屋中央铺一块凉席，翻拣来一堆布头，坐着粘鞋底。瞌睡了，也不讲究，就势躺在席子上。这个时候，姜的丈夫撞进门来，攥一把菜刀，顾自朝妻子猛砍。刀咬皮肉，血沫四溅，声音大呢。对门有个老汉，不晓得砍甚，循声进门，喝住了姜夫。

警察自然就来了。姜娥的丈夫，叫朱小天，长姜娥四岁，头脑还不乱，对警察说姜娥是个老实人，可是，"别人老缠我媳妇"。"前几天，媳妇说有几个人强奸了她。"他解决这事的办法是："在她脸上砍一刀，破了相，别人就看不上她，不来缠她。"在门前屋后寻磨了四五天之后，朱小天才动了手。

朱小天是渭南官底乡人，三年前在下吉镇西关租到两间房，做水泥生意，倒还过得去。可是，"别人老来缠媳妇"这点心事压得他喘不过气来。谁呢？警察问。他呼哧了半响，说出两个人名。

临渭区公安局刑警大队的王一文、蒋龙认了真呢，去走访、查证，结果是这两人与姜娥没有瓜葛，更没有强奸姜娥。

姜娥面、耳、肩部挨了九刀，没有死。在渭南市医院抢救过来了，花了三千元钱。到了第十天，姜娥才晓得花了这许多钱，执拗着回了家。不必问，朱小天已被收进号子。可是，家里还有两个不上十岁的娃呢，这几天怕是在村巷里胡窜哩。再说村里有大夫，用药可以先赊着。姜娥这样对劝阻她的人们劝阻着，回到了家里。

刑警带走朱小天时，开了拘传证，事由一栏填的是"杀人"。朱小天见了，硬是不签字。警察费了许多口舌，才说服朱签上名。二十四小时后，公安局给他办来监视居住证，事由栏还是"杀人"，朱小天连号："我没有杀人！我就没打算杀媳妇！"签不签名最终由不得他，这事还没完呢。

怕失去，怕从手指缝溜走！朱小天采取如此这般解决办法。这是爱吗？

刘小鱼们在暴雨七月

贱卖了

刘小鱼是个苦出身。

刘小鱼生在商州西荆乡。先前的苦,时也,运也。1982年,他只上到小学二年级,便去陕北伐木三年,商州放牧三年,河南打工四年,返陕后到武功当了上门女婿,日子过得也不顺溜。1992年起,暂住西安长乐坡拉运卖煤为生;往后——2000年往后的苦,则全然缘于他陷入一个邪恶漩涡而不能自拔。

2000年5月29日晚上8点多,刘小鱼蜷在长乐坡小屋里,拍大腿,吼秦腔,正不亦乐乎,南伍、王良登上门来。南、王二人皆商州西荆乡党,平日无事不登三宝殿哩。

果然,二人凑近刘小鱼耳际,哈出的气痒到了刘小鱼脑子深处:"我俩从渭南偷了辆富先达125摩托,你给处理了?"

"那犯法哩么!"刘小鱼犹豫一下说。

南伍不屑,一撇嘴:"球!你伐木放牛,累得一佛出世二佛升天,哪里就有法了?"

刘小鱼想了想也对,问:"多钱嘛?"

南伍说:"车子值四千元哩。你看着给俩子儿!"

当下议定一千四百元成交。刘小鱼却又搓起后脖项的垢泥,一搓一长溜,拍到地上,忸怩道:"马上回去收麦呀,当下没有现钱么!"

南伍无法,说那你后头有了再给我。

当晚几人打纸牌,南伍却输给刘小鱼一千元,刘小鱼就势顶了摩托车钱,只欠他四百元了。

隔了一夜,南伍、王良又各骑一辆摩托车来。刘小鱼寻思这二人盗车如探囊取物,来钱如流水,便也起了异心,只说骑到武功再寻买家。待王良再来询问时,却连连咋呼:"还说哩,还说哩!你二人害得我好苦,摩托车出了事,被公安局查扣了去。我还要跟着受连累哩!"数落得王良将头深埋进裤裆里。待他一走,刘小鱼便将车子贱卖,得现金四百元。

这一段日子,刘小鱼过得真是滋润。他不用天天拉贩煤球,反倒天天可以啤酒凉菜唱秦腔。他看过一部电视片,说在非洲,有老虎四处捕食,黠勇异常,百兽不得近前,却有一小鸟可以寄居虎背,啄吃老虎身上的脏物。有的时候,他想自己可不就是啄食脏物的鸟?心底也掠过一丝阴影,扰得他心惊,琢磨起来,心说还是拉贩煤球挣的钱安稳。可转眼又想,这世道乱了么,撑死胆大的,饿死胆小的!

世道哪里就乱了?

黑窝子

终于出事了。

6月底,南伍来到渭南,踏摸了一天,电话打回西安:"渭南'活'多,都过来!"

"活",即是能偷走的摩托车;接电话的,叫王良、冯小、杨西、白商。这五人,都是商州西荆乡或大荆镇一带的人,大者三十八岁,小者二十岁,一个个嫌憎商州乡下日子的苦焦,到得省城西安,或卖菜,或贩药,或贩煤球,或打小工,勉强混个肚儿圆。忽一日,一个就偷起摩托车,挣起"现把"来。

偷盗,原来也是可以传染的。不多时,几个商州人都做了摩托车的"活",有分有合,互通信息,相互帮衬,倒也没有多少闪失。五人里头,要数南伍胆子大些。一日,他与王良潜入渭南中医学校,瞄准一辆摩托,才要偷呀,王良就被人拿住了。南伍侥幸逃脱,一个人顺着渭南城内的老铁路一路走来,顺手又偷走一辆黑色摩托车。惜乎那一次在派出所里,王良钢口硬,死不认账,被审查了一番,又脱得身来。

6月底,渭南城里落了几场暴雨,入夜大街背巷,人迹稀少。城北员张一个小旅馆里,每夜总有四五人空着手出门,回来时却轰轰隆隆骑着摩托。城里人心尖,嘀咕莫非此间有甚文章不成?有人将电话打进了临渭公安分局刑警大队。缉毒中队长王波接报,大喜。

原来,6月份以来,渭南城区摩托车被盗案飚升,急煞了刑警们,发誓要尽快摸清线索,捉回这批贼!王波带高峰、王百发几人四处架网，这才几日，案子就有了眉目。王波当下派人守住员张那小旅馆，监控那五人行踪。果然，一连三天，那五人昼伏夜动，回旅馆就骑着摩托。借的？买的？雨夜深更，哪有这巧？一次巧合，两次、三次，还能算是巧合吗？

7月3日一大早，大雨，雨珠儿落在墙头、房脊，打起一团团雨雾。雨雾里，几条汉子将员张那个小旅馆前堵后截，掀开房门，五人正蒙头大睡，汉子们将这五人就势压翻。汉子们正是刑警王波、高峰、王百发几人。他们把嫌犯押回大队，当场推回来两辆摩托。分局领导听了案情汇报，吩咐下来，成立专案组，立时突审。

不几日，涉嫌销赃的刘小鱼、冯泉、刘娃、朱伟，亦被抓获归案。

不晓得刘小鱼乍见刑警时，是咋想的。反正，这世道，还远远没有他所想象的那样乱。

追赃去

"抓我咋哩？我来渭南玩小姐哩！出去后我要告你们呀！"在审讯室里，王良瞪着牛眼，死不认账。

非但王良如此，南伍等四人也称自己是西宁的，是兰田的，是西安的，是闫良的，而且各不相识。刑警王波大怒："听你几个口音，不是商州是哪里人？"这几人才挤牙膏般，交代他们都是商州西荆乡一带人氏，相互都是一伙的。起始，只承认他们偷了两辆摩托；架不住刑警丝丝相扣，细细讯问，继而承认偷了九辆摩托；到了7月31日，终于承认偷过十九辆摩托。

贼无赃，硬如钢。古来如此。偷车这五人当中，就有三人因窃获过罪，是社会油子。一日找不全赃车，就一日落不实罪责，这伙贼子随时都会翻供。但是，追赃又谈何容易，你得下最大、或许最笨的功夫，去捕捉最小、哪怕一时看来最无用的线索。这是一场智力、毅力与体力的考验。

嫌犯交代说，刘小鱼处留有两辆摩托。与商州西荆乡联系，那头说刘小鱼早入赘到武功县河道乡一个村子，户口也迁走了。早上5点，临渭刑警即起身，赶到武功河道乡，在派出所里遍查全乡户口，未见刘小鱼名字。刑警只得挨村挨户走访，夕阳西下，刘小鱼终于浮出水面。就地审查，弄清两辆车的去向，已是夜里10时。临渭刑警在小吃摊上每人要了一碗面，调足辣面，美美地吞下肚。这是他们一天当中唯一的一顿饭。

嫌犯交代说，有两辆摩托卖给商州西荆乡薛家坪村孟某。临渭刑警扑将过去，才知薛家坪村在五十里外的山顶上。仅山坡就有二十里，不通汽车。刑警们一步一步走上去，脚走烂了，胳膊、脸上被荆棘划出一道道血口子。上得山顶，孟某却不在村里。返回商州，已是深夜2时。几人在夜市上胡乱夹了馍吃下，稍一迷瞪后，二上薛家坪，堵住孟某。方晓得摩托被卖到了隔着山的兰田县霸塬乡。又翻过山去，终于追回赃车。

嫌犯交代西安李娃处有一辆车。李娃住在何处？嫌犯只说住在长乐坡。刑警们只得挨门走访，找寻李娃。那些日子里，刑警们一大早从渭南出发，到西安找寻一整天，深夜返回渭南，继续审查在押嫌犯。就这样昼夜连轴转，家属楼只一步之遥，但谁也没想起来回去转转，看看。

有一日，他们在西安打听得李娃在十里铺高楼村一煤厂里卖煤球，每日早上 6 点钟拉煤外出。早上 5 点，刑警们即从渭南出发，赶到煤厂。人说李娃已经出厂。刑警们紧守厂门，午后 3 点，李娃一脸汗水回来了。摩托车被追回来，如何带回渭南？租一辆汽车吗？得二百元钱哩！开支不得。刑警花十四元钱给摩托加满油，径直从西安骑回渭南！

就这样风里、雨里、荆棘里，临渭刑警查明嫌犯南伍、王良、冯小、杨西、白商、刘小鱼、冯泉、李娃、朱伟等人纠合在一起，有分有合，盗窃作案多达十五起之多，形成盗销一条龙，盗值多达五万五千八百七十七元。截至 7 月 31 日，刑警共追回十一辆被盗摩托。

刘小鱼必然要再吃几年苦头了。

刘小鱼的同伙们也在劫难逃。

然而，这又怪得了谁呢！

开在米泉的"陕西发廊"

西三路口发生的命案，曾引起外交部的关注。两年半后，就是 1998 年 3 月，渭南刑警远赴新疆，从飞机上押下来杀人嫌犯。

一

郭继红逃离渭南时，心里慌乱得像叫谁凭空填塞了一大团乱麻。他刚刚背上了一笔债。这债务突如其来，没有一点先兆。那是一条人命。

他有个哥，叫郭红，渭南针织厂职工。郭红有个"相好"——在渭南，"相好"即朋友，男女可通用、混用——叫黄波，渭南中医学校司机。这对相好，一天晚上在夜市争执起来。争执的缘由，现在看来实在是微乎其微，可以忽略不计。可在当时，两人都喝高了酒，都感觉到弄清其中是非黑白的重要性和紧迫性，以至于到了西三路口，在他们都感到对方不可理喻的时候，"文攻"终于发展成为"武卫"，两人拳来脚往，开始操练。

这一幕，被郭继红看了个正着。郭继红是郭红的弟弟。他还看到他哥似乎处于劣势。一股血亲之情涌上头顶，他冲上去，抄起一把水果刀，照黄波背上刺了一刀。疼痛，使黄波大叫了一声，反击郭红的力度更大。郭继红的水果刀便接二连三地刺下去、刺下去……

一场大乱子就这样弄下了。郭继红一颗热气腾腾的脑袋稍稍冷静，泛上来的第一个念头就是逃离西三路，逃离渭南。连夜，他跑到渭河北岸一亲戚处，偷来表哥的身份证，还有一些钱，然后到了火车站。跑，又能跑到哪里去？每一张脸庞似乎都是一堵墙。他不敢耽搁，挤上一长途列车。

这是1995年11月8日的事儿。

二

哐当当，哐当当，列车的节奏永远是那样不慌不忙。一节硬卧车厢里，一老一少两个汉子盘膝相对。才下心头，又上心坎，这个郭继红！除了媳妇、娃娃，有谁，能够这么长时间让人如此挂牵？年轻点的，临渭公安分局刑警大队教导员王一文笑想。

1998年3月8日，他与分局督导李海滨登上西行列车时，已经有种种线索表明，郭继红正隐身西部边陲。两年多来，协查通报发出去多少份？刑警队的车子为此案烧了多少油？记不清了，数不过来了。明明白白的情节，明明白白的案件，可就是抓不住犯罪嫌疑人。你说，刑警们受的是怎样的难作？

受害人黄波有个姐，已定居美国。得知凶讯，急切间通过外交途径查询案情，使这桩命案又涂上了一层复杂的色彩。更不要说渭南城里，五行八作的人们也在嘴头烘炒着"黄波之死"这道新闻。沸沸扬扬啊！刑警们受的那份煎熬！

列车钻秦岭，过河西走廊，一路西去。过了红柳河，西域风情便愈来愈浓郁。车站站牌一晃而过，叫尾亚，叫了墩，叫十三间房，叫鄯善，拗口，却又让人感到奇异、亲切。

一个少数民族小伙哼起歌谣，声音那样忧郁。他在歌颂月亮、星星吗？他的爱情受到了挫折吗？……王一文在想，郭继红若藏身这样一块地方，未免有点不太高明。他纯正的秦腔、纯正的汉族做派，不是要将自己完全凸现了出来吗？这个对手，看来还不是刁顽成性、难以对付的。

3月10日，两人将一大包方便面、火腿肠消灭殆尽的时候，车过吐鲁番，乌鲁木齐已近在眼前了。

三

郭继红这几日好心情。药材生意连做几笔，盈利多多。他决定歇息一下，端出一盘象棋，喊来邻居一个汉人，捉对厮杀。在乌鲁木齐，能让他寄托深深思乡之情的，只有这盘象棋；在家乡学校，他曾经用棋子杀遍全班无敌手。

实践证明，一个人倘若破釜沉舟，总是能置之死地而后生。闲来时，郭继红常常这样作想。1995年11月到乌鲁木齐后，他想方设法到第三毛纺厂干起了临时工。在老家，他就在针织厂住，对纺织行当不陌生，只是收入太低，不足以糊口。所以，干足一个月后，他又给人跑木材生意去了。

被人雇用的日子自然不好过，尤其是在言语不通的地方。但是，他郭继红难道还有第二条路可走？没有。他想要活下去，自由自在,就必须远离故土,忍受另一种折磨。

他熬了下来。后来又到了米泉市,做起了药材生意,自己给自己当老板。而且,他还将老家的未婚妻接了过来。他们从街头小摊上买来两本结婚证,堂而皇之地住在一起。结婚证是假的,可他们的一个想法是真的:那就是扎根新疆,生个儿子也在新疆,子子孙孙永远在新疆。

为此,他们办来了暂时身份证、暂住户口卡。还在米泉市开起一间发廊,起店名时煞费苦心,最终叫作"陕西发廊"。这名字能稀释他们的思乡之苦吗?他和她,似乎都淡忘了——在家乡,他还有着一条人命的孽债没有偿还。

四

大长牌子端端正正挂在门墙上,白底黑字:米泉市公安局芦草沟派出所。

在大门口,陕西刑警李海滨、王一文立住脚步,稍稍整理一下衣领。3月10日一下列车,他们急赶到乌鲁木齐市公安局。乌市同行听说辖区可能藏匿了杀人嫌犯,立即会同他们到小地磅村,查实有个陕西人在此帮人做过木材生意,去年9月已迁到米泉市。不过,此人名叫"罗孟轩",而非"郭继红"。

郭继红离陕前不是在渭河北岸偷走过一个身份证吗?那证件的本主正叫罗孟轩。看来,米泉此"罗"非彼"罗",此"罗"正是刑警们苦苦搜寻了两年多的对象。可是,米泉数万人口,哪一个是郭继红?哪一处是郭继红落脚地?

大海捞针一样的事,到了警察手里也有章法。米泉市热情的警察同行介绍说，全市共有十一个派出所，城区四个所，郭继红既做生意，极有可能住在城区。要不，先从芦草沟派出所查起？

派出所已将全部人口资料输入了微机。王一文拿起鼠标，先找暂住人口部分，一个个看过，没有"罗孟轩"。再查常住人口部分，仍然没有。从派出所出来，米泉市大街小巷已是华灯初上。

第二日，又查过两个所，又是一无所获。

第三日，他们来到古牧地东路派出所。这是一个新建所，各种资料还未来得及上微机，户籍员抱来一大摞卡片，几人立刻翻拣。一张张、一摞摞，在人们手中流水一样淌过。就在他们有点眼花缭乱的时候，一张卡片突现在桌上：罗孟轩，原籍陕西……哪里？住在哪里？民主路1号？快！

风一样刮到民主路街口，打眼望去，就见左手第一家门脑上悬着"陕西发廊"几个大字。几人拥进去，果然捉住了罗孟轩，不，捉住了郭继红！

"你让我们找得好苦！"陕西刑警说。郭继红无言。隔着几千里地，老乡见着老乡，他心里涌上来的，是别一番滋味。

五

3月13日，乌鲁木齐机场，一架喷气式客机呼啸着腾空而起，郭继红微微有些头晕。

这是他平生第一次乘坐飞机，心里隐隐有点担忧，虽然两旁有刑警挟持着。郭继红落网后，王一文一个电话打回渭南，临渭公安分局朱东吴、李天荣、许克钊等领导高兴得不得了，当即电令：火车即便是快车，还得四十六小时。怕的是夜长梦多，干脆从空中走。

这案子发在杜桥刑警中队辖区。1995年,郭继红远遁之后,他哥郭红也不见了踪影。现在,郭继红到案,郭红又在哪里?中队长高延长带冯波等人几次三番到郭家讲法律,摆利害,苦口婆心,只是毫无结果。

年轻的刑警们有点泼烦了。高延长劝解:咱们不但要会破案,会抓人犯,更要会做人的思想工作,滴水穿石,总有说通他思想的那天。就这样日复一日,郭家人终于掂出轻重利害,从北京一音乐城召回当服务生的郭红。郭红在此案中责任不大,无预谋,无计划,公安机关对其只作治安处罚,拘留十五日。

单说郭继红落进监牢,号子的铁门在身后"吱——哐——"地锁定时,一瞬之间,他心头涌上来的竟是脚踏实地的感觉。是的,这号子里还关着几个光头;一个个歪瓜裂枣的丑样,与西域的俊秀人物自然无法相比;是的,这号子里即将开始供应的缺油少醋的饭菜,将会令他深深怀念西域的大馕和手抓羊肉;而且,在这号子里等待审判的日子里,他无法再算计生意,也无法与妻子长相厮守。这其中的煎熬,心灵上的折磨,自然不会等闲度过。

长久以来,郭继红的内心最深处有一个坚硬的包块,总在隐隐跳动作疼。即便在他最快乐、最惬意的时候,这包块也无法消融,而且恰恰相反:他愈快乐,内心的恐惧就愈深重——他是多么惧怕失去眼前的一切啊!两年多来,他生活在一种侥幸、一种幻影之中。

现在,内心这包块被猛然击得粉碎。他长长地嘘出一口气。这才是自己应该过的生活,真实的。他默默地蜷缩在号子一隅,等待早该到来的审判。

骗子穷途

> 监狱离家远着哩。他们想用钱铺这一条路

是 6 月 21 日？刘耍地葛、刘文清叫西安市公安局逮了。消息传到甘肃岷县他们各自的家，顿时慌了一河滩的人。贩卖海洛因一千七百克？报纸上白纸黑字，电视上红唇白牙，都说那是大罪，五十克就够送命的了！这可咋办呀！号哭、骚乱、慌张中，刘木个、刘胡蝶被推选出来，到陕西渭南走一遭，探探路子，摸摸行情。

钱不能赎罪，说是这样说哩，可如今这世道，人家都说钱能叫神都闭上眼哩！去看看？人家要多少，咱就给多少。监狱离家是老远哩，咱就拿钱铺这一条路！

一个诈骗与反诈骗的故事由此铺演开来。

在 6 月到 10 月间，即这个故事从开始到结束间，刘木个真真恨死了女婿刘耍地葛！世上挣钱的门道恁多，他偏偏选中贩毒！是个杀头的事呢，死一个刘耍地葛不打紧，连累女子守寡受煎熬，才叫刘木个心尖尖都疼得哆嗦！

这四五个月里，为搭救刘耍地葛出狱，刘木个贴上脸，赔上

钱,走渭南,闯西安,累得筋酥骨酸,事情一点起色也没有。而且,遇见个骗子张四斌,还有他的婆娘程英,也是骗子,粘上身,像两只绿头苍蝇,赶不离,躲不开,直叫人恶心死!

钱值什么?救人要紧呢,刘木个一咬牙,要拿出六万元来

张四斌成为这个故事的主人公,完全是出于一个偶然的机会。

四十不惑。张四斌可实在是还疑惑得很哩:钱就是人的脊梁骨啊!他张四斌整天价无人睬,无人敬,不就是缺钱吗?张四斌不是那种安分守己的人,老早就撇开了渭南一家单位的薪水,很是折腾了几年,惜乎没见多少钞票。

4月间,张四斌认识了市电池厂的一个人——汪杰。汪说是甘肃老家有一种矿石,开出来,能挣大钱,一麻袋就够一年的吃喝玩乐用的了。张四斌大喜,黏住汪杰,整日商议去甘肃开大矿,挣大钱。

6月下旬,汪家来了乡党,关起门来嘀嘀咕咕。张四斌在外屋等得时久,不满道:"什么事嘛?弄得这样神秘!"

汪杰道:"是件天大的事。"

张四斌揶揄道:"造反呀?"

汪杰无奈道:"岷县那边两个乡党在西安出了事,叫公安局收审了。这二位来,是想保人哩。"

张四斌又问:"甚么由头?"

"贩毒。"

"想好法子了?"

"那边倒是舍得花钱,只是没有门路呢!"

张四斌附掌大笑:"这点子碎事,有啥难场的!"

里面两个甘肃人听是这话,一齐撞在张四斌面前,急切道:"菩萨!救救他俩性命!"

张四斌不屑道:"我有个战友,在西安市碑林公安分局当副局长,牛皮得很。放一两个人,不是一句话的事?"

甘肃二人相互望了一眼,一齐央告张四斌往西安走一遭,通通门路。

张四斌应承了。二人当下掏出三百元钱,塞进张四斌衣袋里。张四斌虚让一声,便按紧袋口收了。

甘肃这二人,就是刘木个与刘胡蝶。眼见事情有望,自是欢喜,不提。

且说次日一早,张四斌径直到了西安。在一个派出所里,果真找到他的战友。张四斌作愁眉状:"手头有一桩事,急得我没奈何,怕只有你来解我的围了。"

战友道:"说嘛。"

"有两个亲戚,犯了事,关进市局,咋价能出来?"

"什么事吗?"

"贩毒。"

战友立时说:"这忙我帮不了,是杀头的案子呢。"

寒暄一阵后,张四斌告辞出门,心中犹恨恨不已:这点面子都不给,什么鸟战友!他穿行在西安的街巷中,思谋着,牛皮已经吹圆,可咋给甘肃人交代哩?不经意间走到一家烟酒店,店主老刘却是能搭上话的。

说起帮人出狱一事,老刘极干脆地说:"那事能办,得拿钱说话。前几天我保了个人,贩四斤毒,花了四十万元。你这贩一千七百克,你看得拿多少?"

张四斌脑子好使呢,一盘算,问:"十七万可行?"

老刘拿捏道:"那不行。外省的人,事难办,得多拿些。"

张四斌心说老刘是西安人,门路野,弄出来两个人,也不是不可能;只是不托底,事情还得拖一拖,便道:"今儿不说,哪日我将甘肃人引来,摆上一桌老酒,到时再议。"

回到渭南,不待问话,张四斌就说:"人能放,问题不大,只是得花钱。"

他一副永远都难不倒、打不垮的模样,叫刘木个、刘胡蝶二人十分心思去了六七分。

"得花多少?"

"人家没说,你能拿多少?"

事情到这关头,钱已不值什么,救人要紧呢,刘木个咬牙道:"五六万!"

张怜悯道:"那就拿六万吧。"

刘木个当时去了街头电话亭,打过电话,叫家里赶紧送钱来。

钱装进包里,寄存起来,张四斌对甘肃人说:"妥了!妥了!"

不几日,刘木个、刘胡蝶招呼张四斌来到旅社,捧出六扎钱来,说:"一扎一万,数一数?"

张四斌摆手道:"不用数。你二位老实人,信得过。"

刘木个脱下灰色毛衣,将钱裹紧了,塞进提包。几人当下议定由张四斌、汪杰、王燕三人去西安送钱。刘木个另数出 2500 元，递给三人做路费。

汪杰是渭南市电池厂工人，刘木个等人的甘肃乡党，想必读者已有印象。另一个王燕，故事中新增加的人物，是刘木个所在旅社服务员。这次是随张四斌一同行动。

应当说，张四斌的桃花运是不错的。在他来找甘肃住客的有限时日里，认识了王燕。他已 40 岁，有的是年岁，没的是金钱，可他还有一副热烈似火的柔肠和一张糖蜜嘴儿，没过几招，就使王燕着了他的道。他应承王燕，将来到甘肃开矿，都带王燕做经理，做董事；若嫌麻烦，干脆就做秘书。行有车，食有鱼，不亦乐乎？这一切都是那样近在眉睫，不由王燕不动心。

西安俨然是个大世界呢，车多，人多。渭南这三人挤到炭市街，大把大把地甩着甘肃人的票子。

咥过一顿之后，张四斌用细竹签剔着牙缝，说："老汪，你也是见过世面的。这送钱，人多了，人家碍着脸面，还要讲廉政呢……"

汪杰会神道："说的也是。你一个人送去，可行？"

张四斌笑道："我经心着哩，钱丢不了。你带着燕子去逛逛街，到民生、唐城给娃买几件衣服。"三人约好午后 3 时到火车站碰面，当时散了。

且说张四斌提着这一包钱，又是心痒，又是烫手，恨不能哭一场。这钱他拿定了！公安局自然是不能送的，送也没有人接；回渭南自然也不能提着包，要遮汪杰的眼哩。这大包的钱去处何在？张四斌早就想妥的，寻一家旅店，往服务室寄存了，领了寄存牌，乐滋滋地返回东大街。

3 点钟，到了约定时间，三人聚面。张四斌直说："妥了！妥了!"人逢喜事精神爽呢,张四斌脊梁挺直了,话稠了,三皇五帝,梅杰、克林顿,没有他不通晓的,一路上滔滔不绝。

到得渭南,天色还早,张四斌努力打出长长一个呵欠,道:"今儿跑了一天,累得很。咱不回家,包间房住下,如何?"

汪杰道:"你住吧。我去给乡党说说前后经过,叫他们放心。"

张四斌巴不得汪老汉走呢,门一闭,对王燕说:"这下房子宽敞多了。"

那一日晚上,王燕终于没有回她所服务的旅店,而在另一家旅馆给人另一种服务。这只是我们所生活的这座城市里一个寻常的故事罢了。下一节,我们的笔墨将不再涉及王燕这个让人无法评说的女子。前边的路还很长,愿她珍重。

刘木个想,公安局长恁大的官,见了面,说啥呀

7月8日,即张四斌送走六万元的次日,一大早,刘木个、刘胡蝶就醒了。昨天,由汪杰传来张四斌"战友"的口信说,西安碑林分局的这位"副局长"今日将送回装钱的提包,并一同商议刘耍地葛、刘文清二人的事情。人命关天,成败与否,在此一见,刘木个们的恐慌、紧张都是可以理解的。他们敞开了房门,几次叮嘱旅店服务室,说西安人来要尽快通知他们;又怕服务员不经心,干脆派一人守在登记窗口。

日头升起老高,刘木个两人饿得有些发晕的时候,终于有人来找他们了。是个女人,名叫程英,乃张四斌之妻。

程英在最早听说此事时,简直对张四斌鄙夷到了极点:"你战友能放了人?你管得了这事?咸吃萝卜淡操心!"张四斌自有说服

程英的办法,正如当初说服程英跟他结婚一样。张四斌与程英是 1995 年前半年领的结婚证;此前上溯到 1990 年,他们已经开始同居;由彼时再上溯,张四斌曾是另一女人的丈夫。

正如我们所猜测的,张与程的婚姻受到过强大的阻力。阻力来自程英的父母。在他们看来,自己二十岁花儿般的女子,看上了可以说是老朽的张四斌,无疑是愚蠢的、毫无道理的。过若干年后,程英或许能理解父母的苦心。然而,这五年中她死死活活与张四斌没有分手,直至最终领上结婚证。相信世界上是有真正的爱情的,这爱情需要表达。张四斌正具备这种极强的表达能力。现在,他又一次让程英与自己站在了同一个战壕里。

程英是来送提包的。那个曾经装过六万元钱的提包,卷成一团,被程英放在个体旅社肮脏的床头柜上。"人呢,西安的公安局长呢?"这才是刘木个们关心的。

"张四斌那个战友?来了,来了,这会子去渭南刑警队了。四斌说,下午饭我们准备。你俩、老汪,一块来,与他战友坐坐。事情早办妥了。"

等这许多时日,又岂在乎在这半晌?刘木个当时去叫了汪杰,一同候着。商议公安局长恁大的官,见了面,说啥呀?

"糟践人哩!我能骗这钱?事一定要办!人一定要放!"

日头偏西的时候,张四斌拖沓着脚步来了。他一下子歪在被垛上,叼上烟卷,等刘木个点着了,喷出烟雾,才说:"我战友回去了。渭南刑警队的人巴结他,办了酒席,硬是不让他过来,我也没办法。"

"等几日吧。钱收了,能不放人?"汪杰只好这样安慰自己的乡党们。

7月10日,张四斌道:"我给战友打过电话了。这几日开会哩,研究要放一批人。你这二人一块就放了。"

7月13日,张四斌又道:"见我战友了,说是先放一人。两个都放的话,还得加九万元。你们看放谁呀?"听是这话,几个甘肃人干搓着手,不晓得该怎样收拾才好。苦苦煎熬到7月14日,甘肃捎来口信,说西安市检察院给刘家发去了批捕通知书。

这口信一下烙得甘肃人再也坐不住了。汪杰年老些,叫来张四斌问:"那案子,这几日有啥变化不?"

张四斌接口道:"我战友压着这案子哩,能有啥变化?没有!"

汪杰按捺不住:"你看,这事能办了办,办不成了把钱给人家算了!"

张四斌也生了气:"糟践人哩!我骗人也不能骗这钱!这事一定要办!一定要放人!咱们明天就去见我战友!"

刘木个趁机道:"不是不信你。我们这里待得时长,钱也花净了,明天去见恩人,总不能空着手。这样,你先借我两万元,你将来到岷县开矿时,我加倍还你。"

张四斌满口应承。可到了第二日,哪里还见得上张四斌的踪影?

空里终于响了个霹雳!大势去矣!从头至今,可不是一场戏吗?刘木个、刘胡蝶掉了眼泪!能拿张四斌咋样?这人手里还捏着他们六万元血汗钱!

刘木个们愤愤然回到甘肃后,没想到张四斌会撵到岷县来,带着他的妻子程英。7月21日、8月1日、8月12日，张四斌三次找到刘家，价码从九万加到十四万，说是"事办得差不多，只剩最后一哆嗦了"。他直埋怨刘家吝啬，称人放不出来，与他张四斌无关！

警察附耳于刘木个，说出一条计策来

10月上旬，岷县刘家终于到渭南来找公安了。

他们找的是临渭区向阳街派出所。所指导员杨跃进叫来民警，细细琢磨了案情，再附耳于刘木个，说出一条计策来。

10月13日晚，张四斌欣欣然来到铁路宾馆三楼。甘肃人终于就范，说是带来了十万！这是老天爷开眼，叫他发财哩。

见他进门，刘木个慌乱道："你看我！看我！连根好烟也没有。我去买，去买！"下得二楼，敲开一间房门。

里面冲出两个小伙子，并不多言，冲上三楼，一人把门，一人撞进房子，喊："我是警察！"一铐子砸在张四斌腕上。

这两人都是向阳派出所的警察，今日一早着便装、携干粮，藏在二楼，只等张四斌进网呢。

是夜，副所长徐克钊带一班人，全城搜索程英，未果。次日，程英到铁路宾馆寻夫，被候在那里的警察拿下。

编织罪恶总是需要很长时间。可是，罪恶的粉碎，往往就在旦夕之间。

本来没有必要多费笔墨描述张四斌收监后的情状的，然而，苍天可鉴！张四斌一再叹息不敢叫他岳父知道此事，怕的是家破人散。

事已烂包，岂能捂得严实？他对程英，对这个世界的一点真情，护卫得真是太迟了啊！

"副省长的亲侄子"

> 恨得婆娘整日价数长骂短,张三撑只将脑袋埋进裤裆里,不应声

蒲城有个荆姚乡,乡里有个张三撑,1992年摊上一宗伤心事:儿子张碎红在富平偷了三万多元的东西,叫警察逮了,人说是要治他个杀头的罪!张家听得这信,登时天坍地陷,老两口十分魂魄去了八九分,连做饭的力气都没有了。

张三撑备了些钱,走县到府,想央告人。可怜他离了村子,便两眼一抹黑,不认得谁谁。老远见到戴大檐帽的,先自心跳脸红,只会干搓手。恨得婆娘整日价数长骂短,张三撑只将头埋进裆,不应声。

这样挨到1993年10月,张家突地福星临门了:有人自告奋勇地说,碎红偷盗那事,他能给抹平了。

此人名叫王今栋。王着人叫来张三撑,先报出陕西省一个副

省长的名字，然后爱理不理地说：那是我二爸。你娃的事，我给活动活动，先弄出来。

张三撑信了。那副省长原先在渭南地区专员的任上便政声卓著，进省府后又操持农业的事。一听是他，农民张三撑心里就觉着亲近。再说，王今栋会骗他？王的媳妇朱小伏和他张三撑的媳妇的娘家是紧邻，朱小伏喊她叫姑，喊张叫姑夫。那么，王今栋尽管是副省长的亲侄子，也该喊他一声姑夫，这能有假？

抖出这层关系，王今栋果真姑夫长、姑夫短地叫得亲热，说如今这世道，空手套不来白狼，要办事得拿钱说话。姑夫张三撑就说：这事我懂，要多少钱，你言传，只要娃能弄出来。过不几日，这姑夫果然送来四千元钱。王今栋作势要打收条，被张一把扯住，连说这是弄啥哩，姑父还信不过你？

> 张三撑欣欣然回了家，心轻气爽，见人就说钱这东西好，再大的事都能捡弄

"副省长亲侄子"办事果然十分了得，没用多久，事情便有了眉目。

1994年3月间，王今栋在渭南汽车站雇了辆出租车，直奔荆姚张家，留话道：给娃办的事弄妥了，只是还得一万五千元。

过了一个礼拜，又一辆小轿车拖一串尘土停在张家门口。车门开处，正是"副省长的侄子"，对他的姑夫说：法院要罚一万五千元的款。钱一上法院的账，娃的罪就轻了，只判三年。

张三撑道：只要不是死罪，三年就三年。论说办这事花多少都行，可我手头只备下八千元。你看……

王今栋一口咬断话头：那不行。罚一万五千元都是少的，人家看我二爸面子哩！

张三撑连连点头，随即出了门，求东家央西家。也是他人缘好，只三个小时，借来七千元，重重按在王今栋手心。

到了1994年底，王今栋寻门钻眼，探得张碎红一案次年元月在富平县开庭。他当下雇了小车，找到张三撑，说还需两千元活动费。张当时给了，只盼元月开庭，便见分晓。

凭着"副省长侄子"的法力，庭审前张三撑竟见着了儿子。庭审过后，不见判决，张欣欣然回了家，心轻气爽，见人就说钱这东西好，再大的事都能捻弄。

事过一月，1995年2月，王今栋坐着雇来的小汽车驾临张家，一脸忧愁地说："坏了，娃的案子有麻烦，法官们还是要判他杀头的罪。我去说了说，又从无期改到十五年。你再拿三千元，到渭南地区中级人民法院活动活动，争取一下，叫少判几年。"

张三撑听着王的话，脸庞红了黄，黄了红，最后听到还能活动，即刻出去告借。不到两小时，紧攥着三千元回来，甩给王今栋。至此，张三撑已拿出去二万四千元"办案活动费"。

1995年4月，张家收到"渭南中级法院院长"来信，说是张碎红一案情节特别严重，但在省上领导的关怀和渭南王同志的努力下，还是要从轻判决的，你们的两万五千元罚款已经收到，云云。信末加盖"陈公诉"章一枚。

其时，中院院长名叫陈公让，张就没顾上辨别"诉"和"让"的区别。信中说收到两万五千元，比张三撑实际拿出的"活动费"多出一千元，张也稀里糊涂没在意。只是晚上老两口盘腿算账时，算那大把大把的钱流水似的花出去，实在是肉疼。

可是，能救儿子，也值。

然而，事情迟迟走不到尽头。6月间，"副省长的侄子"要带姑夫去见陈院长的秘书。

僻巷里的一间小房中，那"秘书"身着警服，用手点着张三撑打官腔：王同志给你办事哩。钱不够，还差五千元。你让他把事办完嘛！

第二日，两个冒着雨又去找那"秘书"。张三撑掖着一条茶花烟，掂着一只大公鸡，还直担心"秘书"推辞。不料那"秘书"瞥见他放东西，只装作没看见。趁着"秘书"倒水的工夫，张又将五千元塞进王手里。

7月，五千元钱起了作用，张三撑终于收到"宣判书"，称张碎红原判十五年，现改判三年。"宣判书"上盖着"渭南中院第一刑事预审庭"的大红章。老两口掰着指头算了又算，算到当年9月14日，娃就要刑满出狱了。

8月底，王今栋来到张家，姑姑、姑夫叫了一圈，说宣判书就要到期了，该领娃去了。张家夫妇顾不上三年来的感伤，当时雇了车，让王今栋带着他姑，前去铜川崔家沟监狱，去接张碎红出狱回家。

恨、怨、悔、惭一齐涌上心头，她恨不能大哭一场

却说崔家沟监狱狱政科有个李科长，看王今栋拿的宣判书上别字甚多，又写着"判刑三年、缓刑一年"不合路数，心中疑惑，便盘问王的身份。王只说是渭南市公安局政法科的。李科长道：政法科？铜川市公安局咋就没有？王不耐烦了：渭南和铜川编制

不一样嘛！要看王的工作证时，王推说忘了带。

李科长稳住渭南市公安局政法科的客人，将情况汇报到检察院。院里立时来了人，问王单位电话号码。王今栋张口道出一串数字。检察官当下就拨打电话，整整一日，竟是没人接。晚上，派两个人"陪"住王，不许出门。王看看事急，闭上眼，时徐时急地打呼噜。熬到黎明，趁两个看守昏睡不醒，踮脚溜出门外，连翻两座大山，去也。

剩下一个张三撑的婆娘，眼见着王今栋被扣留，后又逃脱，晓得接娃出狱的事是没指望了。急匆匆赶回渭南，麻起胆子到中级人民法院，问起"宣判书"和"院长的信"。哪里有这事？恨、怨、悔、惭一起涌上心头，她恨不能大哭一场！

旁边有懂些法的人说这是诈骗案，公安局管哩。老太太就近去了临渭公安分局解放路派出所。所长李天荣、指导员冯登富问了案情，二话没说接了案，与警长孙百顺一合计，撒开网，要捕王今栋归案。

张三撑要见"陈院长"，还当真见到了

"副省长的侄子"王今栋，并没有正当职业、固定住所，警察们急切间抓捕不着。1996年3月8日，张三撑在渭南街上瞄见王，缠住，买了烟酒，要见前番给他写信的陈院长。王说院长忙哩，顾不上。张只是不依。

王看摆脱不掉，出去打了个转，真的带来个"陈院长"。做过介绍，"院长"紧握住张三撑的手道："娃这事不要急，现在已基本定了，改判五年八个月。我再争取，给娃少判些。这事得上合

议庭呢。估计到 4 月底，给你发个'改判裁定书'。啊，别着急！"

张三撑听了，一时又疑惑起来，觉着还是可以活动的，娃娃还能早点出狱。"会见"结束，王今栋提议去饭店坐坐。张看看又得掏腰包，连说没带钱，挣开王，走了。

警长孙百顺听到张三撑的报告，立时带了惠新武、耿建军，没费什么劲，便将王今栋逮了回来。

哪里是什么副省长侄子？都姓王，三百年前是一家

副省长的亲戚在这里呢，睁开眼看看！警长孙百顺道。

论说起来，这位警长倒真与副省长沾着亲，只是拐了九九八十一弯从未来往的。此刻，审讯王今栋倒用上了这点情况。

王今栋不再坚持自己是"副省长侄子"的说法了，嘟哝道："哪里是什么侄子？都姓王，三百年前是一家。冒充省长侄子，有人信哩，好弄钱嘛。"

三审两问，案情大白：王今栋第一次从张三撑手中诈出四千元钱后，觉得张愚钝可欺，他是叼到一根肉骨头了，要慢慢地啃咬这根骨头。打着要活动费的旗号，他先后五次共骗得两万九千元。这钱，成了他 1994 年、1995 年两年间的生活费用。他用它们雇车、还债、买电器，很是潇洒了两年。

栽在这位"副省长侄子"手里的，还有那位"秘书"和那位"院长"。前者是个合同干部，盼着攀上高干子弟便可去掉"合同"二字；后者是一家汽修厂的厂长，期待着"副省长侄子"能给厂里要来开发新产品的项目和省上的投资。

王今栋请干部和厂长出演"秘书""院长"时，分别用的是

同一套说辞：我给姑夫的娃活动出狱，姑夫拿钱之前、总想见见"秘书"（"院长"）。人家法院忙哩，哪顾得上这事？你来配合一下，把我姑夫哄回去算了……

这"副省长侄子"所用"陈公诉"及"中院"等章，自然也是假的。洛南县石坡镇张建民为区区五十元钱刻这些假章，于3月22日也被逮捕归案。

至此，一场"副省长亲侄子"替人走后门、打官司的闹剧，落下了帷幕。

曲里拐弯

过寿那日,赵老太爷喜哩。七亲八戚站得厦屋里满满登登,高举酒杯争竞着说糖蜜话儿,赵老太爷眯得眼酸。才过了一日,便来了五六个警察,灯闪枪亮的,唬得赵老太爷七魂跑了六魂。

这事儿,得从赵家女婿周求身上说起。

周求这两年发了呢,弄着个砖瓦窑,放进去的是土坯子,拉出来就是"大团结"。月积年累,他腰包鼓硬,倒也成了村里一个人物。

这一日,周求雇了两人,拣那十元大钞,叠一头鹿,叠一棵松,跪着捧着赵老太爷,围观的众人羡哩、嫉哩、恨哩。内中一个女子,瞄一下周求,脸红了一半,才叫一个"周哥"。周求细看了,认得是妻妹子。几年未见,出落得花红柳绿,声儿又甜。周求心头撞鹿,就有些走神。

远远跟定妻妹。人稀处,周求叫住了,一把撸下金戒指来,托在掌心道:"妹子,哥也没啥好的。这个戒指,你先戴着玩去。"

女子脸腾地红了,忸怩一忸怩,说是谢了,探出一只手来。

周求又道:"越长越好看,你。"女子脸愈发地红,周求便拽过她手，套了戒指去。周求道："今黑地我就不回村了，路太远。"

女子道："那就歇着吧。家里房多，住不下个你？"这时，有邻家人来，拉住周求说些甜酸的话，撞散了这两人。

心中有事，便只嫌日头落得慢。挨到天黑，人又凑哄周求"码长城"。不得已，周求去摸了几圈麻将。心不在这头，竟是能赢，又和又炸，挣了许多。旁人本是斩他的"大头"哩，不承想他手气红，虚应一应，便让他走。周求拧过腰，就往妻妹房间蹑足溜去。

那妻妹虽是成人，到底没有心计，只想周求当哥哩。周求一时高兴，送她东西，她哪晓得其间猫腻？天未黑净，就去村里电影场上寻热闹了，因此并不在房内。

且说村里有个冯氏，四十岁许，最惯于在别人地里掰苞谷、掐豆角。这日路过赵老太爷家，作想此屋过事，人多，杂乱，何不顺手牵摸几样物件去？进得梢门，见一房门虚掩，透出几缕光来，便靠前去。一声咳嗽，里面没有动静；又咳嗽一声，仍是没有动静。她便闪进了房门。见窗帘素雅，窗前桌上摆着摩丝花露水，却是个闺房。冯氏暗叫一声倒霉，待要拔脚，见得床头放着金戒指，一把捏了，塞进裤兜。恰于此时，听得门外脚步声逼近，她一把拉灭电灯，急切间躲在床上。

来者正是周求。推门时，门却开着。周求大喜，摸到床边。床上果然有被子摊开，被下有人。周求火烧火燎道："小妹，让我一回！"动了手脚。

被下那人却不乐意，抵死挣扎，抓烂周求手指，其状甚烈，只是不出声。

周求搬砖弄瓦出身，很有几疙瘩力气，竟是得逞。待到周求瘫软，女人一脚蹬掉他，枕头扫帚一股脑砸去，砸得周求拾起身就跑。

电影散时，已是夜深。妻妹回得房中，见床上乱糟难看，急寻戒指时，无处可见，就喊将起来："遭了贼了！"当时上上下下围来许多人，有灵醒的就去派出所报了案。

第二日，冯氏便被抓住。昨夜恰就有人见她出了房门。冯氏缴出戒指，眼见着鸡飞蛋打，又蚀老本，不禁愤然，咒谁人占她便宜，挨了千刀的。当场排查，摸出个周求来。

前后情况一对，警察就笑："这事闹的！曲里拐弯，跟上演老三岔口那戏不差啥！"

十斤花生

警察抡圆了胳膊、一拍桌子立起来的时候，索小幺眉梢都没有动一动。这个十七岁的农家子弟，并不怯发了怒的警察，心说就是我杀的刘明，只要我不开口，你有吞天的本事，又能把我咋样？

1995年4月26日夜，在渭南交斜派出所，索小幺与警察刘海龙、詹明喜对阵，已经很有些时间了。

"你不开口，弄下的烂杆子事可抹不掉。我们早知道的，但你得说。你说是一码事，不说又是一码事，拎得清？……"

索小幺的心里翻腾得厉害，实实地恨死了刘明！4月8日，不过就拿了你家十来斤花生嘛，给了你两块钱，约好了不声张嘛！你爸一黑哄，你就说了！你爸又气哼哼寻到我家，喝叫："清明前后，点瓜种豆。小幺偷了花生种子，是要吊起我家几口人的嘴？"不待你爸走，我爸、我妈就恁打我！我这大一个小子，窝囊不！刘明，你太不仗义！我杀你是不对，可你看看，这两警察的凶巴劲儿，叫我受的这熬煎……

警察面上沉静如水，心里急。刘明小哩，才十一岁，活不见人，死不见尸。半个多月了，刘家人急得浑身冒火，思量来思量去，说是只与索小幺有点过节。可这小子来了个徐庶进曹营，一言不发！

索小幺看警察的烟头明明灭灭，人家并不问话，审讯室里一派寂静，听得见自个儿的心跳……警察还是不说话，索小幺有点吃不住了。4月11日的事，一幕幕往脑子里钻……

那一天他去找刘明，说是渭河里有桑树苗，挖他几棵回来。刘明是个十来岁的小娃，看不来他眼里的毒焰，信了，就坐在他自行车后架上，走了。河滩里光溜溜的，哪有树哇？

正中午，四野无人，滩里弥漫着一股河水的腥味，刘明说想回去。索小幺挡住去路，说："急啥，早听说河滩里有座古墓，墓里好多的金元宝、银镯子，挖挖看？"

刘明四顾一番，说墓在哪儿，咋不见哩。

索小幺就搭眼看了半晌，装样子南走几步，东走几步，说："对了，就在这里！你挖，挖出来咱俩均分。"刘明就开挖。

挖了半人深，索小幺要过锨，说歇会儿吧。刘明想爬上来，索说："上来干啥，就在底下歇着，一会儿还得挖呢。"说着，站直身子朝四处瞭，见没人，就厉声喝向刘明："你说，哥平日对你咋样？"

刘明不知所措："好着哩。"

"咱们是邻家，哥紧着招呼你。X月X日，哥给过你一个本子。X月X日，你跟XX打架，哥帮了你……还记得不？"

"记得。"

"可你没良心！那天去拿你家花生，给你钱了没有？"

"给了。"

"说好的不让大人们知道,你咋说了?"

"我爸收拾我哩,我撑不住!"

"撑不住,就说?太不讲义气!"说着,索小幺抽得铁锨在手,一下拍在刘明头上,刘明当时倒在坑里。

瞅着这个十一岁的男孩歪在坑里,索小幺一时木了,心说一不做二不休,日踢了他!他铲了几锨土,抛进抗里。

这当儿,刘明灵醒过来,舞扎着想立起来。

索小幺急忙跳起,抡锨就拍,就砸,就砍……午后3点左右,索小幺的脚下又平整如镜了。他把锨扔进渭河,坐下来歇息一番,夹着车子回到村里……

那血,那土,半月来一直在他脑里搅腾,这些可不敢对警察说。

看索小幺的神情,警察晓得他的防线动摇了,猛喝一声:"索小幺!给你一分钟!再不说,一切后果自负!"

索小幺浑身一哆嗦,脱口道:"我说……"

杀掉刘明的次日,即4月12日,索小幺惶恐不已,跑到湖北他哥处,偷得了三百元钱。14日,又窜到西安,待了十天。24日下午,返回渭南市,觉着杀刘明是个死无对证的事,怕甚?25日,回到孝义家中,当下被警察逮了个正着,拘到所里。三审两问,真相大白。

刘明尸体何在?到了河滩,连索小幺也不晓得杀人现场在哪里了。交斜派出所和临渭区刑警队的警察们分作八组,分头出动,约定了哪一组先找到,便鸣枪为号,其他人迅速拢集。

不多时,枪声响起。人们看到的刘明,全身被泥土蒙糊,仿佛土俑,坐于坑中。

这就是刘家那个聪明伶俐的男娃娃？那可是一条活鲜鲜的生命呵！有人想问索小幺，杀人时做何想法？但他看到的索小幺，面对刘明的尸体，竟然想呕！

娃娃吃东西时，我们教他：不要嬉笑打闹，避免食物进入气管。娃娃做手工时，我们教他：把剪刀的尖端向下，这样可以避免碰伤别人。娃娃独自在家玩耍时，我们教他：有人敲门别打开，以防坏人闯进来。怎样鉴别交往人员好赖，遇到生命危险时如何求救，也实在是我们为人父母、为人师长的责任啊。

盗路昙花

从 1995 年 9 月起，兰州市人王庸、杨金铭、赵青森、韩伟时分时合，盗窃桑塔纳车三十五次，得手三十一辆。盗车地点分布陕西西安、宝鸡，甘肃天水、兰州、金昌，青海西宁，河南三门峡、灵宝。1998 年 9 月，落网陕西骊山脚下。

从 师

广州秋天的太阳，像是被抽掉了毒筋，不再张牙舞爪，软绵绵地叫人很是受用。一缕光柱挤过高楼，照在一家酒楼的玻璃幕墙上。王庸临窗而坐，细用早茶。这茶不是茶水，都是甜点，竟将大肉末和大米粒熬在一处又加上糖——南方人吃得怪！哪有兰州人、西安人大老碗的羊肉泡，那浮着一层红油的吃物解馋、得劲？王庸正夹七杂八地慨叹，忽瞥见窗外出了点事情。

窗外视野很好。一个男子立在一辆吉普车前，拿什么物件在车门处勾挠了一下，拉开车门，钻将进去。少顷，吉普车浑身筛抖着起动，驶出院子。王庸额头沁出层细汗，有点心急。那辆吉普车是他开来的。

往门外撵的时候,王庸忆起那男子的身影有点熟悉。直撵回住处,那男子跳下车来,果然是王庸新近结识的一个朋友,东北人。东北人双手一摊,耸了耸肩,解释这是一场玩笑。

王庸急赤白脸,说哪有这样开玩笑的?咋就独独拿这吉普车开玩笑?东北人说:"没有我开不走的车!"他用一根铁丝勾开车门,用两根钢丝捅进方向杆下一个机关,手一扭,车子便能开动了。"是一门手艺呵!"东北人示范罢,拍了拍王庸肩头:"今番教给你,有朝一日脚下路绝,这还是个靠头。"

嗤!王庸在心底大声嘲笑这个东北人。

这是1992年,王庸刚过而立之年,已是正科级的官人了。他的父亲、岳父,在兰州某个区域都处在一言九鼎的位置,他的姐、弟,肩头都有军衔,亮晃晃。满门权贵呵,他王庸能干这鸡鸣狗盗的行径?他在西安陆军通讯学院、武汉空军通讯学院两度进修,将一手微机应用的活路玩得烂熟,在全甘肃都是能排上名次的。即便万一,他王庸失业了,难道会沦落到靠这偷车的小儿科手段谋生?

不料三年过后,王庸真的将东北人这手艺派上了用场。人无前后眼啊,这是后话。

从 商

刚当上科长那两年,王庸真是春风得意。前些年,单位还兴做生意,他精明、能干,便被派往广州经营运输业,又被派到河南南阳开办大理石场。单位下拨的经费很有限,不到十万元,他借贷、集资，又从熟人伙计处倒腾来三十万元。粮秣既经备齐，王庸的战车迅速开进了商场。

王庸手下有哼哈二将，一个叫杨金铭，一个叫赵青淼。杨在预备役部队受过训，赵曾经给部队打过零工；王看中二人的义气、实诚，二人服的是王庸豪爽、大气。惺惺相惜，三人虽地位悬殊，仍走到一起，结成一疙瘩真朋友。

王庸在郁郁不得志时，也曾像陈胜一样浩叹过：苟富贵，毋相忘。现在，他自觉是发达了，便将杨、赵二人召集麾下。二人见他果真注重兄弟情谊，鞍前马后地侍候他，指西打西，指东跑东，亦无怨言。食有鱼，出有车，胳肢窝夹的手机，住的红地毯铺就的宾馆——以前羡慕过的种种富贵生活，如今招之即来，王庸真正尝到了做款爷的滋味。

好日子总是嫌短。三年之后，事情起了变化。或许是百密一疏，或许是商海变幻，总之，王庸的生意经是念砸了。他背上了四十多万元的债务。

一道急令下来，停了王庸的职。很快又有追究王庸责任的小道消息传来。成则英雄，败则狗熊，王庸恨恨地想到，只有卸掉债务，才能有前途，才能再有钱财。但单位的，连同他借贷来的钱，都让他打了水漂，王庸知道自己得为这个事实负责。他的家庭境况很好，可他不敢指望一个军人家庭会攒下四十多万元，能替自己注销这笔债务。巨债如山，压得他喘不过气来，把白天当黑夜过，黑夜顶白天过。

那个春风得意的青年科长王庸不见了。出现在人们面前的，是个胡子拉碴、煞是瘦削的王庸。似乎是冥冥之中有灵光闪过，王庸忽然记起三年前见过的那一根铁丝和两根钢丝。甚至一次梦里，这三根细短的铁丝绳，简直就像佛祖渡海的芦叶，穿云破雾而来，凸现在他脑海里。王庸的眼里重新有了亮光。

从 盗

1995年9月30日，王庸回故乡河南南阳，途经三门峡市。

三门峡市紧贴在黄河边，新兴城市，人气很旺，楼高、灯亮、人稠。可是，王庸感觉不出这城市的好处。他心情晦暗，看啥，啥都是黑洞洞的一座山，都想往他心头压。现在，他已经住不起铺着红地毯的宾馆。他带着赵青森，下榻一家脏兮兮的旅馆。旅馆的被子滑腻，枕头、被头散发着可疑的气味。翻了几翻身，他睡不着，叫起赵青森，朝东踱步。

拐过一个墙角，一辆桑塔纳车出现在他们面前。小车静卧在僻背处，车身暗红，棱棱角角都折射出雍容华贵的亮点。四周无人走动。王庸从裤兜里掏出一根铁丝，慢慢朝车子移去。他的手心、脚心都浸出汗来；心脏狂跳，似乎在胸腔里已盛不下；血液像要倒流，闹得浑身燥热；耳里一百个声音在呵斥他。可是，立刻又有一千个、一万个声音在振振有词："看这车多漂亮！想一想你的债务！"

王庸时常惊异于自己的记忆力咋就那么好：三年前那个东北人的话，此刻异常完整、清晰地响彻在他脑穹。他勾开车门，点着火，扯上赵青森，猛打方向。车子像一匹暗黑色的狼，吱吱嗥叫着，扑进夜幕。

车子被连夜开回兰州市，卖掉。

这是王庸的处女盗。是这第一次凿在他心底的痕迹深不可忘？

抑或神州大地处处可见桑塔纳车？总之，自此往后，王庸窃车，只拣桑塔纳下手。

人说，人人心底都有恶魔，或主财，或主色，或主权。束缚住恶魔总是艰难，要竭尽一个人的种种修养、智慧，甚至精力。可是，一旦放纵这个恶魔，就很容易，像所罗门胆瓶被拔掉塞子，恶魔迅即膨胀，不可收拾。

1995年9月，王庸开始变作一个恶魔。

从 伙

王庸的腰包重新鼓了起来，重新拎起了手机，重新昂首踩着红地毯进出宾馆的整扇玻璃门。他重新志得意满。这个时候，他想起来杨金铭、赵青森两人。他曾经许诺"苟富贵，毋相忘"，也曾积极兑现过这诺言，但在河南、广州，他并没有真正发达，反而让两兄弟受了难，他于心不忍。现在，上苍又给开条财路，他觉得有能力提携那两个弟兄了。话说出口，立即得到杨、赵二人的彻情拥护。从此，王庸带着这个重新收拾好的班底，开始了他的东征西战。

河南灵宝，三门峡，是东出潼关第一站。他们印象中，这里产黄金，人富足，好车多。于是，经常在此地捞一把。自灵宝西行，过华山，有西安、宝鸡，是陕西两块富庶之地。他们通常也要盘桓几日。兰州是他们的老家，地形熟，情况明，所以连同天水、金昌都成了他们活动的重中之重。再往西，到青海西宁。他们心情好时，偶尔也露一手。他们通常都是坐着火车赶到某地，先蹲点，后布阵，谁谁望风，谁谁下手。每次都是车到人走，翩若惊鸿,了无痕迹。

却说王庸被勒令停职之后,接他职位的,叫韩伟,亦是他的兄弟。韩科长上任后,几乎走的还是前科长王庸的老路。他也筹集一大笔钱"下海"。前科长在南阳开大理石场,他则在甘肃天水开金矿,最终也贴进去十多万元。韩科长没想到这么快就重蹈覆辙,熬煎得几乎要发疯。

这个时候,1998年6月,他有个机会与王、赵、杨同车而行。途经天水宾馆时,王庸驱车撞进宾馆大院,在院子里美美地转了一圈,也没人出来盘问。三人相视,会心微笑。韩伟一直在酣睡。当他睁开眼伸懒腰时,不见了王庸和赵青森,只杨金路一人在前面驾车。"人哩?"他惊问。

杨金路一点也不慌,头都不回:"后头跟着呐"。

透过车后窗玻璃,韩伟果然看到一辆桑塔纳,紧随其后。韩伟是何等聪明灵醒的人物,这一切何需再问?车到兰州,卖得十一万元。前科长满不在乎地甩给后科长两万元。韩伟接住了,并就此正式入盟。直至案发,他共参与盗车六辆。

从 良

正如前文所述,王庸两度军校进修,一度全省获奖,一副大脑好生了得;且生性不甘人后,平日最爱以"不干则已,一干惊人"自诩。在长期盗车生涯中,他总结出东北人一根铁丝、两根钢丝那套技术的利弊:利在成本小,易携带;弊在速度慢,易暴露。他苦苦琢磨,如何才能改良技术,提高安全系数。

1998年5月,他的探索终于取得重大进展。他发现,所有型号的桑塔纳车,车门、油箱、点火装置、后箱锁,用的都是同一把钥匙。车子身上只有油箱盖暴露在外,通过油箱即可配得一把钥匙,开门入车,点火开动。现在的问题是,如何根据油箱盖配出钥匙?这是个难题,不过未能难倒王庸。他买来实心小锉子,在不长时间里,又攻克了桑塔纳车钥匙坯这道难关。

"工欲善其事,必先利其器。"王庸他们很快体会到了新技术的威力,每完成一单的工时大大缩短,安全系数大大提高。有几回,正当下撬油箱盖时,被人发觉,他们自称油箱盖遗失,所以撬盖自用,竟未引起丝毫怀疑。

窃车效率既已提高,王、韩二科长的债务也已还完,他们卖车的价钱便一路狂跌,一部九成新的桑塔纳四五万元也出手,简直到了糟蹋世事的地步。车子从得手到出手,得有个过程,有段时间,为解决存放问题,他们甚至分别在兰州、西安租了一间车库。

当然,他们也败走过麦城。一次,他们费了好大神,上得一辆车子,却发现电瓶没电,只好弃车而遁。一次,在甘肃金昌得手一车,不料王庸车技太差,竟然开进阴沟,几人抽身就走,车子弃之亦不可惜。一次,在兰州窃得一辆桑塔纳2000,几人打通关节,给车子挂上牌子,风光不几日,未出兰州,车子竟被"同行"请走,不知所终。又有一次,他们从宝鸡弄了一辆车,路上摘了牌子,车回兰州,无处存放,便停在兰州市公安局大门口,作想此地最为保险。翌日,车子不见踪影。王庸后来分析,是治安大队见车可疑,牵回公安局大院了。

无论如何,1998年前半年,王庸几人的"事业"确实已抵达巅峰状态。他们如鬼附体,指东打西,手到擒来,出神入化,简直要想将桑塔纳世界玩弄于股掌之间。

王庸的头脑始终是清醒的,不愿意做金钱的奴隶。为此,他召集杨、赵、韩开会,会议做出两项决定:停止盗车,种植蘑菇,出口挣外汇;赞助希望工程,在甘肃最苦穷的定西地区,每人供养五个孩子读完大学。

新遭遇之一

1998年9月21日上午,王庸带着他的左膀右臂杨金铭、赵青森,西入潼关,途经骊山。

他们很早就得知此处满山石榴,山脚下有一坑秦始皇兵马俑,是世界第八大奇迹。就在前几日,美国总统克林顿来中国,头一站便是西安,下到兵马俑坑里,细看几千年前的陶兵陶马。

王庸几个都是有生活情趣的人,数年来的辛苦奔波、劳心劳力,已使他们疲惫不堪。今番,他们已决定从良,松下心来,作想弥补一次,去看着那些栩栩如生的秦朝时期的兵和马。他们驱车兵俑宾馆停车场。

命运从此转了个大弯。他们看到一辆豪华桑塔纳车。那车挂河南牌照,崭新的桑塔纳在秋日晨阳中熠熠生辉,令这些行家不禁为之心动。金盆洗手的"决定"立时轰然塌失。最后一次了!几乎没用多长时间的沉默,三人立刻按旧时分工,开始操作。

第一步很顺利,那车的油箱盖已是唾手可得。

这时,车门猛然打开,撞出一个矮胖汉子。他是司机,正在车里睡觉,此刻被响声惊醒。他看到了手抓油箱盖的王庸。王庸镇定自若,说自己车上丢了这盖子,云云。矮胖司机打断他的话:

"俺不管。你弄坏我的车子，就不中！"

王庸三人的心，一下子提到了嗓子眼。

矮胖司机又开口了，他的意思是索要赔款。

三人的心又落回实底。他们恨不能立刻掏钱打发走这胖子，却又假意做了番讨价，最后摔出了三张百元大钞，风也似的开上车走了。

遭此失手，几个人的心里都有点不太痛快，看兵马俑的心也凉下来半截。开车在临潼城里转了一遭，也没多大兴味，又想将车子泊进兵马俑博物馆停车场。在停车场门口，他们遇到了一个小问题。

原来停车场有个规矩，只准司机一人开车出入，车内乘客不准入场。早上王庸三人同时入场是侥幸，这次，他们被要求遵守场规。王庸驾车，杨金铭在后排卧睡，被放入场内；赵青森坐在司机旁侧，被撵下车，立在停车场门外，候二人出来。

赵青森等得有些无聊，正看街景，就听场内一阵喧哗，一阵骚乱。只见一人揪住王庸衣领，连嚷"就是他！就是他"，几个警察已按住王、杨二人。

一股黑血泛上赵青森颅顶。有一瞬间，他眼前一片黑暗。

今天早上，这风水乱了套了！

新遭遇之二

秦地警风刚硬。早晨，王庸与矮胖汉子为油箱盖争执时，已引起停车场治安员注意，情况迅即上报派出所，上报到临潼公安分局副局长冯厂生及刑警大队长昝汉生案头。

一个多月前，昝汉生他们刚刚破获一起偷车大案。那起案子中，赃车达十二辆之多。昝汉生十分清楚临潼地区的发案特点。这里是全国旅游胜地，游人如织，贼子们易作案，易逃遁，不能放过任何一点蛛丝马迹。他迅速撒开一张大网。王庸、杨金铭就一头撞进了这张网里。

刑警们在王庸的车里搜出好多枚桑塔纳车钥匙坯、几个油箱盖、一个小锉子、一本笔记本。本子里记着十七串数字，夹着一张西安市丈八沟租房协议的复印件。秦俑派出所所长尚文京发现，车内贴有一张白纸，上写八行文字，是配钥匙的八大步骤，另附有草图。

王庸对这些物件的解释是："闹着玩的，没啥用处。"

分局副局长冯厂生听了这话就笑，哪有那么简单？与昝汉生小议，认定这是案子，而且太有弄头啦。当下分析那十七串数字，辨出是小车发动机编号。上微机调取资料，对证出其中五个号码，是失车者已报过案的号码。刑警们心里一震，都觉得挖到了一座富矿。

情况汇总到分局局长游明处，他立即作出决断：兵分两路。一班人马急赴西安丈八沟，一班人马就地审讯。

审讯进展不利。副队长汤平带张志超、张峰审杨金铭，党庄胜、丁敏强、胡狮鹿审王庸。贼无赃，硬如钢。杨金铭激动得很，几番"教导"刑警："不要乱怀疑！要以事实为依据，以法律为准绳！"又说，"你们要实事求是！"

王庸的话很少，偶尔张嘴，也是一口否认有过任何越轨行为，他的态度越坚决，越想将自己完全撇清，刑警们心里就越有底，就越知道这案子小不了。

双方对垒，展开一场持久战。时间一长，杨金铭渐渐疲软了。王庸却忽地长了精神，双眼充电了一样红亮。他猛一指床单，高叫："嗬！这不是我家的床单？我家的床单！咋到这里来了？"忽地又指一刑警，"你像我一个同学，那眼神，那脸型！嗬，像神啦！"稍作沉默，他又默默一笑："……辣子鸡，辣子鸡！可好吃哩！"种种作态，惹得刑警们心里发笑。他们知道，这就是王庸心理防线快要坍塌的征兆。

西安取证一帆风顺。西安的房子以杨金铭名义所租，协议书上地点详尽，杨金铭身份证号，很快得到确认。那是一间门面房。卷闸门开处，里面静卧一辆豪华桑塔纳车。车里又有六十余枚钥匙坯，还有一些勾、钻、撬用的稀奇古怪的工具，而且车子发动机号码已被挫掉。都是些死证，铁证，杨金铭头一个撇不脱，先蔫了。

王庸死活不信杨金铭会撑不住。他要求见一下杨，理由是："那是个好小伙嘛，咋会胡说哩？"他的要求理所当然遭到拒绝。

但是，他不灰心，因为赵青森在停车场门口已成功脱逃。他清楚自己案子的深浅大小。这种案子，没有三对六证，谁敢轻易定性？尽管他此刻已悔青肠肚，仍然死活都接受不了自己栽在一只小小油箱盖上的事实。他想，事情或许还有转机。

他将宝押在了赵青森身上。

新遭遇之三

9月23日一早，一个瘦子出现在西安火车站广场。

他躲在一根柱子后，细细观察周围情况。不是发车、进站的高峰期，广场里人影稀疏，他甚至没有看到一个臂上箍着红袖章的老头或者老太。不远处有一辆破车，窝在晨雾里，像是等着接站。车子前门大开，里面只有一个汉子趴在方向盘上，似乎在补睡回头觉。瘦子放下心来，踱到出站口处。

早7时，一趟列车的轰隆声渐渐逼近。他似乎有些心慌，绕着出站口开始转圈子。走到那辆破车前，手机忽然响了。他立刻将机子捂上耳朵，却没有声音。他有些气恼，刚要骂点什么，就见破车车门洞开，扑下来三个汉子，拥上来紧紧按住了他。

这个瘦子，正是赵青森。

自打停车场脱逃后，赵青森果然不负王庸厚望，一边通知王家，说王庸在临潼出了车祸，一边准备好五十万元，在几千里外托到熟人，准备与临潼刑警说和，私了此案。但是，他的种种活动都落入昝汉生布置好的法网之中。并且，刑警们侦查得知，王庸之弟受骗，已出发赴陕，9月23日早7时许列车到西安站。局长游明、副局长冯厂生、昝队长几人分析，赵青森这样一个看重义气，且猖狂自大到了愚昧地步的人，肯定会去接站。于是，派遣汤平、张志超、胡普财飞速赶赴西安火车站，张网以待。

刑警们已经掌握赵青森是瘦子，耳朵朝外翻，架一副近视镜，着月白色T恤、灰裤、方头皮鞋，还掌握了他的手机号码。趁他到车前，一拨号，他真的有反应，证实眼前此人就是赵青森。刑警们终于动手了。

赵青森被押回临潼，陈选、康和峰、张小东立刻加紧审讯，案情逐渐明朗。

王庸确信赵青森到案后，长长地叹出一口气。

铁铐加腕，铁窗冷森。对于他，还有杨金铭、赵青森，都是平生头一遭。

旧归途

　　说话间已到中秋节，十五有雨，不见月。这个时候，刑警张峰、张小东正带王庸在河南指认作案现场。刑警们人情味儿足，买来月饼，没忘了分给王庸一份。

　　手捧月饼，王庸清泪长流。这会儿，他才觉得自己败下阵来，败在如山铁证下，更败在刑警的细致照顾中。他终于不再糊涂，认准犯罪嫌疑人的位置，对号入座，积极交代。

　　三年一梦，如今只剩下后悔。他将无颜面对家人，尤其是九岁的儿子。他说真想砍下两只手臂，换回一段清白人生。

　　可是，可能吗？贪如火，不遏则燎原；贪如水，不遏则滔天。由贪而劫、而盗，古往今来，多少人挨过了这条路。路上有昙花，有美酒，路的尽头却是黑森森的峭崖。王庸，还有他的伙计们，还是踏上了这条老路。

无情棒

　　腊月初八清早，冬阳懒懒地挂在韩城市谷村上空。树杈间筛下的光柱，软得仿佛要撑不起太阳了。解一阁早早下了炕，洒扫庭院。她很利落，屋里院里很快就收拾停当。膀子下夹根棒槌，端着一盆衣服，她打算去河边。这是今早最后一项劳动了。

　　这个时候，她的老伴，五十二岁的薛九纯下了炕，慢慢踱出房门。他已经连续几日起得很晚了。他本来是个勤谨的好庄稼人、好把式，对于土地，有时候比对媳妇还要亲些；而土地回报他的，是富足，是小康，是在人堆里能昂起头来高声地说笑。睡觉之于他，像是吃大烟、嚼碎舌一般不齿。然而现在，他和他的老伴解一阁之间结下了疙瘩。利用冬闲，他狡黠地睡起了懒觉。这是一种以退为守、足以维护自己尊严的上好战略。在他懒散地躺在炕上的时候，脑子里却转悠着起炕后去哪里拾粪。年尽了，春快来了，地里得上粪呵。可是，老伴一日不解疙瘩，他就一日不早早起来，让她尝尝家里顶梁柱躺倒的滋味！

　　他喊住了老伴。她就端着洗衣盆，胳肢窝里夹着棒槌，站在院子中间等他。薛九纯向老伴踱着，作想女人嘛，用几句拌了糖蜜的话可不就拨拉顺了？这样想着，他的眉里、嘴角甚至挤出几丝笑意。

却说解一阁这几日里，早将他们之间的疙瘩捂在肚里，揉过来揉过去想了个透：这一辈子苦干苦熬，攒下四万元钱。老伴的意思是，给两个女子一人一万，剩下的，全交给儿子，让他买辆大车，跑运输去。她是坚决不同意，四万块钱可不是个小数目呢，就这样刮净分光？此刻，老伴笑眯眯地走来，是想通了？是几日来分开住打熬不过了？她心里想笑，嘴里却说："看你 X 势子。"

薛九纯笑道："那就叫娃们回来，分了？"

一瓢冰水兜头泼下，解一阁愣了：谁说要分的？攒那点钱容易吗？人生一命，生就贱种，石旮旯里刨食吃，老天爷嘴角边讨水喝，从来就没有天上掉下来的苞谷饭、路边拣到的狗头金。你把你个老 X 挣得背驼了、腰弯了，才落下四万块，就这样分出去？我不愿意！

薛九纯脸上的笑意叫风吹干了。他嘴拙些，根本不可能与老伴一对一地吵仗。他心里翻腾的是另一种念头：为人父母，就是牛马，一日不死，就一日拽着绳子给儿女们卖命。攒这些钱干啥？现在都给了儿女，等于给儿女们的车子加满了油。他们日子过前去了，能不孝敬老的？

两人一时无话。薛九纯背抄个手，一声接一声地咳嗽；解一阁端着洗衣盆，走也不是，吵也不是。

一口锅里搅了几十年的勺勺，解一阁也将老伴的脾性摸了个透，心善，人倔，好认个死理。于是，和缓了口气道：分钱这事，认不得死理的；钱留着，好歹我心里有个底，不怕将来没人管你个糟老头子。

薛九纯不听。仰起脸,看着太阳一点一点地升高,蓦地想起,村道上的牲畜粪堆早被人拣拾走了,又想这几日叫婆娘缠着,分钱的事定不下来,心里着实窝囊,就吼:娃是我养的,钱是我挣的。我想分就分,谁都挡不住!

定睛看着倔犟得有些眼生的老伴,解一阁觉着自己的脑袋在一轮一轮的涨大:什么?娃是你养的?两个女子一个儿,你怀过哪一个?恶心得要吐出黄胆来的滋味你遭过?你给娃擦过屎、喂过奶?钱是你挣的?大田里的种种收收,哪一样缺过我?我跟你几十年,穿过好的、吃过好的?和面盆裂了,都是用榆树皮箍着,舍不得去花块儿八毛钱买新的!你个没良心的!——她一定是这样想的,就愈来愈气愤;越气愤,就越往坏处想,往绝对处想。临了,她扔下洗衣盆,一头撞进薛九纯怀里:"你失塌了我吧!我死了,就由了你了!"

薛九纯跟跟跄跄地退了几步,才立住脚。他吃了一惊,不晓得老伴从哪里忽然发起这样大的火。一时,竟有点不知所措。

解一阁头顶在怀里不起来,哭号道:"给,这是棒槌!你敲死我吧!"

冬日的阳光照着薛九纯的眼睑,使他的脑海里映出一片血红。终于,他抄起棒槌,在老伴头上"嘣"地敲了一下。

立时,解一阁停止了哭泣、号叫,软绵绵地向下滑溜。薛九纯胳膊上用了点劲,抱住老伴。老伴头皮上流出鲜血。他喊老伴的名字,但得不到回声。他的魂魄已经逃出躯壳,脑穹里只转悠一个问题:她死了吗?她要死了,国法饶不了他,儿女们更容不得他!她还活着吗?怎么叫不答应?即便活着,将来也是个憨憨,是个电视里说的植物人了,同样是件非常可怕的事!……薛九纯经过一番痛苦思索,终于权衡出一种办法。

悲剧就在这户农家院落里上演了:薛九纯吃力地将老伴拉到大门口的一截低墙边,用棒槌,用斧头,彻底结束了老伴的性命。然后,他上到屋顶,取下盛枣的瓦罐,摔在老伴身边。

天快黑时,薛九纯捱进西庄派出所大门,报称:今日中午,解一阁准备做腊八粥,上房取枣罐时跌死在地。天色黑净,尸检无法进行,薛九纯作为遇难者家属兼嫌疑人,留在派出所待审。当夜,薛九纯潜逃。在随后的日子里,薛九纯以一个退伍老兵、一个老农民的智慧,躲避着警察的追捕。

腊月月尽那日,警察们从西安抓回了薛九纯。当警察们告知他尸检结果,说他先前那一棒,解一阁只是头皮破裂,稍作休息即可苏醒时,薛九纯号啕大哭。

死刑今日执行

丁占山，五十一岁。渭南下吉镇牛角庙村人。1982年1月因强奸罪被判处九年徒刑，1988年12月获释。1992年至1994年2月，丁多次诱奸其不满十四岁的侄女……被判死刑

1995年4月26日傍晚，接临渭区法院一电话，称明早枪决一犯。

"什么罪？"

"奸幼。"

4月27日晨，阴，有雾。

在渭南老城看守所，见到死刑犯时，他已被提出监房。四五十岁，干瘦，头皮上有干垢泥片翘起。脸色灰白，两眼不错珠地扫视四周。

两个武警战士反缚其胳膊，其低声告饶："轻点！背铐带的时（间）长了，（胳膊麻）木。"

一干警持榔头、铁钎，往开里砸脚镣。镣子很坚硬的，费了些时间才砸开。

武警战士剪来两截尼龙绳，分别扎捆于死刑犯两只大腿。

他惊问："（这是）做啥？"

一年老民警笑笑："今儿天冷。扎住了腿暖……"其实那是恐其失禁，污了车厢。

两个犯人拎来条皱巴巴的黑色裤子给他套上，拉展裤角。

隔了两步远，一民警问："××年，你犯事，可不是从我手里送走的？"

"是。（那次是）送到了童子桥（监狱）。"

"这次好，送你上路了。"

有民警掂来尼龙绳系的牌子，挂在死刑犯衣领上。牌上赫然写着"奸幼犯"丁占山，长长两道朱砂交叉着批过了。

该给丁占山拍照了。丁立于监墙下。监墙用红砖砌就，表面虽有风化，可还是那么厚实、牢固。有人喊："背挺直！"丁努力凸着胸，眼里甚至透出笑意。这笑意像风天里一丝薄薄烟云，瞬间消失殆尽。那一瞬间，丁仿佛乡村一个自由的农民，在蓝天暖日下，听任摄影师摆布着，照下一张像。

"押走！"一声令下，十数个武警拥着丁小跑出监门，掀上了刑车。

在渭南市中院审判庭，法官宣读了丁的罪状。丁以给零花钱、买小吃等为诱，奸淫他的年幼的亲侄女，致其怀孕、引产。旁听的群众中有人厉骂："恶心！""该死！""千刀万剐！"

公判结束。武警们风也似的拥着丁上了刑车。前有警笛开路，后有机枪压阵，荷枪实弹。

市郊一坟地，两个武警押丁占山跪下；另一部分武警枪口朝天，组成一个警戒圈，挡住围观者。

一法官在喊:"XX,来办手续!"

这边,武警叮嘱丁占山:"头不要乱动。"

丁说:"是。"

指挥官红旗按下,枪响了。

枪声并不清脆。"噗。"沉闷,轻微。

丁占山栽倒在草丛中。

1995年4月27日1时,丁占山的生命被画上了句号。就此,世间又多一分安宁。

没有亲属来收尸。

返回途中,一长溜车队,都没有再拉响警笛。隔着蓝色玻璃车窗,看到了许多人:骑自行车的,坐轿车的;打烧饼的,卖菜的;神情兴奋的,淡漠的。还看到一个相识,近日出了点事,要赔人家上千元,熬煎说过不成了……

其实认真地活着,多好!

公审公判公开处决,围观者如海如山,山呼海啸,向罪人发泄怒火。这种场面足够震撼,足以唤起人们恐怖感,以儆效尤。如今,公开处决已经退出中国法治舞台,丁占山被处决一幕,是社会进步的一块化石。

他只剩下"跑"这一条路了

你一日不想安宁,就去设筵请客吧。

你一年不想安宁,就去拉砖盖房吧。

你一生不想安宁,就去找个情人吧。

——新民谣

上 篇

天冷得紧,太阳也耐不了寒,早早偎进山凹。黑夜的双翼就这样一点、一点,盖住了韩城盘龙山上的村村落落。

村口那株老槐树,傻矗着,枝条披散,任由寒风揉搓。树下立着的男人,扯起衣襟遮了风,点起烟,狠狠吸了,长长呼出口烟雾,一脚将个石头蛋蛋踢下沟坎。他心焦,他在等他的女人呢。

远远地,望见辆摩托车近来。那用白纱巾搂罩着额头、脖项的,可不正是她?

男人上得摩托,并不多话,车子只管走。过一道河,又一道河，路面愈来愈窄，路上的石头可是愈来愈大。终于，车子熄在一条河边。人稀处，河边多巨石；内中有一块石头，像是数代同堂人家的案板，硕大，平展，诱着两人牵着手儿坐下。男人快四十岁的模样，女也快四十岁的模样。你不好猜忖的，这冻人的一对，是极其浪漫的一对，还是其他。女人摸出烟包，倒磕得烟嘴露了头，叼出一支，只管盯住男人。男人给点了。

有四句后来出现在法官案卷上的对话，是在他们吐着烟圈、沉默了相当长的时辰后说起的。女人道："我那钱，啥时能还？我姐在城里买了地，要盖房，想用我的款……"

催账就催账吧，何必绕着弯儿找这许多理由？男人心底翻涌起些愤愤然，脸上却挤出点笑："你知道的，我把砖厂开烂了，工人工资发不下，人都跑光了……"

或许，女人当时还怜悯地摩挲过男人的手，抠摸过他的鼻翼、脖子，让他浸润在一片柔情蜜意里。可是，男人等待的，真的不是这点温水一般的舒适，或是下一步的开水的滚烫，他的心思全然不在这里。那笔债务，像是他们身下的这块坦石，是怎样沉沉实实地压在他的肩上！他在等着女人说："几万块钱嘛，有了再还。值个啥？"他等着。

然而，没有。女人一支一支地抽着烟，低勾着头，只不言传。

天色肯定是黑净了的，烟头的明明灭灭中，烟雾的缠缠绕绕中，男人终于不耐烦了："要弄死你！"

女人扔了烟，头也不抬，钻进男人怀里。她弄不清在这寒夜里，在这裸石上，他将怎样"弄死"她，或许她还笑了笑呢。

男人的手里，掂了块尖凸棱显的石头，沉沉的，很有点分量。女人在他怀里钻涌，撩起他风雪衣一角，寒风侵刺得他的肌肤针扎一样疼。还有女人身上浓浓的烟味，使他感到厌恶。这厌恶迅即膨胀，不可抑制。

他推开女人，同时石块已经叩上了女人的面门。

女人受这一击，懵懂道："真的要杀死我？真的？杀吧，杀吧……利索点，别让我受罪……"她是深爱着他的，情愿死于他手，你无法了解她当时头脑里蒸腾着的念头。

男人后来在刑警面前供述道：脑子里一片空白，啥都想不起来。可是，那个时候，男人做事相当有条理：在女人头上连砸三下之后，抱起女人，将她头朝河里插。片刻后，放下。听她还有呼吸，又摸来石块，在她小腹部砸了几下……骑摩托返回途中，又一琢磨，旋身回到河边，拉起女人抛进河里，才走。

这一夜不见月亮。1996 年 1 月 19 日，是农历的十一月底了。

死者薛巧儿，农民。韩城西庄镇人氏。

中　篇

右眼皮老是跳。薛三子的媳妇发愣：男人出门这么长时间，莫非有祸？夹七夹八地正想，三子挟了股寒风进得门来。

"这么晚才回进？"媳妇等了半晌，不见男人开口，便端平了脸发问。

男人扯住被子一抖，钻进去："冻得浑身发抖哩，只管问啥哩么！"

媳妇噎了口气，去倒碗开水端来。寻思老大一会子，又问："你去下峪口究竟干啥了吗？"

男人吼："老子的事，用得着你管？吵什么？"吼毕，拽被子蒙严了头。

媳妇将一碗水泼在地上,气哼哼地走出房门。她是担心。黑了吃过饭,先是男人出去说到下峪口办事;又见薛巧儿骑了摩托,说是到后村她姨家。这两人一前一后地出了村,她心里就一悠一闪的。

不是她多心哩。薛巧儿原先倒是个本本分分的小媳妇,可前年离了婚,抽烟喝酒油得很,又纹了眼线,黑溜溜的像是大熊猫的圈圈眼。三四十的人啦,穿红挂绿,走起路腰扭得能闪断村里光棍的眼……嘿!人说巧儿与张好,与李好,三子媳妇还人前人后给辩白:寡妇失业的,休给人家背脏名声!可今儿,眼见着巧儿与自家男走到一搭里了!罢罢罢,休管它!男人的心,是野云呢。咋个能拦得住?有家有舍有娃娃,怕他能撒得开这些?

巧儿是死定了。薛三子作想,没人会想到是他杀死了巧儿的。他是借了巧儿二万多块钱。可没打借条,这事可不就是顺风过耳没了影?与巧儿相好,才一半年工夫。这女人痴呢,说他就是她的天,是她的心肝肝,是她的皇帝呢。他从来不知道巧儿看上了他的哪一样。

他是开着砖厂,但这厂子烂包了,一脊背的烂债压得他喘不过气。是1995年点麦前后?与几个人商议着做一笔化肥买卖,利润厚得叫人咋舌,可没本钱。他想到了巧儿。

巧儿离婚时,男方给过一张支票。村里人都晓得支票的事,都不晓得那支票究竟有多大。他找到巧儿,温存过后,说是想做生意,缺点本钱。

巧儿没言语,挪开柜子,撬起地砖,取过木匣,掏出棉絮,展开一张支票——三万元,说:"拿两万去。"

他当时想哭，这女人是舍了老本呵。他拍得胸膛山响："挣了钱，还你四万；挣不了，还你两万。我薛三子今生今世不亏你！"

做生意哪有不想生意好的？眼见着旁人打鱼捞鳖哩，临到自己起网，连个水虫虫都摸不着。他带了三个人去新疆乌鲁木齐，坐飞机，住宾馆，钻营了四十多天，钱花得像是滚水消雪，化肥味儿也没闻着，灰溜溜回了韩城。一算账，花掉三万元。后来，三子的女子要上班，那单位要收风险抵押金，他又找到巧儿；巧儿照例没言语，捧出五千元钱……

巧儿是好，可她为啥突地索要得这般紧？她就不晓得每到年关，他就要受索账者们一次煎熬吗？前天孙家过事招女婿，他做厨，酱醋盐糖倒不清，吃得满席人龇牙咧嘴；昨天，薛家女子订婚，还请他做厨，客人只埋怨吃得寡味，主人数落他倒了牌子。他是慌呀，欠巧儿的钱，咋介还呀么？这下好了，巧儿一死，漫天云彩一风吹散，无债一身轻呀！将睡未睡间，薛三子猛然想起他风雪衣上的帽子遗在了河边！他额上沁出一层细汗，一骨碌爬起身。

1996年1月20日的天色已大白。

韩城西庄镇农民薛三子认为，他只剩下"跑"这条路了。

媳妇跟在身后，撵到院门外："又去哪？不吃点饭？"

他不作答，急急出门。钱债，命债！债债坠人心肠！这蠢媳妇懂得什么？

下 篇

出过个史圣司马迁，出过个宰相王杰，这些古事儿将现今韩城人的心情整得老高。天下兴衰，系于己身；人事世理，任我点拨。一大堆人中，你最容易辨出韩城人来。可有一样，县改市已有多年，习惯将市区唤作"县里"的韩城人，仍然不少。

薛三子赶到县里，找到乡党借得七百元钱，窜出韩城。

长亭更短亭，何处能藏身？三子走西安，过重庆。抵贵阳，寻见个老乡，酒酣耳热，说滑了嘴，道自己杀了个人。老乡没说啥，支吾过去。转天他又去找时，老乡家人告知：公安局来人了。薛三子惊出满头汗，车转身就走。逛了成都、绵阳，再返西安。这一路走来，说不尽的遭苦受罪，薛三子愈走心愈凉。见的陌生面孔愈多，薛巧儿的面容便愈清晰。醒着，梦里，回忆薛巧儿，成了他痛苦的必修课。这个女人曾经给予他的温存以及种种好处，此刻被他十倍、千倍地夸大，充塞他的脑穹，让他想不通，为啥就会杀掉她？

在合阳车站，薛三子买来把利斧，掖在后腰，慢慢地、一小截一小截地往家乡倒车。他身上的钱已经花得差不多了。可是，他晓得，刑警们肯定在他的村子里张开了法网，在等着他。走到西庄东王村的一处果园，薛三子住下了。十多天丧家犬一般的生涯，使他悔青了心肠。他的悔意至此，已到了无以复加的地步。他曾经努力使自己认为，这些日子完全是一场噩梦。然而，掐掐皮肉，仍是生生地疼。哪里是梦！

一日傍晚，他摸寻到薛巧儿墓前，痛哭流涕，守了一夜。跟跟跄跄地回到他穴居的窝棚里，举起利斧，朝自己前额连连砍下。这正是他用石头砍巧儿头部的数字。他认为这样就能死掉，就能以此向巧儿赎罪了。血从头上淌下，糊住了他的双眼。他躺下来，等着死去。可是，一个多小时后，他又苏醒了过来。他上了一次吊，麻绳断了；又喝了一次农药，竟然没有反应。摔碎了农药瓶，紧握玻璃碴猛割手腕,还是未能割断动脉血管……种种努力的失败,使这个痛苦的灵魂更加灰心丧气。他相信这些都是天意,是苍天让他死于法场,明明白白死于众人眼前,还巧儿一个公道。

清早,村里治保主任遇见了薛三子。他们之间有过一次简短的对话。

"三子,你看你这事咋办呀么?"

"好办。你去叫人,咱往公安局里走。"

这一日是 1996 年 2 月 2 日。

挨到 9 月 26 日,到了秋决时节,渭南各地共枪决十多个凶犯。

内中一犯,被人指指戳戳,说是想昧情人的钱款,杀了情人,又四处逃窜,终逃不脱一死。

刑警队长出马

> 她觉得苍天无眼，家门不幸，咋就冒出这么个黑煞星，搅得一家老少有家难归，人不人，鬼不鬼。

渭南下吉镇北徐村的人，唤王金刚为"毒虫"。

1995年正月初二，毒虫把他妈喊到跟前，脖子一拧，说："分家算球咧！"

树大分杈，儿大分家，也是常理。何况还是这熊货呢。他妈就顺着河推船，说："要说分家，能成。你说咋分就咋分。"

毒虫瞪了半会儿眼，说："给我递块砖。"

他妈低头看看脚边没有，去门外捡了半块回来，递给毒虫。

毒虫立时抡圆了胳膊，把砖头砸进锅里。铁锅里有半锅水，刹那间水汽、烟灰腾起来，弥漫了整个屋子。"X你妈！跟老子分家，咋说得那么顺口！"毒虫破口大骂，回身操了把菜刀，冲他娘抢脚过去。

他娘拧身就跑，眼梢里见老二王银刚，还有小女子，站着傻咧咧地看，又喊："娃们，快跑！"王银刚和他的小妹子一口气跑到地里，藏在一个崖坎底。

他们的母亲，一出门就扑进个麦秸堆里，胡乱抓了些麦草遮住头身。她透过麦草缝隙，看着自己的老大儿子，手执菜刀，骂骂咧咧地从眼前跑过，心底涌上来的，只有小时候跑土匪时的惊悸。渐渐远去的那个猛壮的背影，早已不能再让她想起那是自己身上掉下来的肉，是自己的亲儿子。她甚至早已没有了伤感，只是觉得苍天无眼、家门不幸，咋就冒出这么个黑煞星，搅得一家老少人不人、鬼不鬼。

天擦黑的时候，毒虫的父亲王明德，从铜川回来了。

机井里，一只僵直上竖者的脚板。一场人间惨剧，
　　由她们揭开了厚厚帷幕

2月26日，到了正月尾，关中平原已经从严寒中渐渐苏醒了。那具死尸，就是这天发现的。

老人们讲究的是"春捂"，身上的棉衣轻易不肯换掉。而碎娃们全不顾这些古训，一遇到暖和天儿，就穿上薄的，邀上伴儿，到野地里去疯跑、疯喊。小小女子要文静些，持上竹篮，四散开，去剔挖那些刚刚冒出尖来的野菜。早春的田野，给了她们无尽的欢乐。下吉镇旭光村的几个小女子，谁也没有想到，一场人间悲剧，正在由她们揭开厚厚的帷幕。

一切都像通常人们在侦破电影或案例通讯中所看到的那样，旭光村的几个小女子，在她们村的一口机井里，发现了一只僵直

上竖着的脚板。以她们小小的年纪,只能感到刻骨的恐惧。她们中有人失声大哭,有人大喊起来。

接下来的事,也正如人们所能料到的,很快有大人跑过来。村干部二话没说,骑上车子直奔派出所,报了案。这时天已黑净,警察们安排了现场保护。

  毒虫口气狠得像吐着一砣砣硬铁:"老熊,拿钱来!"
  他恨他大、他娘,恨得牙根发痒

正月初二,王明德回村时,扛着一袋子面粉。家里没粮,已经时长了。粮,还有棉花,在家里是存不住的。毒虫见一样,卖一样,卖得钱,全塞入兜里,自个儿享用。

王明德进不了家门。毒虫将他妈和弟妹撵出家门后,闩了门,在堂屋生起一堆火,兀自烤起来,任谁来拍门,也不肯离开火去开那个闩。

王明德在门口磨了半晌,苦着脸叫:"金刚,我是你大。扛着面哩,快把门开了!"

"你个老熊,回来得正好!"毒虫听是他爸,忽地立起身,口里大呼小叫的,开了门,放王明德进门。

"你妈呢?"

"谁知道死到哪去了!"

"银刚哩?"

"甭提他!迟早要杀了他!"

毒虫口气狠得像吐着一砣砣硬铁。王明德漠然地看一眼儿子,就去洗脸。毒虫直矗矗立在堂屋中间,两个胳膊抱在前胸,喝叫:

"老熊，拿钱给我！"

"好娃哩，年前生意不好，没挣下钱。再说，我修车时别人欠下一点款，早叫你催要走了。哪里还有呀！"

"X你妈！没钱你跑回来做什么？快滚远点！"毒虫叫骂着，飞起一脚，将脸盆踢落在地，咣啷啷响个不停。

王明德一看事情不好，扭身就朝后门跑。是前年吧？毒虫发威，王明德迟跑了一步，吃毒虫一菜刀砍在头上。那伤口长啊，足足缝了八针！

毒虫并不去追，只将前后门都闩严了，再去烤火。他恨王明德，恨他的娘李水莲，恨得牙根发痒！他不晓得这两个老混球，当初是怎么想的，竟让王银刚接班去了铜川工作！为啥撇下他不管？难道安着瞎瞎心，让他这个长子一辈子趟黄土、一辈子撵牛尻子？看王银刚日眼样，凭啥就顶了他？他凭老实得跟石头一样的心窍？咄，王金刚就是不能咽下这口气！不让接班，也好，我也不去种地，也不去做生意。你王明德、李水莲一辈子养活我！养好我！

毒虫恨恨地想了一通。乏了，脱了皮鞋，仰在床上。

尸体所有的皮肉皆数倍膨胀，公安术语称是"巨人观"。尸体在机井里浸泡快一个月了

旭光村发现机井里的死尸后，渭南市公安局去了几帮子人。张俊华局长运筹帷幄，教导员王宝成、副局长皎正敏、刑警大队长郭树华、指导员兼法医祖长江全部上阵。副大队长冯林具体负责，麾下七八员干将，是王一文、陈国新、王创业、郑少平、蒋

龙等。现场，下吉派出所所长汪定国已带着魏西战、杨化池、张波在等候了。

尸体已被群众捞出，摆在井沿上。尸体的上部，套着一个蛇皮袋，袋口紧扎。腰间拴一蛇皮袋，内装几块砖头，一双皮鞋。尸体身着西服、马夹、羊毛衫、黑西裤。有个公安术语，叫"巨人观"。尸体正是这种巨人观，所有的皮肉，皆数倍膨胀，根本无法辨认面貌。只知这是具男尸。

显然是一起杀人案，且手段十分残忍。

法医完全职业化地摆弄着尸体，神态安静，仿佛面对的不是一具失去了生命的躯体，而是商场里一件不起眼的物件。刑警队副大队长冯林则在一旁拨拉着那几块曾经用来沉尸的砖头，还有那双皮鞋。人们默不作声，等待着他们破译案犯所留下的密码。一个老法医，额上的皱纹就像黄土塬上的沟壑；一个壮年刑警，素以办案缜密著称。人们相信，这两人是不会让自己失望的。

果然，在案情分析会上，法医滔滔不绝：死者系他杀。其舌骨断裂、眼睑结合膜等处有点片状出血，说明杀人者非勒即掐，致其窒息死亡；死者胃里有食，系饭后三至五小时遇害；呈巨人观，死亡约有十五天至三十天；从牙齿磨耗程度判断，死年二十五至三十岁。

大队长郭树华提醒道："死者鞋带解开，似在躺卧时遇害。"

冯林说："沉尸用的红色机砖粘有麦草泥。此物便是寻找第一现场的主要依据。因为罪犯作案后心情仓皇，必就近找砖。死者那双皮鞋是登云牌的，挺时髦，衣着也整齐，像是个生意人，或者农村的闲人。沉尸的机井在背僻处，外地人轻易不会找到此处。

所以，凶犯可能与周围村子有关。"

于是，定下了侦破计划：先找尸源。找到了尸源，案子便活了一半。找不到尸源，案子就死了一半。同时，找第一现场。旭光村就是个圆点，划个圆，把周围十多个村子圈进去。

  毒虫想，世人贱女人多哩，像蝇子一样。钱就是血，
  血能招来蝇子叮

正月初二的夜里，毒虫躺在床上，心里并不安宁。他寂寞。空荡荡的房子，空荡荡的他，过去交的那些桃花好运，如潮水般涌来，叫他觉得莫名的亢奋。

不记得是哪年哪月了，毒虫在渭南市里，挂上了个相好。那女子个不高，皮也糙，可眼神里有勾儿，声音也妖妖地迷人。毒虫兜里正有几个钱哩，就天天去女子的饭店里坐。一顿饭，慢慢地整治。酒要好酒，凉菜要一小碟一小碟地上，扎足了势，吃不过两三个钟点，不算是吃饭。女子白日卖饭，晚上不卖饭，很职业的，就沾上了毒虫。

毒虫挽着女人回得家来，着实让他妈李水莲欢喜了一场，心说这回好了，有个女人拴住这黑煞星，全家安然。李水莲捡好吃的做，拣好听的说，毒虫和女人喜得满脸笑纹。酒足饭饱，到了傍晚，一家人围在堂屋，少有的笑语连声。毒虫忽然对他妈一声雷吼："老X！带着几个砍货，走人！"

一片寂静。

李水莲从欢喜中醒过腔，才晓得天还是天、地还是地，一切依旧，颤着声说："娃，你看天黑了……"

"滚，老子要睡觉！"

女人吃吃地笑。毒虫的母亲和弟妹们，含辱离开家。

不料不几天，家里来一男人，称是女人的哥，来走亲戚，阴不唧唧的，临走对毒虫说："不送送我？"毒虫和女人就送，一送送到村外。

那男人立住说："你晓得我是谁？"

毒虫说："你是她哥。"

男人笑了一下，报了个号，唬得毒虫一愣。这是渭南城里闲人中名声最响的一个。

那男人下巴对着女人一扬，再问："晓得她是谁？"

毒虫说："不晓得。"

男人勃然大怒："不晓得？不晓得，你就敢X！她是老子承包了的！"

毒虫立时说："小的有眼无珠，有眼不识泰山！要打要罚，由你！"

男人说："也不打你，也不罚你，在你地面上哩么。三天内，拿三百块钱给我，算是损失赔偿金。人，我领走了。有空，你到城里看看她。一日夫妻百日恩嘛。"

"不敢了，不敢了！"

毒虫失了这女人，并不疼惜。只要钱多，愁没有女人？世上人贱女人多哩，像蝇子一样。钱就是血，血能招不来蝇子叮？毒虫就硬逼着王明德掏钱，逼着李水莲将卖鸡蛋的钱尽数上交，硬抢了家里的粮棉去卖。毒虫有了钱，兜里经常是几张五十或一百，腰壮气粗。从1990年起，毒虫一年一个女人，带到家里，带到城里，自以为过得非常风光。

俱往矣！如今这大年初三，竟只孤零零一人。毒虫心怀悲凉，睡着了。

刑警大队长进了北徐村，就和到别的村感觉不一样

2月27日，正月二十八，冯林将专案组人马分作四拨，分头出击，找尸源，找第一现场。

当日，情况来了。有人反映：蒲城一人去渭南市买摩托车，三天了，还未回家。干警们一路扑去，走访、查资料。正忙活呢，买摩托的那人活鲜鲜地回了家。

这头按下不提，且说冯林带着张波，这一天走访到了北徐。北徐距旭光，也就是三四里光景，关中平原上普普通通一个村子。遇见的人问了个遍，都说村里一个人不缺。冯林走进这个村子，就感觉和别的村不一样。他悠悠然，大块头，又穿着夹克，一副领导视察的模样，弄得张波心里嘀嘀咕咕，咋的这队长接手恁大一个案子，竟像没事人一样！他哪里知道，在冯林的脑海里，死者的那双皮鞋、蛇皮袋里的红砖块、砖的草泥，都排了队在一圈一圈地转，冯林在给他们找出处。

晌午，到了村支部副书记家，主人殷殷勤勤地招呼。转眼见半大的儿子还躺在炕上歇晌午，就在儿子屁股上拍一掌，喊："懒虫，还睡！看你叔来咧，起来！"冯林与这副书记，原先并不认识。然而，按关中的风俗，见了年长者，大致都要唤叔伯的。

冯林笑看"侄儿"翻身，嘴里咕哝着坐起来，穿皮鞋。蓦地，他双眼一亮，向："你这鞋高级得很嘛，全村唯一的吧？"

书记的儿子大咧咧地说："哪呀，人家王金刚就有一双。"

"王金刚？"

"就是那毒虫么。"

"在村子不？"

"毒虫平常都不在村子住，不跟村里人打搅。腊月回来过，听说又走了。"

"他穿得厚不？"

"人家讲究，大冷的天，从来就没有穿过棉衣服。"

冯林腾地立起身，一把抓住张波，就朝外走。

> 毒虫将母亲、弟妹召集起来，郑重地说："家里弄成这样子，我活着也没意思。现在，我决定烧掉这座房子。"

正月初三一大早，毒虫醒来，转到堂屋，见不晓得啥时间父母、弟妹已拨开门闩进来，和衣睡下了，就狠狠地吐出一口痰，一脚踢醒老二王银刚，骂："找死的！你回来做甚！"又去摸了把菜刀，高举着冲来。

王银刚大惊，跳起来就跑。王明德喊："亲亲的亲兄弟，你真要杀死他？"

"弄死算毬咧！"说着，还要追。

王明德情急中伸手拉住毒虫。毒虫立时红了眼，劈将过去。王明德的厚棉袄顿时裂了齐刷刷一道口子，露出雪白棉花。王明德跑了。

到了下午，毒虫将在家的母亲、老二和妹妹召集起来，郑重地说："家里弄成这样子，我活着也没意思。现在，我决定烧掉这座房子。你们看是待在房里,还是出去?"

李水莲和小女儿当即哭出声来。毒虫眼一瞪,老老少少立即弃屋,跑出门去。

毒虫并不烧房。眼见着屋子里又只剩下他一人,得意非凡。"这些吃货,一天能麻烦死人!"他骂骂咧咧地,给自己做好饭,吃了,又把门闩上。

正月天气,冷得紧,李水莲大半天水米未沾,去找着王明德,央告想办法。

王明德一时怒气上来,豪壮地说:"走,跟我走!看我的!"

到了门前,想要拨开门闩进去,不想毒虫在门里"啪"地将刀砍在门扇上,吼:"今个儿再拨给我看!"

王明德吓得拉住李水莲,一路小跑,远离家门。

刑警队长大喜,心说这案子的端倪终于露出来了

2月27日晌午,冯林和张波到了毒虫王金刚的家。铁将军把门,家中无人。张波去找王家人,冯林绕着院子转开了圈。来到屋后,远远地见房后有座花墙,正是红色机砖砌就。关中人仔细,砖缝都用泥草糊住。可是,王家花墙的边角,缺了几块砖!冯林大喜,心说这端倪终于露出来了!他从王家屋后朝旭光村望去,发现王家去旭光村那口机井,竟是最便捷:出后门,上机耕小道;奔旭光村,可不就到了那口井!

看冯林绕着这一家转,有村人就上前说:"这家的大娃是个恶人!打他二弟下的是死手,没人敢拦的。"

又有人说:"水莲说她娃初四回来,初六走了。昨儿个人都涌

着去看尸首，水莲也去了，嘴里还咕哝着看是不是金刚。到了地方，又不近前，只在远处看了一眼就走了。"

还有人说："水莲指使过一个娃儿走到跟前细看。"

冯林立时派人找来那娃，是个小小子，噘着嘴说："都来烦我！"冯林问："李水莲让你去看过死人？"

那娃儿说："我嫌臭，根本就没去看！"

这个李水莲，疑点也太多了！以王金刚的为人，莫非是亲人相残？但李水莲一个老弱妇女，无论如何，掐不死壮牛似的王金刚！而且，还缺乏最有力的证据。冯林的脑子里飞快地转着圈儿，就想会会李水莲。派人四处去找，不见人，只找来毒虫的妹妹。是十五六的闺女，静静地立在警察面前，问一句，答一句，说是金刚哥初六走了，她妈去相桥镶牙刚走。走什么？又是个疑点！

案情一步步趋向明朗。冯林给市局作了汇报。次日大早，皎副局长、郭大队长与冯林来到北徐村。李水莲在家看门。干警王一文、郑少平上前问长问短，稳住她。其余的人去后院查看花墙。花墙洞里，塞着一团黑布，颜色、纹路都与那具死尸脸部蒙的布条极相似。冯林掏出来一抖，塞入裤兜。按他们的行话，这叫秘密提取。技术员杨西录、倪卫东赶来了，经过对布条与尸体蒙面布作整体分离对比，发现裂痕完全吻合。

李水莲被带到下吉派出所，已是下午4时。面对布条、砖块，她承认井中的死者，是她的儿子王金刚。"可是，金刚初六就走了。咋会死在旭光村的井里？公安，你们一定得查清凶手。"李水莲慢声细气地说着，盯着看警察的反映。

冯林平静地说："凶手一定是跑不脱的，不管他是谁。"

"那我就放心了……"

"你想凶手会是谁？"

"儿大不由娘。娃娃家的事，我知道的不多……"

从下午 4 点到晚上 12 点，整整八个小时过去了，冯林一无所获。李水莲跟他们磨了八个小时的嘴皮子。

李水莲搂住小女儿，眼泪扑簌簌往下淌：这几年，
毒虫卖了多少棉粮？砸了多少铁锅

正月初四，王明德找到老二娃王银刚和小女儿时，已是夜里两点了。兄妹两个在后院的地里生了一堆玉米秸火，歪歪斜斜地依偎着，睡着了。李水莲搂住小女儿，眼泪扑簌簌地往下淌。前辈子造了甚么孽呐，竟生下个畜生王金刚！逼得一家人有家不能回，四处逃命！这几年，这个孽障卖了多少粮，卖了多少棉？砸了几口锅，摔了多少暖水瓶？算不得，算不得呀！就说当初王明德退休，该由你接班，可你人跑得不见个影影，铜川那边急三火四地要人哩。不让老二去，难道将那个招工指标作废？就说这事爸妈做得有差池，你也不该见啥摔啥，电视机、缝纫机、收录机，能砸的砸，能摔的摔。你一不顺眼，家具就要遭殃！就说你摔砸东西，倒也罢了，可你爸和你妈是仇人？打起二老来下黑手，啥时想打啥时打。1993 年打断你妈三根肋骨，1991 年用砖砸断你爸的脚趾头！王金刚啊！……

王明德一进审讯室就说："那事是我一手干的。"

2 月 28 日，就在冯林与李水莲舌战八小时之后，李水莲终于熬不住了，说自家的两个蛇皮袋子，送给一个收破烂的了，说

自己花墙上的砖,被人偷过。问话人根本就没涉及砖和蛇皮袋子。

此地无银三百两。她这是给杀人沉尸的物件找去处。冯林笑了。

已是子夜,刑警队的那辆旧警车,又由冯新宝驾着,风也似的二返铜川,大队长郭树华亲带四五人前去,传讯王明德父子。

次日早7点,王明德、王银刚被带到刑警队,王明德进得审讯室,没等干警开口,就说:"你别问了,我全说了算了。那事是我一手干的!和娃们没有一点关系。"

"把那狗熊日蹋了!"毒虫的父母、弟妹,在沉默中
通过了这项决议

初三夜里,李水莲接着小女儿,哭罢伤心,向老伴说:"这长此以往的,可咋办呀?"

王明德咬着牙说:"有办法。把那狗熊日蹋了。"

李水莲、王银刚、小闺女,在沉默中通过了这项决议。

王明德拨开门闩后,像个将军,指挥李水莲去取蛇皮袋;他带着次子王银刚,走进王金刚的住处。王银刚跃上床,双手扼住兄长的喉咙,王明德则死死压住长子的双腿。顷刻间,毒虫昏死,眼睛瞪得老大。李水莲浑身哆嗦,心说还有救,这娃还能活哩;一转念,又想这孽障不能救,全家人见了他都眼里滴血哩。救活过来,可不得几条命摆下来!王明德也怕未死,掏出随身带的火绳,勒住毒虫脖颈,用力拉。直听得"喀嚓"一声,晓得事成,方才罢手。

毒虫王金刚眨眼间成了尸体,还龇着牙咧着嘴。王明德看着

可怕，便叫李水莲在裤子上剪了一溜子布，蒙住那面孔，在脑后打了个结。然后，用大蛇皮袋由头套下，在腰部用火绳扎住；又从后院花墙搬来五块整砖、两块半截砖，装入另一个蛇皮袋。想了想，又把毒虫的皮鞋也塞进去，将袋子捆在尸体腰部。

忙碌完，已是凌晨4点。王明德挥挥手，让王银刚去睡了，对老伴说："夜深人静，趁早将尸体移走。"

李永莲说害怕，不愿去。

王明德哆嗦着说："我也怕哩。走，给我做个伴。"

两人拉着架子车，将那具曾经是他们的儿子的死尸，抛进旭光村口的机井里。

那天晚上，没有月亮。

初四一早，王明德装作散步，又去了旭光村。在井口一探头，看一切完好，才放心回家。

正月十六，他带老伴和剩下的子女去了铜川，约定毒虫王金刚是："初四回家，初六又走。其他一概不知。"

　　　　北徐上百群众送来联名具保书。这又有什么用呢

破了此案，冯林感觉不到往常破案后的欣慰和轻松。就在他们整理好一应材料，准备移交检察院时，北徐村上百名群众送来一份联名具保书，力陈王金刚如何该千刀万剐，王明德如何除逆有功，请求宽赦王明德夫妇及王银刚。

这又有什么用处呢？冯林喟叹一声，但还是让人将这份具保书装入案卷。

不挂牙花的小事

1997年11月初，天已冷得紧。农闲了，是婚嫁的好季节。富平县张桥镇老翰家里，却展开了一场离婚谈判。说是谈判，双方并不平等。女方叫引弟，老翰之女，在张桥土生土长，占尽地利人和；男方叫耀武，邻县人，翰家上门女婿，无钱无势，瘦弱矮小。

耀武不愿意离。1990年，他入赘翰家。春夏秋冬，他整年扑在翰家地里，不惜力气。农闲时就给人帮工，苦扒苦搂。那时，翰家老少是如何的欣赏他？如何在街头巷尾称赞他？1993年，他又到大荔，白日给人看果园，夜里孵小鸡，不沾酒，不抽烟，熬红了双眼；熬瘦了身板，一年攒下一千元钱。虽然少，可他一分没剩，全交给了老掌柜的。

一个上门女婿，做到这个份上，还要怎样？

引弟执意要离。她觉得耀武太差劲。1997年6月20日，她爸和耀武一块到粮站交公粮，完后两人在羊汤饸饹小摊上吃饭。耀武竟然搞起AA制，只付了自己的账，撇下她爸，扬长而去！又不是吃山珍海味哩，她爸的一碗羊汤饸饹钱，耀武为啥就不能付？说到底了，她家招耀武上门为的是啥？唉！……而且她知道，耀武身上有钱。去粮站前，他帮人装麦子，不是挣了三十块钱么！……世上两条腿的蛤蟆不得见，两条腿的男人还少吗？离！

说到 6 月 20 日粮站吃饭付账事件，耀武也有一肚子气。是的，他没有替岳父付账，他是故意的。今年他都三十岁的人了，还不会骑自行车。家里倒是有一辆车，一日他就推出门，想学着骑一骑。谁知刚出家门几步，却被岳父喊住了，说不会骑就甭骑，链条、横梁都给日弄坏了，还要把车子糟蹋完了才成？耀武推回车子，心里难受极了。2 月，他一咬牙，用在大荔打工赚下的三百五十元钱，买得一辆新车。瞅着锃亮的车把、瓦圈，他高兴之至。然而，车子刚一推进门，岳父便勃然大怒，斥责他的自作主张、他的胡乱花费。耀武深深地低下了头。他在想，一个上门女婿，为女家淘尽了力气，连买辆车子的权利都没有？又想让马儿跑，又不给马儿吃草。这世上就没个天理？

都是些小事，都是些不挂牙花的小事，可引弟、耀武脑袋瓜子里转不开这个磨。松针大的叶子，遮严了他们的眼睛。1997 年 6 月份开始，两人分居。引弟之妹招弟，自然坚定地守在姐姐一方阵线上，对姐夫实施口诛，并陪姐姐同住一屋。

11 月 1 日晚，耀武回屋，发现他的被褥被捆扎好，撂在炕上。他心头一热：莫非媳妇打熬不过，回心转意？他急匆匆推开媳妇的房门。不料一顿怒骂、一阵唾沫星子兜头喷来。耀武正摸不着头脑，又被引弟、招弟一阵拳脚撵打出来，脑后勺还砸来一句话："你离不离婚，都要背上铺盖卷走人！"

11 月 15 日，引弟一纸诉状递进法院，坚决要求离婚。

耀武懵了。他的蜗壳般的胸膛里盛不下这样一个想法：七年做牛做马，就这样被人一脚踹走？这寒天冻地，又住哪里去？捱过四日，这个三十多岁的男子一腔的悲愤愈积愈多，终于像原子核裂变一样按捺不住了。

1月20日凌晨时许，他操起一把菜刀，撞进了媳妇和她妹妹住的屋子。……鲜血溅得满炕满墙。这个赘婿在地上瘫作一团，耳听得警笛声一声近似一声。

古时候，有钱有权的人物，如果所生皆女，就需要男丁来继承家业，传承后代，延续香火，由此产生"上门女婿"之说，多属贬义。很久以来，上门女婿的孩子都要随女方姓。虽然按照现在的法律规定，孩子随哪一方姓都可以。这样，上门女婿就会产生家庭劣势心态。长期得不到纾解，就会淤积成祸。

解救蕊娥

渭河南岸这座城，叫渭南；再往南，高高险险地上了大片塬面。塬面早叫雨水冲刷成一绺一绺，那沟壑，是塬脸上的褶皱。三张镇张毛村就藏在一道褶子里。地瘦，人苦焦。村里但凡年轻一点的，都生着方子往外走。李蕊娥论说都二十多岁的女子了，也想走哩。

绿玉米秆在野地里枯作土黄，红柿子下树，那是1996年的10月份。蕊娥下了塬，到小桥劳务市场寻活路。蕊娥心直，又在村里待久的，嘴头子来不得。站了两天，啥啥也没寻下。秋深了，夜里，星星都冻得直眨眼。蕊娥发了愁，心说明日再寻一日，若寻不着活，就回塬上去呀。

第三日，可巧就遇着一个好茬口。那是个中年男子，鼻子尖沁着汗粒，嘴唇厚厚地往外翻着，样子蛮厚道。他笑龇着黄板牙，说在小桥已经转悠了三天，就瞅你这女子能干。蕊娥羞羞地低勾下头。他说这会儿大晌午，活儿干不干另说，先寻个地方吃点饭——人是铁，饭是钢，一顿不吃饿得慌么。蕊娥嘴上说不去不去，脚底下却动了几动，就跟那人坐到一个面皮摊前。他说他叫李明，有个伙计在西安当厂长，叫他来渭南招工。待遇嘛，白馍红烧肉管饱，一月还给好几张大票子哩。又说干得好了，在那里就寻个对象，后边落脚省城，连老父母都接到省里，村里人会咋样眼红哩？他说这话时，蕊娥已经放下了碗。乡下人，心实，也不会道个"谢"字，只将"同意"二字憨憨地写在眼里、脸上。

　　果然就到了西安。人真是多呵，像沟畔大田里的玉米秆，密密匝匝；又像渭河水，浊浊地一个劲儿地涌走。蕊娥瞅着都头晕。那男人就在火车站旁的一个电话亭里唠了半天，转过身，一脸无奈道：我伙计又把厂子迁到了河南，咱也赶去吧？你看，咱总是上了路，十里是走，百里也是一走。

　　火车、汽车、小四轮，沾了几日的风尘，两人到了一处地方。是个小村。进到一户人家。那家人看蕊娥，眼里都怪怪的。一碟摊鸡蛋，一盅浑酒，中年男人吃喝罢，在里间揣走一个纸包，说是出门寻人呀，转过村巷就再没回来。天色一分黑似一分，那家人中有个老太婆叫了声闺女，说从今日起就是俺家的媳妇了，俺花了两千五百元哩，你可得听话。又指住一个男人，说他就是你男人了。那男人下巴颏刮得青溜溜，可再咋刮也有四十岁朝上，正憨憨地干搓双手。

　　又是慌乱，又是惊惧，又是羞怯，蕊娥简直不晓得双手往哪里放好。上了当了！受了骗了！心底窜出一簇一簇的火，上下四方窝着、拐着要往外攻。蕊娥"哇"地哭出声，要往外扑走。还没踏上门槛，就被人拉住。蕊娥性子烈，好一番斯打，可也没能走脱。隔了几日，再走，又被截住。这一回挨的打不轻，蕊娥躺了十多天起不来身。走又走不脱，留又不是个留法。

身上新伤摞旧伤，蕊娥心里苦焦。她悄悄摸了个铅笔头藏住，又觅来一截纸片，今日三两个字，明日两三个字，写成一封信掖在身上。转天去镇上赶集，装出高高兴兴的样，哄得男人眼虚，就寄出来这信。

蕊娥的爹，叫李子正。他收到女子的信，是在1998年年初。女子走失，已经整整两年。又是操心女子的吃住，又是操心她的安全，把个七十多岁老人的头发愁白了，又一片一片地脱落净尽。人说渭南城不大，可要街街巷巷都走遍，那可很得几身汗出。老汉寻遍渭南新街老城，哪里又有女子踪影？他老伴成天站在沟畔，望着上塬的路，做梦都是忽然有一日女子顺着那路上来了，回家了，拉着她胳膊喊娘哩。老汉出门走了，老太太就坐在炕头，一遍遍想着女子，一行行地淌着眼泪。日日浸在悲痛中，谁人受得了这样蚀磨？老人身子骨就这样虚了，垮了，不拉拐棍走不成路。

可好哩，女子来信了！李老汉照着信上的地址，寻到河南省濮阳市北罡乡西常寨村。见着了女子，泪也流了，话也说了，那男人还口口声声叫爹哩，殷殷勤勤小酒服侍哩。李老汉要带走女子，那人可是一万个不答应。李老汉说这是犯法哩。那人说法不法的，俺不管，总不能叫俺人财两空。老汉待过两日，看看实实没有法子，也只得洒两行浊泪，悄悄回了陕西。

村里有见过世面的，给李老汉出主意：这种事，你不寻公安帮忙咋行呢？老汉一想也是，端直到了临渭公安分局，找见副局长杨方，说起女子被拐的事，不由得涕泪交流。杨方给沏了杯热茶，说这事在公安局，就算案子了；又说分局向阳街派出所曾经到陕北、河南解救过被拐妇女，有经验，当即提笔将这案批了去。这就到了7月16日。

夜里，天气闷热，街道上走动的人人脸上糊着层油汗。渭南老城旧衙门口，李老汉坐上了一辆桑塔纳警车，同行的有张灵警长和两个警察。车外，一个年轻警官给他们送行。那是所长杨民安。解救被拐妇女，是个难事。加上所里人手少、经费短，这任务很让杨民安费了些脑筋。掂量了再掂量，筹划了再筹划。谁去，咋去，咋带人——每一环细节都抠实了，才放行。今儿夜里，眼见桑塔纳辗出一股细尘，往东出发，杨民安的心也跟着远远地走了。

这一去，陕西警察差点再进不了潼关。7月17日，解救小组也就到了濮阳，免不了要与当地公安局呈送公文，协调方案。河南警察那是没得说，爽快表示全力配合，立马派两人去西常寨村，着便衣，弄清李蕊娥所在家户的方位和进出村路线。当日夜里12点，两省警察五六人摸进村去。那一户的门扇紧关，警察就搭了人梯，翻进墙去。刚刚抽开梢门门闩，就听屋里有人可着嗓门喊：来呵，来呵！抢人哩！

这西常寨村里，媳妇多从外地拐卖而来。村里人平日睡觉都睁着一只眼：一怕媳妇逃脱，二怕公安解救。李蕊娥所在家户那一声喊过，东巷的、西街的，一扇扇门吱扭扭都掀开了。那些汉子和婆娘，扛着锹，掂着棍，黄蜂一样拥扑过来。看看事紧，河南警察掀着陕西同行先撤，他们断后。结果被村民围了个严实，棍棒、锹把又不长眼，混乱中很挨了不少冤屈，有的身上还挂了彩。公安局得到消息，颇觉震惊，派出大队警力，方才解围，并将煽动闹事的男方父母强拘了回去。只是翻遍那一家的旮旯，未见着李蕊娥。

在陕西的杨民安，几乎就是在同时接着了河南的电话，晓得解救受挫,愈发觉得心沉,叫通张灵,说要想尽一切办法,不惜一切代价,一定要把李蕊娥带回陕西。

任你能撞,可要与法律撞,谁人撞得过?过了两天,河南西常寨那一家人终于吃不住劲,供出李蕊娥被锁在一间黑屋子里。两省警察急急扑去,砸烂锁子,果然见李蕊娥在里面,哭得两眼红肿。李老汉赶紧拉住女子,再咋都不丢手。

7月27日,向阳街派出所的桑塔纳警车安然驶入潼关,过华山,进渭南。在派出所三楼上,看着车子进得院门,车里出来李老汉父女与三个警察,杨民安立即拿起电话向分局领导朱东吴、杨方汇报:解救大获全胜。

蕊娥回家了,一村的人都稀罕,都高兴。送走村邻,李老汉咋也睡不着。想着两年多来思女的苦楚,一朝全家团圆的欢欣,心里真像一锅煮沸了的水。看着东边天色刚刚放亮,老汉去村口代销点叫开门,赊来两斤点心,让人用土纸细细包好,最上面贴一贴红纸,匆匆下得塬来。

先到临渭公安分局院里,在杨方副局长办公室,不由分说放一包点心;出了门,见穿警服的就散烟,说是看见民警就眼亲、心热。后到了向阳街派出所,老汉腿一弯,实实想给民警们磕个头,谢呈一下。杨民安赶紧搀住,说谁让咱是民警哩,不过做了点分内事,快不敢这样。谁也挡不住老汉,撕开点心包,挨人分一块,连声动:吃吧,吃吧!是我们村里人自己做的,甜得很。再咋也不算行贿吧。

村里人做点心,只是一样,舍得放糖。杨民安他们拗不过,咬了一口,果真是甜,甜味能浸进心里头。

从老城回塬上,必得过小桥劳务市场。李老汉看到市场里站的，蹲的，追逐撵玩的，尽是些小子、女娃，脸庞上洋溢着希望的光亮。他真想停住脚步，给这些娃娃们说上几句掏心窝的话。

懒人贾蛇民

贾蛇民的光景到底是咋样烂包的，临渭区官底乡上薛村的乡亲们还真是不清楚。

三年以前，贾蛇民曾有过个好媳妇；在一年以前，他还有个八岁的小子娃。那时，走村穿乡，他骑一辆自行车，也是横梁上带一个，后尾架上捎一个，惬意得很。但现在，媳妇和儿子都已不见了踪影。

媳妇先走一步。1996年3月，媳妇一纸诉状，把蛇民拽上法庭。诉状也不长，只说贾蛇民小偷小摸，招得村人到屋里斥骂；又说贾蛇民好打牌，赌得黑天昏地，又输不起，家里叫人家搬了个盆光瓮净。总之，不是个过日子的人。法官叫蛇民陈述，小伙子闷头道：就是哩。法庭就发给那媳妇"准予通行"的离婚书。

蛇民的儿子是1997年底走的。快过年了，蛇民兜里连一枚硬币都掏不出来。这些年，他阉过牛，收过破烂，只是不愿种地，说"副业"挣钱快。没想到"副业"将他撂在了年这边。他寻思着进城打工，想让娃跟大姐。大姐说快引回去，这事我跟你姐夫说不通；想让娃跟碎姐，碎姐说你今日要把娃留下，我与你从此不来往；想让娃跟三哥，三哥说你不是爱打麻将嘛，你的事我管不下。都是恨铁不成钢的气话，蛇民却凉了心。这工夫，北徐村两个徐姓老汉找上门，说把娃引到富裕人家算了。蛇民起初不乐意。这不是卖娃么？羞先人哩！可架不住两个老汉三说两说，又丢下两千四百元钱。蛇民作想，穷人么，还输不起一张脸面？再说娃一走，不定走到富窝窝去了，是享福哩，也就点了头。老汉们赶紧把那娃领去了陕北洛川。

这些都是贾蛇民后来在下吉派出所羁押室里亲口说下的。但他到派出所里来，还不是因为卖儿子这事。1998年的年，蛇民过好了，手里一下子有了两千四百块钱么。娃走那天，天阴得紧，空里绽下一絮一絮的雪片子，很快遮严了出村的巷口。蛇民心里有一点空落，又有一点轻松。夜里睡不着，他盘算拿这钱做点啥呀，可不能再瞎混啦。早先种地时，浇地花的是贷款，累计有一千九百元。这笔款一还，捏着兜里薄薄几张票子，蛇民又灰了心。大年夜里，不晓得咋的，他又蹓进一个麻将场子，输了三百元。这还剩下两百元，蛇民给自己买了一身西服。还没太敢吃吃喝喝，钱就没了踪影。

世上最令人难受的事，怕就是有钱人猛然间沦落得身无分文。蛇民曾经"有钱"过，现在心里小猫抓挠一样难受。白日里四处游逛，看人家积肥翻地，忙忙张张，他心里还不咋急；夜里，他从窗子翻进屋——门锁着，铁锁发锈。他也不拾掇，一嫌麻烦，二防债主——踏过炕头，跳到地上。炕也塌了，他索性抽一页席铺在地上，打地铺。地凉，蛇民的心火却旺。如今是再没有儿子可卖了，可这日子该咋过哩？

1998年4月，夜里还很冷，空中有半拉月亮，瘆瘆地照着村子。蛇民抹着墙角走，躲闪月光。他是去作贼。

太阳将出未出，天色灰白的时候，蛇民到了一个牲畜市场。昨夜，在官道乡姜家村，蛇民得手，牵出一头牛。现在，市场上没有多少喧哗声，只是蒸腾着牛羊的腥骚气。他斜倚在牛肚子上，有一搭没一搭地看那些牛贩子，看他们如何将两手缩在袖孔里，一捏一摸，点了头，两人就数票子牵牛；有一方摇头，就继续捏；再摇头，双方就抽手走人。终于有人瞄住蛇民身后的牛，走近来，伸出手。蛇民懒声道：家里紧等钱用哩，你看着给两个就行。

牛贩子是何等精明的人，早晓得遇着了偷牛贼。这牛买不得，是赃物，沾了身，迟早得招祸，便假说了几个价，抽出身，悄悄去了派出所。

贾蛇民就这样栽了。

贾蛇民倒老实，一五一十说了——卖儿子，偷牛，赌博——种种事情的根根梢梢。

办这案的民警是当地人，晓得上薛村那地方不错，村里人收入不算低，心疑咋就出了这么个烂汉？一个懒字，怕就是贾蛇民沦落的根源了。

我见到贾蛇民，是在 4 月 21 日，在下吉派出所。对这种人，民警们不用镣铐，可也得短暂地剥夺他的自由。他被民警领去水龙头下冲洗过脸面，带上二楼。

这是个三十四岁的小伙子，个头虽不高，脸也黑，可有一双大花眼，精神得很。最漂亮的，是他一头自来卷的黑发。我问他，儿子到底卖到了哪里？

蛇民竟然不好意思地一笑：是陕北，洛川。哪个村，就不晓得了。

想儿子吗？

蛇民停顿了一下，我期待从眼前这张湿漉漉的脸上看到眼泪，看到悔悟。然而没有。他垂着头，我看不见他的眼睛。

我真不晓得，对这个人该不该保留一点点期望。

李小女的婚事

　　李小女对于她的第一桩婚姻，也许是不甚合意。所以，在夫家生下一女之后，她很快就失踪了。

　　龙亭镇三甲村，乔子玄乡杨河村，这两个村子都在韩城城南。在韩城，城北有煤、有铁、有椒，人们日子过得滋润些；城南是塬，只有土坷垃里刨食一条生路，光景就苦焦些。李小女从杨河嫁到三甲，首先从物质生活来说是没有提高，没有改善。倘若李小女与丈夫感情纯醇、甜美，或者小女对未来的生活没有太多的幻想，那么，这一桩姻缘或许能像村里老辈子一样保存下来，延续下去。

　　可是，这些"倘若"都不存在。

　　李小女失踪后，村里人都说小女是去了河东闻喜县，在那里又搭了一个男的。

　　1998年7月12日凌晨2时许，乔子玄乡杨河村村长曹锁生电话报称：今天0时，本村二组李小生家发生重大凶杀案件，七十多岁的村民李德发惨死于家中。其老伴梁秀梅、其子李小生分别被杀成重伤。

——韩城市公安局芝阳派出所"7·12"杀案侦破报告

　　李小女真的是去了山西闻喜县,真的搭识一个汉子名叫成小裴。

　　1998年,成小裴四十六岁,孤身。成小裴从来没有说起他是怎样认识李小女的。但是,他对她一见倾心,一见钟情。小裴家穷,可他舍得给小女花钱,曾经抱了一台电视机给小女家。不晓得谁嘟哝了一句:旧电视,还值得从山西抱过来!小裴听着了,一咬牙,换了台新的去。小女挺高兴,说他给她装了脸。除过花钱,小裴还捧出一份小心,一份殷勤,紧着伺候小女。他的目的只有一个:与小女结婚,圆了自己的鸳鸯蝴蝶梦。

　　心痴捂得化顽铁疙瘩。小女领着小裴回娘家,指认了她爸、她娘、她哥,一家人欢欢喜喜喝了团圆酒。

　　小裴心里喜哩,一路上哼着蒲剧,只是央告小女:点亮喜烛吧!快进洞房吧!

　　小女始终没有痛快应承。

　　小女心里自有她的想法。

　　……接警后,值班干警张利、薛敏忠向市局110指挥中心报警后,迅速驱车赶赴现场;所长王安德、指导员李安民一边报告市局蒋立志局长,及乔子玄乡党委、政府;一边急赴现场;孙华、雷稳谦率刑警一中队,也同时到达现场。

——芝阳派出所"7·12"凶杀案侦破报告

是花了成小裴不少钱,可要论婚说嫁,李小女觉得这一辈子还不能交代给小裴。说不清是什么缘由。

这当儿,小女又认识了山西临猗县一个人。两情相悦,小女觉得这人才是她后半辈子的靠山。二人很快议及婚事,虽然此时韩城三甲村小女那个"家庭"还没有合法解体。小女将这个决定告知了小裴。

接警时,其实芝阳派出所王安德、李安民两个头儿还在市区。半夜三更,这案子发得突然,二人往所里赶得就急。蒋立志局长处警指挥历来讲究迅疾,不容间暇。部下们上案子也就扑着,抢着,往前赶。所谓强将手下无弱兵。

到芝阳街口,见一人急匆匆地往外走,上身着玻璃丝衬衣,车灯前闪烁发光。王安德心里疑了一疑,问这人是哪儿的?车内有人答说,似乎是前边村里的。说话间,车子已窜进芝阳街里。

见着两个伤者,问罢案情,在破案碰头会上,王安德发言了:"论说刑案属刑警队负责,我还是想提点看法:案发到现在,不过两个小时,凶手这会儿正四处逃避哩。咱们应该分头堵截。"民警即刻分作三组,一组一车,大开车灯,追将出去。

7月8日,成小裴西渡黄河,来到韩城下峪口。小裴觉得憋屈。花了那么多钱是一方面——钱挣得不易,每一毛、每一分都浸透了他的血汗哩;更重要的,是觉着老大一个男人,叫个女子耍弄了,心里不服,不甘。一口气闷在胸里,撑得小裴七个窍孔都想往外喷烟喷火。

小裴在下峪口住了三四日,买了一件玻璃丝的衬衣、一把剔骨尖刀、一顶冬天用的遮鼻捂嘴的棉帽子。

7月11日，夜幕网刚刚罩严杨河村，小裴便潜进村，爬在了李小女家的窑背上。他夹着个小包裹，里面是新衬衣和棉帽子。

李家窑里电视声音蛮大，叽叽哩哩地直往小裴耳朵里灌。这本是我的电视啊，好些钱哩。一想到这些，小裴心里就愈加气愤。如果现在小女回心转意，这可不是天作成的一件好事？小裴心说。可是，院里哪有小女的声音？这会儿不定与临猗那个野汉搅成啥样了！你耍了我一个，我杀了你全家！想一阵，气一阵，火一阵。熬到12点，窑里电视机关掉了。小裴套好棉帽，攥紧刀把，溜下窑背。

惨叫声从李家窑里溅出来。

追缉凶手的警车撞进韩城南关。在一个口上，一男子慌慌地往巷口紧拐，警车一下咬了上去。第二辆追捕车随后赶到。听是逮住一个嫌疑人，王安德叫道：拉出来让我看看！一看，正是芝阳街口那个穿玻璃丝衬衣的男子。

王安德笑道：就是他了！

回去一审，果真是成小裴。

成小裴杀了一人之后，便遭遇强烈抵抗，只好匆匆逃出李家，换下血衣就走。他早知道现在的警察厉害，可不晓得是这样个厉害法。

三小时破一凶杀案。这喜讯，当下被报告给蒋立志局长。局长听罢，甚喜，嘱咐深挖细查。

人无前后眼，看不到生前身后事。李小女倘若早知道自己会殃及全家人吃刀子，肯定不会招惹成小裴。

可是，这世上除了成小裴，谁保得住没有个赵小裴、钱小裴哩？李小女晓得自己错了。错在哪里？还真得细细思量一番。

匪影出没 WC

快要过年了,街上乱哄哄的。人们发了疯似的,一年中花钱都抠抠索索的,年关前却买东买西,像要把积蓄掏干花净。大包小袋地拎着,人们回到家里,家家户户激起一团团欢乐。渭南城里,一街的喜气。

却也有人喜不起来。非但不喜,而且简直对渭南城充满怨恨。这是火车站一家饭店里坐着的四个小伙子。他们游逛了整整一年了,只混得个酒饱肚圆。到了年关,到了该向七亲八戚拿点年货的关口,他们的腰包却空空瘪瘪。是酒气逼的?还是心事急的?四个人眼珠子红通通的。

1996年岁末的渭南城,春意暖暖地笼罩住城池,没有人晓得在城边,还有这几疙瘩暗冰。这一年的12月26日,渭南最繁华的解放路上出了一桩劫案。案子发在解放路一家银行隔街相对的公共厕所内。一个如厕老者的四万元现金被劫,只给他留下满头的鲜血。

这天,是朱东吴刚刚坐进临渭公安分局局长办公桌后的第二天。他收下了这个多少有点烫手的"见面礼"。

贼不打，三年自招。犯了事，多多少少总会透出点口风。三年未到，1998年10月，临渭公安分局站南派出所刑警赵红军在审查一起盗窃案中，就得到韦永强可能与公厕劫案有关的信息。而韦永强此刻因为别的案子正关押在看守所。

这信息比电波还要快，分局、站南所里的朱东吴、李天荣、刘孟雄几乎是在同一瞬间，得到了报告。整整憋了两年的恶气啊！且慢，两年都等了，岂能因为心急去打草惊蛇？专案组成立起来，侦查方案确定下来，偃旗息鼓静悄悄，民警们正在组织集束炮弹，要选择最适当的时机一举拿下韦永强的口供。

两个月之后，12月18日，战斗打响。韦永强知道怎样配合警察的问话：澄城韦庄人，今年二十二岁。十年前浪迹渭河北岸。1998年3月，因抢劫被羁押。这些情况，他一一道来，行云流水，不打磕绊。他爱笑，一笑一个主意。他说，他某某年抢了一袋红枣，某某年抢了几块几毛钱，时间、地点清清楚楚，甚至受害人交出钱包时放了个闷屁他都记得。这些话里，绕了多少弯弯道道？上了多少道机关？不晓得。民警们抱定个主意：要他滔滔不绝地说，总有露出破绽的那一刻。话题刚刚接近两年前解放路公厕，就被他倏然拽远。"厕所里头抢钱？不可能，不可能。我还嫌臭哩！"他断然否定有那样一码事。所有的努力仿佛都归于零，审他的马渭滨、赵红军年轻，几回回恨不得拾掇眼前这个小社会油子一顿。可是，那哪能行呢！

朱东吴局长也两番深夜突审，终归是水来土掩，兵来将挡。警察们发现，这个韦永强好胜心强，就激他："好汉做事好汉当！没料到你遮遮掩掩，这样软蛋！"

12月19日，韦永强"嗨"了一声，供出公厕那案确实是他作的，同案另有党文军、王红武、耿林三人。

　　当晚，朱东吴与澄城公安局局长张仁联系，取得配合，一班人马急赴澄城县王庄镇，逮回王红武。党文军因另案羁押，亦提来审过。仅剩耿林在逃，分局组织警力追捕。三个疑犯到案，按说互相印证即可定案，但三人说出三个作案过程：预谋、手段、分赃各不相同。哪个是真？哪个是假？警察们颇费思量。韦永强倒得了意，对同室其他嫌疑人说："我是将十多起抢劫案掺和在一起，编的这案。他们咋理得清？"

　　时隔两年，案发时的公厕早已拆旧布新，重新贴上一层白瓷片，见证人更是难寻。从哪能得到一个硬证，证死就是这四个人做的孽？只有受害人贺平均了。贺平均在哪里？当年只说是四川广安人。这贺氏在广安哪乡哪镇哪村落？急得所里教导员刘孟雄嘴角起了几个燎炮。老贺不是说做粮食生意的吗？刘孟雄便令赵红军几个从渭南粮商处查起，看能否找着贺的地址。渭河北岸，地旷粮盛，人多做粮商。籴来粜去，倒也见利。查过三日，警察们才从交斜镇查出贺平均的住处。立时翻秦岭，踏蜀道，穿浓雾，请来受害人贺平均。

　　三对六证，韦永强们这才紧了脸色，道出一桩陈年的公厕劫案。韦永强踅磨在渭南火车站，已经很有些时日了，也无非趁人不注意拎个包、抢点钱。胆大是他的本钱。一回抢了外地一小伙十多元钱，他还凑在人家耳边说不准喊叫、不准报警，甚至还手挽手将小伙送上火车。

　　1996年冬，他结识党文军、王红武、耿林。四人年纪相仿，都留着偏分头，正是惺惺相惜。韦永强道："快过年了，身上没有钱。不管偷抢，先弄点再说！"三人一哇声赞同。

隔了日，四人就聚到酒馆，弄一瓶二锅头酒，弄两盘凉菜，将酒分作几杯，一仰脖喝干了。将杯子一摔，哗啷啷碎了。韦永强才说："往后，咱们就是亲兄弟了！兄弟们在一起，别论谁长谁短。古人有句话：三人一条心，黄土变成金。咱们几个要合伙弄点事呀！"自封为老大，王红武作老二，党文军老三，耿林老四。议起劫钱的事，几人七嘴八舌，定下一套路数，要弄出一桩大事，发一笔大财，过一个好年。

韦永强作老大，自然还叮嘱几句："这事要是翻了，就有杀头的危险！派出所里，我也是几进几出了，里边的情况我都懂。万一进去，你们只要把嘴闭严，没事。千万不要乱咬外边的人！"

党文军接口发誓道："如果我被抓，决不乱咬外边的兄弟！"

王红武也发下毒誓："谁出卖兄弟，谁不得好死！"

一夜录相看过去，已是12月16日凌晨。韦永强去踩点。沿解放路走下来，到建设银行门口，见人多多的，挟包拎袋进进出出。他急借了一辆摩托，与党文军先走，叫王、耿二人坐出租随后赶到。先就见到一壮汉，小包鼓鼓囊囊地夹在胳肢窝下，四人眼睛一亮。又看那人身坯高大，怕弄不过，只好作罢。后见一瘦老汉，提个黑包往里走，韦永强远远贴上去。进得银行营业厅大门，瞥见老汉取钱，心头乐了一乐："买卖来了！"

那边老汉还没数完钱，这边韦永强已招集三人，作了分工：摩托车掉头朝南，不熄火。如老汉出门往南走，由韦、党二人跟踪，伺机劫包；如往北，则由王、耿二人坐出租车见机行事。议罢，两拨人各自离开门口，专等老汉出来。

老汉出得门来，往南望了望，又朝北看。思忖片刻，方才抬脚迈步。他在那里磨磨蹭蹭，早急得四人口焦舌燥，手心、脚心冒汗。细看时，老汉既没往南，也没往北，却端直过了马路，进了公厕。

分三人望风，韦永强径直进得厕所。见只有老汉一人，他装着解裤子，便掏出早已备好的榔头，照准老汉头部敲去，随后夺得黑皮包。寻个僻静处，将包里的钱尽数分光，一伙人作鸟兽散。

那个年节，四人过得很美。

两年后的这个年节，四人中有三人得在看守所里胡乱度过。

2000年的年关哩？

多看了一眼

血案发生在 2 月 3 日那晚。那天晚上，官底村里放电影。放什么电影这个问题现在已经不重要了，重要的是在电影场外，两个后生抡刀相搏。他们之外的另一个后生，却死于非命。而这一切的由头，仅仅因为一个人多看了另一个人一眼。

于新文今年十六岁。十六岁的于新文家住邻县府马村，距官底村不是很远。官底村放电影那晚，于新文披了一件棉袄，来赶电影场子。站定后，于新文朝身前身后视了一圈，然后才看银幕。

有人就不满意，觉得于新文大大咧咧，扎眼。这人叫抗治国，左家村人氏。二十岁，正是气盛的年龄。抗治国不再看电影，扭过头盯住于新文。辨出于新文不是本村人，岁数也嫩，作想这碎娃竟然前后左右扫视，睥睨一切，势咋扎得这么硬？

这个时候，抗、于之间，已经铺上了厚厚一层火药。偏偏的，于新文又瞥了抗治国一眼。这一眼就成了导火素。

抗治国问：看我咋的？

于新文道：看你能咋？

抗治国愤然：你个碎娃，不想活了？

于新文不屑：就把你看了，你又能咋?!

抗治国口噎，回过头看电影。可哪里看得进？便走去拍于新文肩膀：走！到边上聊聊。

于新文一抖肩膀，摔掉棉袄，跟着到了场子外边。

依然是话不投机。两人动起手来。于新文岁小些，可身坯大。又从腰间抄出一把尖刀，所以并不吃亏。吃亏的倒是抗治国，但他占主场优势，也不便退缩。两人扭打起来。

恰巧有人经过这个"战场"，见两个黑影扭在一处，上前劝架。顷刻间，此人中了一刀，扑倒在地。

电影场顿时哄乱起来。场中有个渭南二号信箱治安科的冯海平，即刻扭住于新文，送到下吉派出所。

死者是官底村另个二十岁的后生，刘选良。刘选良在村里口碑甚好。老人们说，那娃从不多说一句话，是村里有名的好娃。

可怜见，临渭区刑警大队冯林、蒋龙次日赶到现场，发现那刀从刘选良左锁骨插刺而入。在他的胸腔里，整整舀出十大碗淤血。

这一场祸事并没有这般结束。却说刘选良是家里一根独苗，父母年事都高，几日里几回哭得断了气。他的几个姐夫，耐过了几日，终于在2月5日早，打算抬着刘选良的遗体闹到府马村去，村里更有许多精壮后生相随。

这事叫二回到左家村调查的刑警蒋龙撞个正着。蒋龙一嗓子喝住了人群：这样闹，犯法！都回去！

2月5日整整一天里，蒋龙找到了两个村子的支书、村主任，两个村子所在乡的乡长、书记，两家当事人主要亲戚，说理论法。终于，从刘选良无辜而死这个沸水锅下，抽走了的柴火。

黄河一道弯,渭河一道弯

一

十二年前,卫福祥十八岁上,家里出了一大事。

圆日隐地、天色黑紧的时候,祥子的大大(父亲)荷锄回家,身背后跟着十八岁的祥子和十四岁的大闺女。柴门虚虚地掩着,院里冷冷清清,闻不到往日麦秸、柴草在石头灶里燃出的呛人的甜烟。村里的婶们、姨们,偏偏挤在祥子的家门口。

"你娘昨天去阳村赶集了,不领你妹;你妹哭着闹着跟走了。"

"阳村集市上,你娘穿了一件新新的红袄,紧跟着了一个男的……"

这是1986年的事。1986年的陕西省大荔县沙苑,媳妇、女子被拐骗走了的事可不算稀罕。那是怎样一块地方嘛!黄河在那里拐了个弯,渭河也在那里拐了个弯。两个弯中间,积淀起几千亩、上万亩的沙地,就叫沙苑。起风时,扯天扯地都是黄沙,裹挟得太阳好几日没有颜色;落雨时,遍地沙水横流,路也不见了,刚冒出头的禾苗也被冲刷出根根络络。那里西瓜多，红枣多，花生多，可那年头硬是卖不上价，辜负了满地红红绿绿的宝物；沙地里多的倒是歪歪斜斜的茅草屋——沙苑难留人，留人难留心。

秋忙刚过，枣子、花生赚了点钱，祥子便磨面起灶，烙出十多张锅盔馍，包袱裹了，走陕北，过陕南，河南、山东也掠过一些地方，开始寻找他的亲娘。他写了一张又一张寻人启事，贴在电线杆上，贴在墙壁上，甚至悄悄贴在走州过府的大客车上。地方穷，人就不恋家，走南闯北的就多；村里每每有人外出，祥子都咬咬牙，去村头小店买一盒带过滤嘴硬盒烟，求人家带着探问他娘和妹的消息。都是有骨肉血亲的，有的人在心里感念祥子的这一番亲情，便坚辞不收他的烟，出了门却尽心探问。

整整一年之后，1987年，村里一人到山东济宁给机井买机具，想起每年春夏种收西瓜时，沙苑人都要在山东单县请帮工。内中一个叫郭宝发的，年年去沙苑，今年却没露面，便多了一心，拐到单县毛庄乡刘草房村郭家。他在村口，撞见了祥子的娘。

娘是被人拐带走的！娘，娘！你不识字，可你不晓得自己的家在哪条路上？不晓得自己的儿子、闺女在等着你？

二

祥子心里一时想娘的不是，一时又念娘的苦处。终于决定，还是要去一趟山东，看上娘和妹一眼。最好，能把她们接回家。

这事肯定得动公安。祥子摸进了官池派出所的门。等他哭完，诉完，警察们稍作商议，转日派出两人，与祥子一起往山东去了。

从黄河头到黄河尾，千里的路程不歇脚地赶，一众人赶到毛庄乡公安派出所。等两省公安交接完公事,毛庄的所长,一个五十多岁的老警察苦兮兮地笑道:"又是一桩拐骗案!那个刘草房村,是块三省不管的地方,也是穷,群众的法律意识真的太薄弱了!"

随警察进村时,祥子的眼光就有点挑剔:地是平地,可是泛碱,种粮、种棉,产量不会很大。郭宝发的家,也不过是三间草房。中间与左首一间住人,右首一间还圈着牲口,满屋是畜腥味——这条件,与沙苑自个家还赶不上哩!

可是,娘不在,妹不在,郭宝发也不在。在家的,是一个六十多岁的老汉,郭宝发的老大大。

老汉一听问起郭宝发从陕拐妇女的事,一颗花白脑袋摇得像拨浪鼓:"哪里?哪带啦?我没见呀!宝发就没回来么!"

个把月过去,祥子又和四叔一块启程。四叔在部队服过役,有见识,有胆子。到了单县,留下祥子,他一人闯进刘草房村,说是收银元的,东走西串。顷刻与村里人厮混熟了,哄出郭宝发在村东二十里处一个砖窑干活的消息。四叔急找了祥子,风一般到砖窑。人说郭宝发刚走,带着"西边来的媳妇"和一个小闺女。

祥子和四叔昼伏夜出,在四乡八村排查了十多天,带来的盘缠用尽了,娘和妹还是没影,后生心酸得流下几行眼泪。

转年冬天,枣子和花生卖完后,祥子又出现在刘草房村。郭老汉不依了,凶神恶煞样堵住柴草门:"你再来,我就砸断你的腿!"

傍晚时分,下雪了。大朵大朵的雪花飘飘摇摇地砸下来,很快罩白了巷道。有人从巷道急急走过,发现郭宝发家的草门前立了根雪柱,心疑了一下,绕过去细看,却是陕西那个来寻娘的后生，面对郭家跪着，成了雪人，成了雪柱。刘草房村那人心里一热一酸，上前狠劲擂开郭家房门。

　　洗过，喝罢，郭老汉端来一盘玉米面窝窝头，叫祥子吃。祥子却一眼看见案板上擀了半截的面条。那一层摞一层宝塔似的形状，那擀杖的放法，不是娘擀的又是哪个？祥子"扑通"一声跪在当堂，一串哭声一串泪："我也不吃你的饭，你放娘出来吧！"

　　郭老汉眼里也潮潮的："造孽哩！……叫宝发刚刚拉走了！这一去，没有一年半载是见不上了……"

三

　　1998年春节，正月十五刚过，祥子和大妹登上了赴鲁列车。

　　车上，一对年轻人相对无语。十二年过去了，大妹已经出嫁，祥子也已娶妻生子。十二年来，他们的大大几乎没有一日不低匀着头。地里的、村里的，一切一切的事务，都撇给了祥子。大大完全叫媳子被拐走的不幸给压垮了。祥子丧葬了爷、奶和外爷，又将已经瘫痪的外婆接到家里，与媳子一道精心侍候。祥子的孝心德行，在沙苑十乡八村响得摇了铃。老人们教诲子孙，往往要拿"看人家祥子"的话开头。风霜雨雪中，祥子这一株沙枣树早早地拔起腰杆，硬朗朗地撑起一片天空。十二年来，娘的音容笑貌也没有一日不在祥子的脑海里翻腾，叫他怕见晴空满月，怕听大年炮仗。几乎年年秋后，稍有余钱，祥子都要跑一趟山东，跑一趟刘草房村，期待有那么一次正好能撞见他娘。然而，命运总是叫他失望。他每次撞见的，总是那个愈加衰老的郭老汉。今年，他要换个法子，在大过年时去。难道郭宝发连年都不在家里过？

天色黑净的时候，刘草房村近在眼前了。还是那三间草房，麻纸窗上还是映着煤油灯昏黄的光亮；窗里传出来的，是一片喧哗热闹的声音。掀开房门的那一瞬间，祥子的心一下子提到了嗓子眼。屋子正中，摆一张方桌。桌子正中，摆一盏油灯；油灯四周，是四个男人，各人捏一把骨牌。此刻，他们都有些惊诧地望着祥子和大妹。其中一个男人的椅子背后，立着个苍老妇人。

那眉眼，那神态，不是娘，又是哪个？一声"娘"，在祥子胸膛里膨胀！他耳朵里满世界都是喊"娘"的声音，可他就是张不开嘴。

娘走近来，走近来，细细端详这个后生、这个闺女，嗓音颤了几颤，问："闺女，你俩找谁？"

大妹"哇"的一声吼哭起来："娘啊！"三人抱头，哭作一团。

十二年的骨肉离散，十二年的苦楚，十二年的泪水像是要在这一刻流完。哭声悲悲切切，压得豆大的油灯火苗愈发地小。

不知什么时候，四个男人中走了三个。剩下的这个，就是郭宝发无疑了。哭声止住，一片沉寂。郭宝发强作坦然，叮当当摆上来两碟凉菜、一瓶烧酒，要招待祥子和大妹。祥子看也不看桌子。

他娘慌了，急急拉住祥子胳膊："孩子，去陪一下，啊？"

郭宝发喝酒是高手，不用杯，不用盏，几口便将一瓶酒全灌进自个肚里。这一斤白酒落肚，闹得他不得安生。他趄过来，趄过去，摇摇晃晃地拖开方桌。猛地一下跪在祥子脚下，左手抽自己一个耳光，右手又抽一个，嘶嘶哑哑地道："……我不是人！不是人！你找你娘十二年。我知道，我知道……这一回，你们带你娘走吧，走吧……要走，夜里就走！别等天亮。我本家人多，十一个侄子哩，咋都能打折你们的腿……"他说着，哭着，半句话含在嘴里，竟呼呼地打起鼾声。

祥子立起身，挽住娘，往外走；走了两步又停脚。到现在为止，他还没有见到小妹。娘说，小妹去了邻村一个小姐妹家。只好硬等。

"郭老汉呢？"祥子想起那个凶巴巴的老汉。娘的嗓门本来就低，这时又压了压，细如游丝："叫他儿打死了！他儿喝醉了酒，打得老汉鼻子、嘴里都是血。老汉气不过，喝农药死了……那人真是凶啊，一喝就是一瓶酒，蹲在地头，逼我和你小妹干活，比地主还狠……"大妹就哭："小妹长啥样了？"

娘也哭："能啥样？一天学也没让上，就是扣住娃给他干活。在砖窑上给人脱土坯，工资全叫他拿走。晚上还要翻娃的衣兜，怕娃藏钱……衣衫一穿就是五六年，糟得一拽就是道大口子。他就不给娃买新的……"

大妹揉了一下眼窝："你走后不多时，村上给家里分了十亩沙地。我哥全给推平，养成好地；又打下一眼机井，买回一辆蹦蹦车；他埋了几个老人，还自己结了婚，嫂子也贤惠，村里人都高看一眼哩。……这十多年，娘就不想回沙苑？"

娘给祥子、大妹挨个抹眼泪，自己的泪却断了线地淌着："想哩，想哩，可咋回呀？娘不识字，可怜你妹也不识字，坐哪趟车都搞不清。再说，那人又看得紧，从不给我俩一分钱。这些年转来转去，去年冬天才找的这个窝……"

"跟我们走吧？"大妹哀求道。

娘犹疑了半晌，问："……你大大……"

这才是那最关键的一句。

大妹说:"过去的事,还提它干啥?这次来,大大直把我们送出村口……"

一句话,一行泪,娘仨个哭了说,说了哭,像是过了几世,又像是才几分钟。正月十六的太阳,从刘草房村的草房后边升起来了。天地间一片灿烂。

小妹天亮前没有回来。她回来时,哥、姐已经在一百里外,坐上了返陕的列车。

郭宝发醒来后,将祥子娘圈进草房。他闩紧柴门,在房子里转了一圈又一圈,又将粪叉、镰刀和切菜刀压在枕头下。村里人喊他出去打牌,他也不去,隔窗吼说:"陕西那小子走了,我得防够他一百天。这一百天不出乱子就罢;一出,肯定是大事!"

四

3月28日子夜,刘草房村的人歇了,灯熄了。两辆小面包车开进来,调过头,车尾对着村子,车门大开,跳下来一个黑影,两个黑影——一共十三个黑影。有人在那里压着嗓子调遣:谁谁守车,谁把住村口,谁谁进屋。交代停当,十三个黑影眨眼间散失在黑暗里。

进村后,几个黑影径直飘到一家门口,又分作两拨前后把定,才叫门:"有人吗?"

屋里豆大的煤油灯陡然亮起,有妇女问:"干啥的?"

屋外人道:"查户口。"

门开处,几个人齐齐拥进房子。最前头一人握着本工作证,

193

让男主人看过。果真是毛庄公安派出所的民警。民警瞅住一个四五十岁的妇女、一个十六七岁的闺女，问："有身份证吗？"二人摇头。民警就挟着母女二人的胳膊往门外走。见那男人发愣，民警边走边回头解释："没多大事，到派出所补个证去。"

男人撵出门外，民警和母女二人早就像风一样不见了踪影。

村口车旁，一个黑影抢迎上来几步，与母女二人撞出热热的呼叫。

正月，祥子从山东刘草房村返回陕西沙苑后，早也想着娘和妹，晚也想着娘和妹。刘草房村离最近的车站还有一百里路哩，他接了娘和妹，如何跑过这一段距离？他又怎样将娘和妹接出村子？一个个难题，一苗苗心火，烧得祥子嘴唇起了一串串燎泡。

一个清早，祥子终于坐在大荔县公安局官池派出所的报案室里。案情，从张凤祥所长那里急报到县局刘载一局长案头。

公安民警的心，被百姓的苦情紧紧揪住。一套解救方案出台了。3月28日下午，陕西民警赶到山东毛庄；子夜，毛庄派出所年轻的所长带着两省民警组成的解救小组出发了。

车回沙苑，已是29日深夜。祥子长长地吁出一口气。东天上，一丝上弦月挤在满天的星星中。月是残月，又被枣树生铁似的枝杈遮得疏疏离离。祥子的心里，一个煎熬了他十二年的梦，却渐渐变得浑圆。

警报在最后一刻解除

一

煤气像毒蛇一样,"嘶嘶"叫着,爬出厨房,溜进客厅、卧室。谭军手里攥着个打火机,撕破喉咙地喊:"谁要报警,我就点了这房子!"

这房子挤在陕西省渭南市铁一局工材厂家属楼里。上百个住户呐。正是晚饭时分,得了这信,老老少少都弃屋出门,涌到楼下。小孩子不晓事,在大人腿间游来钻去,挨了当爸的一声暴喝;老头儿仰起脖子在望:"造孽哩!"

1999年3月3日,天刚擦黑,渭南市公安局站南路派出所接到报警:有人要引燃煤气炸楼呀!

二

满屋子的煤气,熏得谭军头昏,昏得像要炸裂一般。他挣起身,踉踉跄跄地去闭窗户。他的鼻头被削掉了一小块,嘀嘀嗒嗒地淌着血珠子;他左手有两根指头也被刀子割得血肉模糊,用起来不大方便,可也没挡得住他上紧几扇窗户的插销。

刚才,他敲开这一家的防盗门,说要还钱呀,男主人万石就没防备。他抽出腰里别的亮晃晃的菜刀,照准万石当头就是一下,刀子吃住颅骨,红血珠子喷了起来。他没料到万石会扬着满头满脸的红血扑上来,要夺他的刀。扭打间,他将万石踩到防盗门外。他的鼻子、左手却也挂了彩。

他不后悔。对一个寻死的人来说,这点伤又算得了什么?现在,打火机就捏在手里,他拽一拽,松一松,还不急着引爆煤气。他在等着女主人李芳的到来。

门外的脚步声急急乱乱,是站南派出所的民警到了。副所长王国安腿伤未愈,一瘸一拐往前赶。李建国、李永红先赶到防盗门前。他们很快查清:这个谭军是合阳人,四十一岁,与万石之妻有染,今番是来引爆报复。这个家属区里,密密麻麻地挤着上百家住户。而万石家里,还有满满两罐煤气。如果引爆,那无疑将是两枚极具破坏力的重型炸弹!

三

　　煤气一股股涌进鼻孔，谭军有点犯困。迷迷糊糊中，他与李芳的往事，又像电影胶片，一格一格地显影、定格。一年前，他入住铁路宾馆，认识那里的工作人员李芳。许是丘比特的神箭射错了方向？这个男人和这个女人，一个四十岁、一个三十八岁，一个已为人夫，一个亦为人妻，竟又碰出感情的火花。他们热烈奔放、酣畅淋漓却又提心吊胆、偷偷摸摸地度过了一段时光。这期间，谭军媳妇不晓得从哪里得到了消息，从合阳老家闹到渭南，见自己老汉九头牛都拉不回，竟一绳子吊死在谭军面前。谭军悲伤了一阵子，转过脸又与李芳耳鬓厮磨在一起。但就在他觉得付出了他能付出的一切之后，却痛彻地发现，李芳正与自己越来越疏远。他曾狠狠地揍过李芳、骂过李芳，过后又久久地跪在李芳脚下，他忏悔，他痛哭流涕，他发誓要和李芳好一辈子，但一切都无济于事。情况甚至恶化到见面就吵架、就打的地步。生不能同照结婚像，那就死在一起吧！谭军痛下杀机。"叫李芳进来！"这声音高高低低，像狼嚎一样瘆人。

　　此刻，李芳正走在楼梯上，前面有民警挡着，足可保她生命无虞。愈是逼近自己的家门，就愈是千悔万悔。在最初，她是被谭军那副"大款"样给迷住的。但是，很快，铅华洗尽，她眼中的谭军就只剩下没有真话、行踪可疑的形象。她要摆脱谭军，可这人像是粘在身上的热年糕，如今又闹下这烂事！

　　派出所教导员刘孟雄刚才急急赶来，一面疏散院子里的百十号围观者，一面和副所长王国安几句话定下一条计策，嘱他上楼依计行事。

院门口，悄没声地停下一辆警车，跳下来个精壮汉子。是临渭公安分局朱东吴局长到了，带着十多名110处警队员。他们头上的钢盔，在早春的阳光下闪着光亮。在场几乎所有的群众，都暗暗松了一口气。

四

"李芳来了！快开门！"

屋里，谭军已经快不行了。可听得这话，立马又灵醒过来，几步跨到门边，喊："叫她一个人过来，我有话要问！"

李芳站到了猫眼端对面："……谭军，我，我，我答应你！随便你去哪里，我都跟上……"

木门开处，隔着防盗门，谭军不及与李芳搭话，一眼瞅见李芳身后的两个民警，迅即又要关门。

李建国急急喊住："我是工材厂公安科科长。你如果有难事和特殊要求，我代表厂里可以完全答应。"他说着，摊了摊手，示意自己没带枪弹。

这边，李永红扶住防盗门把手，慢慢扭开门锁。正要拉门，却被谭军一眼盯住，拼死拉住防盗门，又摸出打火机，喊道："别动！我要点火啦！"

楼底下，民警已能闻得着煤气味。楼上人的疯狂叫声，再一次绷紧了所有人的神经。"活都活过半辈子了，你何必弄个死无全尸？"李建国再一次喊住谭军。

李永红注意到防盗门刚才并没有锁住，这会儿趁着谭军一愣神的工夫,猛地拉开铁门,闯将进去。李建国和后面接应的杜军红、贾永刚一拥而上,压住谭军。先夺打火机,再反剪谭军,将他簇拥出来。

一场灭顶之灾被消除了!

满院子的欢呼声、掌声中,朱东吴、刘孟雄才觉出手心早已被汗水浸湿。

黑乎乎的矿区，白皎皎的莲花

一

那是间闺房，窗上挂着粉红色的帘子。

那天晚上，有很好的月亮。月光下，一个男人钻进闺房、灯灭了。正月里，天还寒，可空气里仍然散播出一股味。去过陕北吗？有一种羊叫骚胡，扑簌骚胡的皮毛就会散出来的那种味。

然后，闺房的主人，一个还算俊俏的女子，送那男人出门。两人也感觉到月亮很好，就在院子中央相拥了。好一阵缠绵，才分开。男人一步三扭头，挪到大门口，紧拉了女子的手："矿上不定乱成啥样子，我得走了！"说完，鱼一样滑入墙阴处，走了。

女子斜倚门框，看那黑影一跳一跳地闪远，望不见了，轻叹一声，才折身回屋。

那男人，不是她的丈夫，也不是她的未婚夫。

二

女子的未婚夫，叫现伟，河南人，在韩城下峪口一个小煤窑里打工。孙现伟是在正中午得到那个噩信的。

天不亮，现伟就被吆喝着下了煤窑。他在电视中看到过采煤的现代化大型机械，锃亮，煤块一排一排被剥离，又流水样被运输皮带拉走。这儿不行，还得靠快要磨秃了的大铁镐、大铁锹，还得靠挖煤人使尽全身的蛮力。那天清早，现伟全身都出透了汗。

收罢工，他去丈母娘家混饭吃。也就是苞米糁汤杠子馍，加一小碟咸萝卜。是很饿了，搬煤一样地吃馍，流水一样地喝汤，满屋子都是他吧唧吧唧的嚼饭声。丈母娘是韩城当地人，虽然只在矿上做饭，可也挺讲究礼仪，最见不得人吃饭时露着牙齿满嘴乱嚼的样子，就操起饭勺敲一敲锅沿，喝问："昨晚干啥去啦？"

"没啥，喝酒。"现伟头都没抬。

丈母娘显然不满意这个回答，厉声反问："是喝酒么？"

女子在十多里外住着，现伟得空儿就要去钻到一块的，又没结婚，在一块儿搅什么？她得时常敲打着，可不能出乱子。现伟不应声。她一声高，现伟就闭紧嘴巴。她对这一点很满意。她晓得女儿任性，寻对象么，就得一个软，一个硬，一个方，一个圆，搭配着，将来做夫妻才能长久。

吃完饭，可以歇会儿。现伟寻个盆，舀几瓢水，脱下外衣、裤子压进水里。等不及泡一会儿，哗哗哗哗就开始搓揉。

窑主的老爹走过来，立在现伟背后。不用回头，现伟也晓得老汉拧着眉头。老汉见不得煤黑子在矿上洗衣服——洗得净吗？

又这么费水！果然，老汉猛咂了几口烟，说："洗完了，把水倒韭菜地里去。矿上这几日缺水！"

"嗯呐。"现伟应着，还是没有回头。

老汉只好摇摇头，走人。谁能和一堆棉花较劲？不能。现伟就是那一堆棉花。

水是洗黑了。漂着黑煤沫子，还夹杂着股怪味，被倒到煤窑旁边的韭菜地里了。就在这时候，有人来告诉现伟：昨黑夜里，他的未婚妻被杀。同死的，还有窑主的两个碎孩儿。

三

"叔，把我弄这儿来，肯定是有啥事。你就直说了吧！"现伟说。

刚才，他被带进韩城市公安局的一间小房子里。一个黑脸的警察，问罢姓名、年龄，给他说了一通"坦白从宽，抗拒从严"的话。现伟有些不耐烦，可不敢显露在脸上。现伟在北京的大饭店里打过工，当厨师，钱没挣到多少，但毕竟是在皇城根底儿练了几年，啥道理不懂？

黑脸警察说出女子的名字。现伟低下头，慢慢地，在他鼻尖凝成一滴泪，"哐当"地掉下来。声音如此之响，惊得现伟浑身一颤。他很爱那女子。他们快要结婚了。并且，并且那女子已有身孕，是他的。他断断续续地将这些话告诉给黑脸警察，脸颊上洇出两团湿红。

这些情况，黑脸警察都已掌握了的。现在，他想知道的是昨天晚上五个小时里现伟的行踪。

嗨，也没干啥。晚上睡不着，走了几趟拳。现伟说。

练的啥拳？

军体拳。

黑脸警察沉吟一下，给现伟算了一笔账：一趟军体拳两分钟就能打完，五个小时不停地练，怕连鼻血都能练出来，拳王阿里怕都练不到这份上。

"练完拳，我还踢腿了呢！"现伟分辩。

黑脸警察心头蹿上来一点火："你现在踢给我看一下！"

他声音一高，现伟立刻低头，闭嘴。沉默，永远是一个弱者保护自己的有效手段。他不开口，警察立刻有点后悔方才的莽撞。

四

正月里，白昼还短，一问一答一招一式间，天色已黑得紧了。

现伟觉得尿急，报告给黑脸警察。他得到了让人押着如厕的允准。

不到一根烟工夫，押现伟的人火急火紧来报：现伟从厕所后墙翻走了！这消息急煞了公安局满院的人。

年没过完，发这连亡三人的命案，韩城市公安局局长蒋立志先就没了过年的心思。报到渭南市公安局，严金合副局长带刑侦支队皎正敏、朱勇一干人急火火赶到，一起会诊这案情。定下案子性质是情杀，摸清女子除了未婚夫现伟，也与现伟打工的煤窑窑主有染。正一个一个捋摸两个男人的情况，觉得现伟疑点加大的时候，却让他逃脱了！

现伟被带来时没穿上衣、裤子。逃走时只穿毛衣，身无分文，他一个外省人，能逃到哪里去？

严金合、蒋立志、皎正敏、朱勇与专案组刑警晋小谋等人一议，给出一个最大胆的假设：现伟还得回那片小煤窑去！他在那里人熟，很可以混些时日。韩城市公安局指挥中心立时发出一道道急令：各出入韩城的路口都设卡拦截；组织一精悍小分队在小煤窑伏击。

现伟能跑，说明他心怀鬼胎。可是，现在能捉住他么？并且，即便捉住，那杀人凶犯就一定是他？

五

果然，翌日一早，在小煤窑窑口，现伟跌进了刑警的伏击网里。

他不得不再一次面对那个黑脸警察，韩城市公安局预审员王建生。

从现伟的衣物里，刑警们搜查到一本通讯录，里边夹一张全家福合影，有现伟，和他的爹、娘、两弟两姐。照片下有一行字：为了你们，我愿贡献一切，死而无悔。字迹歪歪扭扭，是现伟写的。预审员将小本子掂量了许久，他深知每一个犯罪嫌疑人都有他的疼处，而预审员所要做的，正是捅到疼处，拿下口供。他已经隐隐约约摸住了现伟的疼处。

"你能对得起谁？"冷场片刻，审员突然发问。这话很耐品咂，既可以指昨晚的脱逃，也可以指前天晚上的杀人——虽然到现在为止，审者与被审者都在小心翼翼地回避"杀人"这两个字眼。

现伟低下头，声音嘶嘶拉拉："我谁都对得起……"

"起码对不起河南老家那几口子人！你爹眼睛不太好，叫你出来打工，你咋就咥下这活？"预审员立刻打断他的话，滔滔不绝间不容发，道："你还对不起下峪口那女子！都怀了四个月的孕，还一心准备着结婚呀。现在倒好，死了！"

现伟的头低下去，低下去像是要埋进裤裆里，半晌无语。猛地抬头，眼泪花泛着："叔，你不知道那女子有多气人！"

六

从河南到陕西，千里迢迢。现伟整日钻煤窑卖蛮力，最好的打算也只是攒点糊口钱，再回老家盖几间一砖到顶的瓦房。他没想到能遇见那女子。在黑乎乎的矿区，那女子简直就是盘白皎皎的莲花。现伟能感觉到，他心底噼噼啪啪在放电，起火。

他们钻在了一起，事情办得并不顺利，但现伟心里，是将那女子当作了自己的人。十几里外，下峪口镇上，女子还给窑主招呼两个娃娃上学。窑主挺大方，在二楼上辟出一间闺房，窗上给扯了粉红色的帘子。

你知道的，在绝大多数矿山，尤其是现伟所在的这样的小煤窑里，在这些光着膀子在地层深处用身家性命挖煤块的男人们中间，几乎只有一个话题是长谈不衰的，那就是和女人有关的一切事情。终于有一天，话题扯到了现伟和那女子。起初现伟听着还很羞恼，可羞恼中也掺杂着得意。后来，话题慢慢变了。他知道了，在他和那女子之间，还有窑主一脚。矿工们并不忌讳这些，他们看破了这世间纷纷扰扰的事情。但是，现纬不行，额头的血管憋胀得难受，他的脸色已经胀到发紫，幸好被一层又一层的黑煤沫子遮掩住。他不作声，但他拿定了一个主意。

3月1日傍晚，现伟潜到窑主院外一株树上。从这里，他可以清楚楚看见院子里发生的一切。

果然，他看到窑主进了那间挂着粉红色窗帘的屋子，灯熄了；他又看到那对男女在院子中央的缠绵。这个时候，他揉搓着有点发麻的腿脚，还没有拿定主意到底该咋样办。和窑主厮打？不，不行，窑主膀大腰圆，而他瘦得比麻秆只强一点。他当时根本就没朝这方面想，脑里真真正正一片空白。他后来对预审员说。

进了院子，他去楼梯口的小厨房寻见菜刀，别在腰后，爬到二楼。

这时，窑主已经离开很久了。那是间大房子，两个碎娃住外间，看样子早已睡熟。女子住里间，他敲开了里间房门，期望能看到一张惊慌失措的脸，能听到一番可怜兮兮讨饶求告的话。

然而，没有。女子一脸灿烂，很兴奋的样子，铺床拉被，像往常这个时候一样，一眼一眼地看他。他没理睬她，顾自另拉了一床被子，盘腿坐好，看旁边柜子上有半瓶红酒，就抄在手里，呷了一口。他阴沉着脸。女子扯了扯被角，被他一手打开。女子便滑进另一个被窝，不吭声。

现伟又呷一口红酒，问："刚才弄啥了？"

"没弄啥。"

"没弄啥？咋这么忙哩？"

女子显然生了气："你一个劲地问，想咋哩？你看能过咱就过，要不能过就拉倒！"

现伟抡起红酒瓶子砸过去。红血顺着女子额角，一股股淌下来。他又打压过去，掐住女子的颈。

声响惊动了外间的两个碎娃。九岁的男娃胆大，质问道："你打我姨咋哩？"

现伟反手就是一刀。男娃脖子上现出一道血迹，死了。十一岁的女娃哭了："叔，他是碎娃，不要打他！"

现伟又一刀，也杀了她。

杀了人了？杀了人了！这可咋个拾掇呀？没法拾掇！好半天，现伟才慢慢活泛过来。他拉开桌子上的、柜子上的所有能拉开的抽屉，乱翻一通。他不是找钱，只是想给人一种找钱的痕迹；然后，他踢踏上窑主的拖鞋，从里间到外间，又从外间到里间，踩出许多血印子。做完这些，他觉得还不够，扯过床单点了。火苗猛地蹿高，吓了他一跳。一想夜半三更着火，肯定有人来救的，来人肯定要发现死尸，不行不行，便赶紧捻灭火苗。

走了许多路。天亮前，他躺在工棚里，觉还没睡囫囵，又被叫去下矿井。然后，去丈母娘家混饭吃。然后，洗浆沾着血印子的煤黑服。他很平静。三个死者一定会在他梦中出现，会索要他的性命。但这会儿没有，他很平静，似乎几个小时以前杀掉的，不是三个活泼泼的生命。

"他窑主要我的媳妇，我就杀他的儿子和女儿！"他对预审员说。

七

拿下这起命案，正是正月十五。月亮挂着晕，可是大，圆，亮灼灼挂在东天。

刑警们从这起案子撤走了。副支队长朱勇没撤，韩城又发了一起命案。是案子，迟早都要破的。朱勇的思绪不时飘回上一起案子上：男娃九岁，女娃十一岁，正是让人想一想都心疼的年纪呀。

　　元宵夜，韩城城里放焰火。焰火直上云霄，五花六彩，引来倾城倾巷人们的喝彩。谁能晓得，人群里少了三个身影？那一个女子和那两个碎娃，被无端地囚禁在永恒黑寂中去了。

第二十五夜

第一夜　血宅

凶信来得迟了点。

春灌时节，天刚麻麻亮，杳店镇华莲村的男人们都到大渠边等着接水。从热被窝里被媳妇喊出来，揉着惺忪睡眼，男人们聚到一处，像是还没回过神来，渠两边有点冷清。

"扑通！"有人栽进渠里，水急，他在渠水里挣扎几下，才立稳，爬上渠梁。落水人湿漉漉、可怜兮兮的模样，在男人堆里激起一团粗犷的笑浪。

噩耗就是在这时传来的：村里王国华、吴雪映两口子被人齐齐杀死在自个屋里头。人群呼啦一下，涌向王家。

天色渐渐敞亮。胆大些的把住门口，说要保护现场。后到者还是从人墙缝里递过眼去。屋里到处都是血，嗅得见血腥味浓浓。凶杀，应该在昨夜，3月10日夜里。

王国华在部队干过，身坯子生猛，一般壮小伙想要揉搓他也是不易。可是，血淋淋的屋里，几乎看不到一点搏斗过的痕迹。

早春，关中雾多，渭河两岸更是雾气腾腾。刑警们赶来的时候，华莲村里，白雾正浓。

第二夜 "案头"

刑警们有句行话：谁主办的案子，管谁呼"案头"。华莲村在临渭公安分局刑警大队二中队责任区，刑警大队院子里上上下下的人就管中队长蒋龙叫"案头"。看罢现场，案头蒋龙的头有点木：杀人的那人，手脚利索，准，狠，现场收拾得净。刑警们甚至提取不到一枚有用的指纹！

副局长李天荣带人细细验罢，已是3月11日夜。刑警们挤在大队长许克钊办公室里。有抽烟凶的，像苏联喀秋莎火箭架一样喷出一排排烟雾，呛得人扭鼻咧嘴。情况一点一点往一块儿凑：死者王国华五十岁，省农资公司职工。在老家华莲村为公司代售地膜、化肥等物。春上是生意旺季，一天能收进三四万元；死者吴雪映，四十八岁，在家给丈夫打下手。都是正派人，办事也小心。半夜三更，生人哪能叫开门？

这个春宵，刑警感觉不来乏困。分局局长朱东吴和政委阮锡林也没有睡意，一遍遍给刑警大队打电话，说缺甚了，就吭气。局长尽量不谈案子，可大伙儿都晓得领导比谁都急。只是这案子还没一点眉目哩，拿啥去给领导汇报呀？

第三夜 血票

　　还得回过头来，一遍遍捋摸血案现场。

　　院子里散落几张十元钞票，票子上沾着红血。出了大门往西，断断续续飘几张血票子，直到村外大渠道。这是凶犯逃走时的路线么？

　　屋子里还有些血脚印。那鞋印有点特殊，刑警再三估摸，认定是自行车外胎钉的鞋掌踩出来的。关中平原，俗称陕西的白菜心子，富庶之地，村里大车小车摩托车，都是寻常见的。在今天，还有谁会穿双用自行车外胎钉过的鞋子呢？

　　屋子分里外间，血脚印胡乱踩过，定有番异常惨烈的打斗。可为啥王家左邻右舍连一点声响也没听着？

　　玄！是村外人作的案，公安局怕破不了！这话都有人说出来了。有人认出是杨建如，就是案发那早跌进水渠的人，也算村里的富户。

　　天色一时黑似一时。刑警们撤回城里之前，认认真真看了杨建如一眼。杨建如很坦然，瞅着刑警队员的背影走远，走小，对旁人说：就会胡扎势！我是肚里没冷病，不怕喝凉水！

　　3月12日夜里，那案子的血腥味、死亡味，弥漫在华莲村里。男人们闩紧了门，再顶上两根杠子。早早地，一家一家都熄了灯。村里一片黑寂，娃哭狗吠的声响都没有。

第二十三夜　拘传

4月2日傍晚，刑警来村里传走了杨建如。村里人说，人张没好事，狗狂挨砖头。你平白地说公安局破不了案是咋哩？杨建如脸色有点泛灰，倒也不犯急。他是懂法的人，晓得凭那话，给他定不下罪。

天刚擦黑，他给带进审讯室。不间断地，有十多个刑警分组来审讯他。阵势这么大，他没料到。他啥都愿意说，说他是镇上信用社设在华莲村的信贷员，年年往川广两省贩梨，家里还有几亩梨园，一年收入二三万元，在村里房子盖得最好，富得冒油花花哩，他不缺钱。

他能熬眼，也不知熬了多长时间，感觉到天快放亮，公安局的也该送他回村里了。

杨建如想错了。他不晓得，这二十多天里，刑警们下的是啥势。王国华地膜生意做得大，欠他账的人也多，偏偏案发后不见了十多页欠账的"码单"，怕是有人赖账害命。刑警们村里村外，见人就查问，笔录也做了很厚。为查自行车外胎钉的鞋子，刑警们找遍镇里镇外十八个大小钉鞋摊子。刑警们还查到，王国华每日收入的数万元，大都储存在杨建如的信用社代办站里。存几日，攒个整数，又取出来上缴省公司。3月4日，王国华提取过十七万元。那钱里有杨建如的两千五百元。整沓整沓的钱数着方便，关键都是熟人，多取或少取一点儿，都是常有的事。王国华说过很快要还回来的。问起两千五百元的事，杨建如眼皮都没眨一下，说王国华当天下午就还回来，还给他媳妇了。刑警立刻找到杨建如媳妇，她哪晓得还钱的事？杨建如就这样套牢了自己。然后，刑警们找见了他落水那天早上穿的夹克。夹克衫已被他媳妇洗得干干净净，但在刑警专用的仪器下面，那夹克衫的两袖、前襟上，显出大片大片的血迹！

　　杨建如真的想错了。他还在那里察言观色，还在那里斟字酌句。他拿准了刑警们不会打他，他看过新《刑法》呢。刑警果真不动他，可是，大队长许克钊带蒋龙、郝启龙、陈广武、宋宪宏、刘明一组，教导员王民带马文虎、王伟、袁德兴、李国政一组，副大队长王西海、王晓虎、李乐育、王涛、王百发一组。愈是往后，审讯愈难。许克钊又调来留守的副大队长张战宏，随分局检查组外出的副大队长杨西录，一齐上阵，车轮大战一般。轮番审来，要拿他的口供。已经退休的老刑警师生亮听到大案就眼亮，"老诸葛"一般，为专案组把舵。

　　黑煞煞夜里，市局领导袁志荣、严金合与刑侦支队政委皎正敏、分局长朱东吴来到刑警大队。问罢案子进展，朱东吴局长当场拍板，拨给专案经费。经费从来都短缺，多了少了，刑警们照样干活。可有局长这一句话，他们心里暖乎。

第二十五夜　真相

　　"人不可能在真空中生活。但凡有事，做过了，总会留下影影。"

　　"对着哩，这几日我也想通了。"

　　这一番对话之后，杨建如松垮了腰身。这已是4月4日深夜。他是村里的富户，心强，儿子考上了一所三类大学，他没让去——要上，就上清华，上北大。但他晓得，自己那点钱，远远撑不到儿子毕业。王国华大宗大宗的钱款，从他屋里拿进拿出，实在让他眼气得不行。要弄，就弄个邪乎的，他想。他脑子够用，灵光。这一点，全村人公认。他开始做准备：剪开一条自行车外胎，掏翻出一双旧布鞋，给每只鞋都钉上掌；屋角有一截断板轴，一头方一头圆，沉甸甸，别在腰后刚好，不显山不露水。他还寻了一双白线手套，塞进裤兜备用。

  3月10日晚8时，他与媳妇做梨套。10时，媳妇乏了，很快入睡。他别好板轴，提着旧布鞋来到院子门，换下皮鞋。正如他所料，这个时辰出门，巷里空无一人。轻扣王家门环，吴雪映问是谁呀，他说是我么，来看电视。他把声音压得很低，怕让街坊听着，但吴雪映听真了是他，就开了门。王国华递烟，沏茶，不一会儿王家来一亲戚，在门口说话。杨建如装着不经意间，坐到门后视线死角。那亲戚果然没有看到他。王国华送客回来，一堵墙一样，坐在杨建如前头，边看电视，边作点评。杨建如佯装迎合，嘴里说着，手就伸向后腰，板轴抽了出来，干？还是不干？一瞬间，他有点犹豫。他试着将板轴塞回腰带，但是，塞不进去了。便索性横下心，一点一点挨近王国华，抡起板轴。屋里吴雪映听着动静，喊了一句什么，被杨建如搂头打去。

  交代到这一节，杨建如眼珠子充血发红，禽兽一样。人一辈子不可能事事做得善美，但是，作恶做到劫财杀人的份上，他的路就算走绝了。

  "王家并没有多少现金。"在审讯室里，杨建如说他只翻出来一小沓十元面额钞票，大概有两百多元。他在院子里扔了几张票子，然后出门。他家在东，但他偏往西走，一路又扔了几张票子，曲里拐弯来到村外大渠边。渠里正放水，哗啦啦地响。他脱下布鞋、血手套扔进渠，只穿袜子，按原路往家里走；在后门口穿上皮鞋，进屋，上床。就在仰面躺下的瞬间，他猛然想起，自己将那半截板轴遗在了王家！他一下子坐起来，又忆起王家大门已被自己拉锁住；又想，当时如果能用扫帚扫扫屋里的血印子就好了，可惜现在已失却那个机会……他只好宽慰自己：翻抽屉，关电视，甚至挪尸体，他都戴着手套哩。无论如何，这事做得隐秘，指靠渭南那帮警察，哪能破得了案？正杂七杂八地乱想一阵，迷糊一阵，村里人在窗外喊他浇地去呀。他想起来身上还有大片大片的血，正没法拾掇，这下可好，机会来了。在渠边，忽地他就跌进水里，又挣扎几下，才上来，浑身泥水糊糊的，这就有了洗衣服的借口。谁想算天算地，还是被提溜了出来。罢罢罢！

交代完毕，杨建如要来烧饼、开水，大口大口地嚼咬开来。他本来睡觉最实，天塌下来都不管。但3月10日后，他整夜整夜睡不着；他本来吃饭最香，白馍就青葱外加一碗糊汤，换个县长都不干，但3月10日后，他一顿连着一顿吃不下。二十五个日日夜夜，他品着了熬煎的滋味！现在好了，他抡开腮帮子吃，喝。鸟为食亡，人为财死。他一直不以为然。不料今番，他杨建如活这四十多年，果真就要为财而死了。想一想，真是心凉！

较量黄河金三角

一

是上好矿石，黑黢，棱角极尖，闪着光亮，摸上去，感觉凉、沉，是出金子的上好货色。几个人睁圆了眼，嘴里吆三喝四，紧催着另外几人，急急火火将矿石装上车。太阳落入秦岭的时候，装满矿石的汽车下山了。

很快，矿石被碾成细粉，倾倒进水槽。大矿大厂手段高些，在水槽安上电解板，用不了多长时间，捞起板子，就有了收获：铁粉一疙瘩，银粉一疙瘩，金粉一疙瘩，矿石粉汤中的各色金属一点儿也不浪费。小户人家淘金的办法要简单得多，也粗糙得多：只是一轮一轮地淘洗矿石粉汤，渐渐地，轻些的石渣被清走，剩下的，就是黄金了。潼关人称谁谁家"安了碾子"，也就是说这家在淘金。一百里潼关山区，一个山巅，一处坡窝，一不留神，就能遇见一户"安碾子"人家。生意好时，碾子整日整夜轰鸣，路过的人不敢细想，想多了也要眼红。

这两年，在潼关境内，出了一班专门抢金掠银的主儿。

二

天已黑透，黄河两岸，无数的灯盏将夜色推到远处。远处山峁上，散落着潼关桐峪镇善车口村几户人家，碾子息了，门户关了，汉子和媳妇已经歇下。睡过了一觉？或是刚刚眯住眼？大祸临头了！

一条、两条……一共九条黑影，严严地围住村边一户人家，喊："开门！"

里头的人就问："你是哪个？"

外头的只管喊："开开门！"声音狼嚎一般，粗粝，让人害怕，里头的人这会儿哪里敢开？外头的人捣窗户，踹门扇，一声紧过一声，像是要把房子掀翻！捣踹声里，又夹杂"嗵！""啪！"的一声声脆响。潼关山上的人，听得来这是猎枪的声响。九条黑影里，翻墙进去一条，大铁门门闩被从里头抽开。山狼一样的黑影拥入房子，将汉子、媳妇的衣服掀起来蒙住头，抽两根细铁丝捆了他们手腕脚脖。然后，四散开来，翻箱倒柜。

1997年10月9日深夜，善车口这户人家，被掠走黄金三十克、现金七百元、单管猎枪一支、小口径步枪一支。

潼关县城郊乡另一户人家的门户要紧一些，可同样没逃脱劫掠。这回是六条黑影，从后墙上飘下，先撞进民工住处，用电线捆了民工手脚；踹门进得主人房子，一根电线绑了两人，前前后后布了哨，才四处翻找。1997年10月30日深夜，城郊乡这户"安碾子"人家，被劫走现金一百元、黄金一百零二克、白银一千克、银首饰若干、手机一部、照相机一架。

尽管安碾子人家都隔着七岔八梁，可这又捆又劫的恶信传起来，还是比电波要快。各家各户将门闩换成粗的，再焊上两道铁链子，还请了壮实些的亲戚住家里，却咋也挡不住那些狼一样的黑影！

直至有一日凌晨3时，在太要镇南街，又有六条黑影撞进一户人家。黑影们没费多大劲，抢得现金三千三百五十元，一声唿哨飞也似的往门外窜。跑在最后的，身子要瘦小些。这户的男人瞅了个准，一把按住他，返身锁住大门，高声喊叫起来。这户的女人看男人得手，东叔伯、西大爷地跟着大声哭叫。那条黑影终于没能挣脱。

潼关县公安局审讯室里，强光照清了这个黑影的面目：徐明先，男，二十七岁。四川省苍溪县人。

三

金矿，有富矿、贫矿之分。徐明先这个抢劫嫌犯，对于刑警来说，只是一个贫矿。他口口声声，甚而涕泪交加，说他只抢过这一回，其余的啥事都不晓得。刑警们心机费尽，从他口中也没有得到更多的情况。后来，差不多在一年之后，这起系列劫案告破，证实徐明先确乎只参与了这一起劫案，而且那晚他们六人劫到手的三千三百五十元，他没有得到一分钱。

案子照发，悲剧，照样在黄河岸边这片矿山里一幕幕地重演。

1997年11月13日晚，六条黑影窜至潼关县太要镇西太渡村，翻墙入室。一黑影持匕首把门，其余黑影捆住民工、男女主人手脚。"嘶——"扯一绺透明胶带，将被捆的人尽数封嘴，然后从容劫掠，共抢走现金四百元，黄金一百一十克，金戒指两枚，金项链、耳环各一，以及 CD 机一部、对讲机两部、皮衣一件、单管猎枪一支。

1998 年元月 15 日凌晨，太要镇西堡障村刘家，铁门紧闭，碾子轰鸣。蓦地听见墙头响动，刘家男人才抬头时，早被五个蒙面人拿枪逼住。这一夜，刘家大小五人被捆绑、封嘴，抢走现金六百元，黄金十四克及电器、衣物数件。

进入 1998 年，黑影们飘来窜去，颇为繁忙，平均每四五日就要"发市"一次。一旦得手，总是将人一捆，碾子一停，无论上面是金、是银，都尽数刮走。轻车熟路，手到擒来，黑影们简直是指东打东，指西打西，得意之至。他们既劫金银细软，一些粗笨之物只要有用，也都在抢劫之列：一台彩电、一条毛巾被、一个电熨斗，乃至几斤食用油、一挂腊肉，也不放过。

当然，也有令黑影们心惊胆颤的时刻。

太要镇欧家城村史选民家也安了碾子。1998 年 3 月中旬，他一次买进两车矿石，碾子昼夜不停，轰隆隆转了好几日。他晓得这半年来县里安碾子人家都不得安生，特地请了几个民工，换着班干活。夜里，院子灯火通明，人影晃动。而且，他备了一支崭新的七连发猎枪。这枪劲大，一颗子弹能将山墙打出海碗大小的洞。碾子停了，史选民以最快的速度将金子处理掉，换来的钱被他用最快速度储入银行，换成折子。稍微有点头脑的劫匪，都是宁肯抢一吊猪肉，也不愿拿那一堆存折的。一切打点停当，他还是不放心，就留住几个民工，在家里搞装修，照旧是夜不熄灯。史选民的这些办法极为奏效。后来，黑影劫匪落网接受审讯时交代：他们早就想动一动史家了，但慑于史家气势，至少有三次走到史家门墙外，就又鸣金收兵了。

是野狗，总会惦记着某某处还有根骨头未啃。3月17日深夜，七个黑影撞入史家。史选民平素待民工很好，但这会儿面对黑洞洞的枪口，民工也只得伸手出去，叫黑影们用电线捆绑住。在史家卧室，史选民媳妇被猎枪逼在床上，手脚也捆了。黑影们没有发现史选民，搜翻东西时完全没有平日的从容。拿五连发猎枪的那个黑影，在一个抽屉里翻出四粒黄色锃亮的子弹，着实吃了一惊。人传史选民有杆极厉害的猎枪，看来传言没假。他不找金银了，得先找着史家的猎枪。不然，要出事的呢！就在这个时候，史选民回家了。史选民看到多日的防范终归没有用处，媳妇还是被捆绑在床上。绝望、伤心、愤怒，使得这个矿区长大的汉子发出一声喊，雄狮一样，扑到那个持五连发猎枪的黑影劫匪前，成功地扭住了他的枪管，厮打开来。

以一对七！这情景劫匪们从来没遇见过，甚至从来没有设想过。他们有点惊诧。很快地，他们灵醒过来，用枪托砸，用匕首刺，用锤头抡。终于，史选民头上、腹部尽是血迹，软绵绵地瘫倒在地。劫匪们搜寻出来史家的存折，果真没敢拿走。他们从史家抢走现金三百五十元、VCD机一部、摩托车一辆、七连发猎枪一支，急急逃离。

四

鲜血，再一次浇红了潼关县乃至渭南市刑警们的眼睛。刑警们有句老话：是案子，终归总要破的，不在初一，便在十五。

史选民生命垂危，被送往医院抢救。潼关县公安局当晚组成专案组。专案组结合1997年以来发生的多起入室抢劫案综合分析，进行串并案件，以"3·17"案件为中心，根据对犯罪嫌疑人的"画像"，在全县各个交通要道及乡村公路设点守候，全天二十四小时盘查，并对罪犯可能袭击的村庄进行巡逻，严加防范。他们先后走访群众一千余户，摸排出重点线索十余条，重点嫌疑人五十余人，将其中在境内租房居住的李正安（男，二十岁，重庆人），蔡明生（男，二十二岁，重庆人）纳入侦查视线。

恰在此时，与潼关隔河相望的河南省灵宝市故县公安局摧毁一个先后抢劫作案二十八起，杀死三人，抢劫黄金一千二百克、现金三万两千余元的犯罪团伙。这个团伙的"头儿"周社松、许大地供认：在黄河对岸，与他们遥相呼应的，另有一支抢金劫银的"队伍"，头目正是李正安、蔡明生等，持有五连发猎枪等凶器。豫、陕两条线索，就这样严丝合缝，织就一张法网。

侦查表明，这是一个十七人组成的团伙。作案时有分有合，操枪持刀，多则九人，少则四人。在四百多天时间里，作案二十起，抢劫现金六万五千五百五十元，黄金一千二百八十克及价值一万零九百八十四元的CD机、VCD机、放像机、摩托车、卫星接收器、银元等物品。抢劫过程中，有二人死于他们的刀枪之下。

"就是没钱花嘛！"面对刑警、检察官、法官的一次次讯问，抢劫嫌犯们的犯罪动机惊人的一致。渭南中级人民法院正对此案加紧审理，不日将做出一审判决。

黄河金三角的夜晚，由此安宁了许多。

就擒时啃着颗烂苹果

这是渭南市公安局悬赏三千元、点名必缉的杀人嫌犯。公安系统微机网络将他的资料传遍渭南每一道山川沟壑。

1999年8月31日，嫌犯落网渭南城郊。

油菜秆掩盖着死尸

眼睛不大，可凶凶地亮；身板不壮，可做事有股不要命的狠劲——薛水利是临渭区向阳街办事处赵家院村的二杆子。

村里薛学敏打了眼机井，薛水利要求放水浇地，未得允准。还是本家亲戚哩!？薛水利吵了起来，被薛学敏的儿子踹了一脚。

薛水利心里憋得慌，但看看高高壮壮的薛学敏父子，恨恨地走了，没言传。隔不几日，他腰里别了两把菜刀、一把镰刀，扛着把铁锨，去地里找薛学敏。锨拍刀砍，取了薛学敏性命。完了，又拖来些菜籽杆，盖严了尸体。

这是1999年5月13日的事。

密密匝匝织起天网

　　临渭刑警大队、向阳街派出所干警急急赶到现场。死者身份明确，杀人者身份也明确。然而，暂时还结不了案。

　　薛水利，这个犯罪嫌疑人跑了。

　　赵家院村人起了议论：甭看警察们平日里说得多好，对村民笑得多甜！这命案，才是真真的试金石哩！

　　上案子的干警心里都沉甸甸的。向阳街派出所所长杨民安最吃重：分局朱东吴局长下令，捉拿薛水利一事，就搁在向阳街派出所，搁在他和副所长王韵珊肩上。村里治安积极分子开了会，嫌犯亲属开了会，线索一点一点搜集起来。三个所领导，杨民安、师正利、王韵珊各自带队，上华县，走大荔，在百里渭河两岸撒了个大网，扯起来。再撒，一网接一网，就是网不出来薛水利。杨民安沉沉稳稳个人，竟急得嘴角起了燎泡！

　　7月，关中天大热，全市公安机关发起新一轮追捕逃犯的行动。薛水利一案，上了市公安局点名必破、必缉名单，在一瞬间，微机网络将薛水利和其他必缉嫌犯的资料传递到几乎每一个派出所。华山北麓、黄河两岸，处处响起喊捉声，薛水利还能跑多久？

头发长得能结辫子

　　薛水利露面了！8月31日傍晚6时，杨民安所长案头的电话机报来消息。所长立时冲到楼梯口，吼：上车！上车！执行任务！

　　西边天际还交着鱼肚白，两部警车杀到赵家院村北一块地旁，十多名干警团团围定村口。包围圈慢慢紧缩，紧缩。果真网住一人，有干警认出那人，高喊：就是薛水利。薛水利还在懵懂间，被干警们就地压翻。其时，薛水利正在啃颗烂苹果，完全一副野人样：衣服烂成缕缕条条，脸污黑，牙蜡黄，头发披到下巴颏，能扎起条大辫子。

审讯即时展开。没费干警多少口舌，薛水利就交代了杀人罪行。三个月来，他步行流窜在渭河两岸，讨一口，偷一点，一天一天熬日月。打7月起，桥头、路口，处处有警察盘查。他晓得逃无可逃，只好回到赵家院。哪料刚进村口，就被逮了个正着待一切细节都搞瓷实，杨民安拨通分局朱东吴局长的电话。朱局长在电话那头笑哈哈地，连说祝贺你们。

渭南市公安局在临渭分局辖区点名必缉的八个嫌犯中，薛水利是头一个逮住的。

七十四头牛

牛魔王下凡来了

"是三更天,月牙都西斜了。"

大乳牛卧着,浑身打颤。突然,它吼了一声,恓恓惶惶的,鼻孔淌血,嘴角溢出白沫,肚子也发胀,死了。

"这牛养得时间长了,跟家里一口人一样,白日还在地里出力,夜里猛猛一死,我真是想不通……"

话到此处,呼岁牛狠狠揉了下眼窝。眼睁睁看着自家的乳牛死去,那情景真让这位四十七岁的汉子受不了。1993年起,澄城县赵庄乡、罗家注乡一带,大乳牛、大犍牛死得不停。人传说天上的牛魔王显灵下凡,要带牛子牛孙走哩。养牛人家各个慌了神,麻缰绳换成铁链子,常明灯给牛圈里照上,可是,牛还是一头接一头地死去。到1998年3月,赵庄、罗家注两乡死牛数已经接近一百头。

几乎所有死去的牛,都被送到赵庄街上。街上,有人摆了一张宰牛的肉案。

宰牛人

大犍牛的四蹄被攥紧捆实，一根木杠从牛腿间穿过。两个壮汉分头抱住木杠，匀匀一用力，轰隆隆，大犍牛卧倒在地，压出一片尘土，弥漫开来。

大犍牛哭了。

一滴滴泪珠，从它眼角淌下。一把亮晃晃尖刀，正逼近它的脖项。操刀的人嘴里念叨：不怪你，不怪我，只怪主人把你卖给我……话音未落，白光起处，红血直喷。

宰牛的人，叫张爱民，罗家，洼乡罗家洼村人。打1991年起，就在赵庄街上宰牛卖肉。一开始是自己外出买牛来宰。待到手上沾的牛血多了，渐渐地名气大了，人家死了牛，便晓得送给张爱民去宰。

到1994年，张爱民手头的牛已多得宰不完。隔三岔五，就能往肉案上掀一头，细细解割，用火硝腌制罢，煮熟，当街叫卖。张爱民将生意做得如鱼入水，翻仰自如。哪里前晌刚死了牛，他后晌就能赶到。一番讨价还价，只用活牛钱数的一半，从倒霉的死牛户手里讨得赚头。这种状况，一直持续到1998年3月，几个刑警出现在张爱民的肉案前。

张爱民赚钱的全部诀窍，只在两个字上：毒牛。

刑警捅穿这层纸后，张爱民耷拉下脑袋。可是，很快，他又抬起头来，要求检举："这法子也是旁人教我的呢！"

周 周

"周周"是个人名。

"周周"是张爱民的妻弟。他就是张爱民要检举的第一个人,罗家洼乡醍醐村三十六岁的陈自周,小名"周周"。

还是在1991年,醍醐村里死了不少牛,人说得的是炭疽病。周周不晓得这病的厉害,只管买来死牛,再转卖给他姐夫,从一头死牛身上能赚到一二百元。后来,村里人聚作一疙瘩时,又有人说死牛其实是有人投毒,如何如何选的点,如何如何放的药,说者绘声绘色,有鼻子有眼,听得周周在旁动了贼心。

1994年,记不得是哪月哪日,周周掀笼掂了块馍,浸透老鼠药,用纸裹好,揣在怀里,往村子僻处走。在一道木栅栏门前,周周瞄见院里正拴着一头卧牛。他从喉咙里胡乱挤出一个声音,看院里并没有人在,便推门而入。走到牛前,将药馍馍搁在牛嘴边,抽身就走。回到家里,心跳得嗵嗵响,也不敢去看牛死了没有。周周后来向刑警叙说起这一段时,还不由得用手按了按胸口。

周周成功了。第二天,日头刚上墙,死牛户打发人来叫周周,说是要卖牛给他姐夫张爱民。周周花六百元买下死牛,花二十元租辆三轮车,拉到赵庄街上。

当姐夫的问:"咋死的?"

妻弟答:"我弄的。"

姐夫不再吭气,数出七百三十元钱,给了妻弟。

由此,姐夫与妻弟的合作正式开始。张爱民骑摩托车带着周周走村串巷,遇见牛,由周周施药,张爱民望风。二人约定:若有人来，张就揿响喇叭，令周周停止工作，二人异向撤离现场。这个时候，周周和张爱民已经解决了两大难题：一是死牛的来处，一是死牛会否毒死人。毒牛地点既不敢太近，也不能太远。近了有伤乡情；远了，则有可能买不着死牛，"劳"而无"功"。他俩便将活动范围严格控制在罗家洼和赵庄两乡的十多个村庄内。死牛会不会毒死人？张爱民曾经分别掏出死牛内脏、割下牛肉扔给狗，狗吃下牛肉后没甚反应，而吃下内脏反应甚大。张爱民放下心来，从此拉回死牛，一律将内脏摘除，深埋于地；牛肉则加重火硝腌制，远远地运到合阳去卖。

就在二人的事业如日中天之时，周周打起了退堂鼓。周周怕见口鼻流血、腹部鼓胀的死牛。每毒死一头牛，他都要承受一番内心的煎熬。毒死三十多头牛后，周周终于决定洗手不干。1997年3月，他远走北山一小镇，仍以宰牛为生。

"周周还是心太善。可在这个世道，心太善了，哪里有钱可挣？"姐夫张爱民恨道。

独木难成舟，他还得找个帮手。但是，像周周这般合适的人选，急切间，又到哪里去找呀？

点 点

张爱民要找的人，不请自到呐。一年深秋，张爱民肉案前来了一人，将他拉到背人处，说："叫我也跟你弄几头牛么！"张爱民几乎未加思虑，就答应了那人的请求。来者正是张爱民的另一个妻弟，大名陈自成。1990年入赘一刘姓人家后改姓刘，小名"点点"。

关于加盟毒牛者行列一事，点点后来是这样供述的：村里耕牛死得不停，我听说是我姐夫张爱民和我二哥陈自周不弄好事。我就去寻姐夫，要求跟着弄牛。我姐夫说："能行，你要弄和你二哥一样，一头牛给你一百元。我不亲自干，我只给你看人。"我问他拿啥毒牛哩，他说老鼠药。我就向他要了几块钱，到街上买得三瓶老鼠药。我姐夫说："你用螺丝刀在馍上戳一道小沟，不要戳透，然后把药倒进去，浸透，让牛吃了就行了。"我坐姐夫的摩托车，到北赵庄村的涝池旁，见一家门口树上拴了一头乳牛，就将药馍伸到牛嘴边，让牛吃掉。过了两天，我姐夫给我一百元钱，说那头牛死了，他也买到手了……我感到这事很容易，也能挣下钱。随后，我多次用药毒牛，有时是坐我姐夫的摩托车去，有时是骑自行车单独去。每毒完一头牛回来，给我姐夫说一下毒牛的地方。他买了死牛后，就会给我钱……

论胆略，点点确乎要比周周强，他用方便面的塑料袋子装了药馍，随身带着，一有机会就下手。一次，他到邻村给人帮忙过丧事，见人忙忙乱乱，便逛到村边，毒死了路边杨槐树下拴的一头牛。又一次，他去邻村妹子家借钱，见东邻家门前树上拴了头乳牛，顺手摸出药馍，下了毒。

三四年间，究竟毒死多少头牛？点点也记不甚清。他说毒一头牛用一瓶药，共用了三十多瓶药。估计也就是毒死三十多头牛。但是，一村一村地回忆下来，他毒死的牛多达四十多头！

刑警问："你知道张爱民咋处理死牛的？"

他说不知道。

又问："你知道那种死牛煮熟后有毒没有？"

他还是不知道。

再问:"你知道吃了这种牛肉后是啥后果?"

点点沉默了。到此刻,他才真正着了慌。

1998年8月18日,办案民警带点点去指认作案现场,到罗家洼乡西庄村时,天已黑透。民警下车问路,司机正在切换灯光。一眨眼间,点点腕子上戴两副手铐,脱逃了!

咋能逃得脱

山挤紧山,峰挨住峰。太阳刚刚露头,将这一片大山照得阴阴阳阳、明明灭灭。一条小路斜挂山坡,小路上挨过来一个男子。刚一拐弯,路两旁拥上来几个汉子。不由分说,压翻了那人。

1998年8月28日,也就是脱逃整整十天之后,在澄城北邻的一片大山里,点点又被抓获归案。

十天前的那个晚上,点点先是窝在一片玉米地里。待民警脚步稍远,才顺着玉米行溜走。他想见上媳妇一面,然后远逃。可是,媳妇在合阳县一家饭店打工,饭店设在大路边。他怕被逮住,又不敢去。这十天,他像一个没坟的野鬼,在老城墙上的草丛里钻过,在深沟的烂洞里混过,四处被人撵赶。运气好时,能讨得两个夹了青辣子的馍馍;运气背时,只得啃烂西瓜和青苹果蛋蛋,头发一拃长,能抖出半斤尘土下来。

"这下好了,给抓住了!"点点叹一口气,甚是轻松。

审 判

张爱民与他的两个妻弟，很快被诉上法庭。法官查明，1994年3月至1997年5月10日期间，三人共毒死耕牛七十四头。毒死牛后，又向耕牛的主人低价收购，加工制成腊肉出售。其中，张爱民参与毒死耕牛七十三头，价值十七万三千七百元；刘自成（陈自成，点点）参与毒死耕牛四十三头，价值十万两千九百元；陈自周（周周）参与毒死耕牛三十一头，价值七万两千三百元。

检察官指控三人犯下的是投毒罪。张爱民三人的辩护人辩称，三人只构成破坏生产经营罪。前一项罪名最重者可判死刑，后一项罪名再严重也不至判死刑。法院合议庭认为：张爱民等人的犯罪行为是持续状态，如就一次毒死耕牛的事件可能是对某一特定对象实施，具有破坏生产经营罪的特征。但张爱民等的整个犯罪过程是侵害不特定多数人的财产，危害的是公共安全，故其辩护理由不能成立，不予采纳。换句话说，也就是说，张爱民和他的两个妻弟必须为那七十四头牛命付出最重的代价。

1999年1月15日，渭南市中级人民法院做出一审判决：被告人张爱民犯投毒罪，判处死刑，剥夺政治权利终身；被告人刘自成犯投毒罪，判处死刑，剥夺政治权利终身，犯脱逃罪，判处有期徒刑两年，决定执行死刑，剥夺政治权利终身；被告人陈自周犯投毒罪，判处无期徒刑，剥夺政治权利终身。

张爱民三人不服此判，提起上诉。六个月后，陕西省高级人民法院出具刑事裁定书：驳回上诉，维持原判。周周即刻被转入大牢。8月20日，在澄城，张爱民和点点被执行了枪决。

毒 饺

　　王俊学死得急，头天肚疼，二天就断了气。村里与俊学相好的，听了他死讯，叹一声，哭一声，说窝里不安生，俊学迟早得受人暗算。这话在韩城市板桥乡王岭村传得快，快要搅翻了小山村。

　　俊学这一死，就成了案子。市里刑警大队长晋小谋带人赶到，勘查尸体，倒是没有外伤。剖开尸体，就晓得咋死的了，刑警刚摆开架势，却被俊学他娘拦住。老一辈的人，泪眼婆娑的，求告俊学他没福死到娘前头，给他留个全尸吧；又说俊学先一天得的是急病，请村里大夫给看过的，没错。别动刀子！刑警作了难。去调查村里人，也都闪闪烁烁的，说不到点子上。

　　俊学入了土，村里人给筑起个大坟包。盖了棺，却没有定下论，吵来嚷去。俊学他娘坐不住了，拖上两个孙儿，来到刑警队，又要求开棺验尸。

　　一应手续办毕，渭南市公安局法医上了阵。尸检结果：王俊学系鼠药中毒死亡。这是1999年3月3日的事。

　　换了一拨人，韩城刑警重又上案。第一个要找的人，就是王俊学的媳妇卜凌芳。

卜凌芳今年三十七岁。在农村，这个年纪该是淹在老汉娃娃家事堆里拖拖拉拉的人，可这女人身上偏有些花花草草的传闻。

没费多少工夫，刑警就查清，卜凌芳果真与村里某人有一脚。为这事，俊学不晓得生了多少闷气，与卜凌芳不晓得闹了多少场事。然而，王俊学的死，与媳妇有没有牵连？有多少牵连？俊学是2月2日死的。刑警们剥茧抽丝，一毫毫地收集线索，又一毫一毫地剔除杂质。终于摸清王俊学死前一日的情况。

文火燎烤，卜凌芳也呼天抢地，哭开了"冤屈"：

2月1日，卜凌芳在一处山旮旯里与人说话，远远地被王俊学瞅见。与媳妇说话的人，正是被村里人谑为俊学的"挑担"。俊学当下腾起一腔怒气。

回到家里，一个要问，一个不说；一个唇剑，一个舌枪；一个冰冷，一个雪霜。

"这过的是啥日子！"卜凌芳昏了头。其时，正准备说吃饺子呀，她就给俊学的蒜水碗里，倒进了一小包老鼠药！

眼见着俊学夹一个饺子，在蒜水里蘸一下，一口吞下肚，她感到解恨，痛快。

很快，俊学抽搐倒地。她急急寻来村里大夫，可又没说实情。哪里还救得过来？

11月底，法院里下来判决书。卜凌芳被一审判处死刑。

古往今来，因家事而起的惨剧，绵绵不绝，总是叫人沉重莫名。一声叹息，无法平复心悸。

家庭是什么？是港湾，不是杀场啊。

于涛的悔过书

一

你，有时活得泼烦，可以去看守所看看，看看死囚，那些立在阴阳两界门槛上的人们。你无法完全融入他们的思想情感之中，可起码，你与他们哪怕只发生片刻的沟通，相信你看身边这世界，目光里会少一些潦草。现在，你我面前正有一个死囚，精瘦，却立得笔直。

二

女人被男人榔头取命，又碎了尸。这一切都只在一句话上。

这女人，叫唐玉华，陕西省渭南水文二队职工，三十二岁。杀她的男人，正是那个死囚，叫于涛，也是水文二队职工，二十六岁。这对男女，不是夫妻，却来往得紧，黏糊。出事那天，是1999年4月14日，晚上8点，名符其实的春夜呢。女人一时高兴,动手寻找吃食。这是男人的住处。女人太不把自己当外人,旮旮旯旯四处翻,翻得乱,又懒得整理。男人就有些生气,话里掖了根针,"你咋这么没教养?在别人家里乱翻!"女人心小,受不得星点委屈,嘴里立刻冲出一句致命的、也是她一生最后一句话:"你有教养,咋被劳教两年?"

三

于涛之所以下此毒手,缘自一段丑事。又一个耳熟能详的故事——我提起上半句,你能说出下半句。反过来,也肯定一样。所以,我停止絮叨,你我听一听于涛的声音:

在我出生之际,差一点没机会走进这个美好的世界。我父亲四十得子,欢欣之情可想而知,从小便对我寄予了莫大的希望。那时的我顽皮不堪,家人指东,我偏要向西,不知进取,不求上进。父亲恨铁不成钢,见我做错了事,举手便打。

1990年,我辍学了,跟几个不良少年沾染上偷人的恶习。性格正直的父亲将我扭送到单位保卫科。但在第二天,我又故伎重演,被公安民警当场抓获。8月26日,我被送到卤泊滩劳教所,将在这里接受三年的劳教。那一年,我只有十六岁。

痛定思痛。在管教干部教育下,我坚定了重新做人的信心,从哪里摔倒,便从哪里爬起,决不能叫一块石头绊倒两次……劳动之余,我常望着天上飞来飞去的小鸟,希望他们能转达我对家人的思念之情。多少次,我梦见自己在家中睡觉。醒来看看四周,才知还在劳教所,不在家。……父母没有因我的过失而嫌弃我,隔三岔五，不顾日晒雨淋、天寒地冻来看我，耗尽了心血。1992年10月31日，我被提前半年解除了劳动教养！

十九岁的于涛回到了社会。面对别人大把大把地花钱，他再没有眼红过。劳动教养无疑是成功的。只是"偷盗"二字，已成为于涛心底永远的伤痛。

这个内向的青年，这个不爱与人交往的小伙子，舔舐着自己的伤口，让伤口长上厚厚的痂皮。可在厚痂之下，他的伤处仍旧极其敏感。因为有了这段劳教经历，于涛所在的大院里无论丢失什么，他总能感到有人在背后指指戳戳。每逢此刻，他倍觉劳教经历给他带来的耻辱。但是，他能去分辩吗？不，不能啊！一根弓弦，绷得太紧，你晓得会是什么后果。

果真，六年之后，1999年4月14日，于涛心底那根弓弦，"铮"的一声，断了。

四

于涛供认，是他杀死唐玉华的，并且碎尸。当然，为得到这番供词，刑警几乎绞尽脑汁。

1999年4月16日，有人在城郊一堆沙子里刨出一具无头、无下肢女尸的时候，渭南的刑警们还是一头雾水，不晓得这女尸姓甚名谁。尸检、走访、分析，寻找尸源，甚至动用省公安厅的警犬，仍是毫无进展。一日凌晨1时许，一杜姓男子打电话询问尸体性别。刑警马不停蹄地找着这男子，得到的信息是：他有一女友，湖北孝感市人，渭南水文二队下岗职工，现年三十二岁，身高一米五,体胖,右手腕关节外侧有一明显刀伤痕。14日下午3时30分左右,女友打电话给他,约定15日见面。但15日,他一直未能找到她……17日一大早,渭南市公安局刑警支队副支队长朱勇、原临渭区刑警队大案队队长马文虎带法医将尸体从临时寄埋处刨出来辨认,基本确认无头女尸就是杜姓男子的女友,名叫唐玉华。

杜某与唐玉华粘了两年多,刑警们考虑:二人间是否情变?仇杀?但经过大量调查,证实杜、唐一直来往正常,且杜没有作案时间。

顺着唐玉华的关系人往下捋,高某等人亦被列入嫌疑人名单。这大约就是唐玉华的情人圈子了。你我不晓得唐玉华若活着,此刻会做何感想?生前她在这些男人们中间如鱼得水、游刃有余;猝死之后,她也不放过这些男人,让他们焦燎如坐热锅。

刑警得到唐玉华的BP机号,查出这部BP机的最后一个信息是14日晚8时一位于先生所打。

于先生即为于涛,他与唐玉华来往频繁,明铺暗盖,已是水文二队尽人皆知的事儿。刑警们立刻察看唐的宿舍:床上整整齐齐铺着被子,桌上放着唐的手表、提包和一杯刚冲好还未来得及喝的茶水。刑警分析:唐是在当晚刚刚回到宿舍,铺好被子,卸了手表,冲好茶,正准备休息时,又被于涛用传呼叫走了。

于涛这一回脱不了干系了。

于涛面对刑警马文虎、王伟、李兴茂,编了一个故事:他14日晚8时打传呼约唐跳舞,唐未到。他一人去兰梦舞厅跳舞,未碰见一个熟人。15日,即去了西安。

刑警心里在笑,于涛在抓稻草救命哩,便一连串的炮弹砸向于涛：什么时间去的西安？去西安什么地方？什么时间回来的？坐什么车次？……

于涛哪里答得上这么些问号，额头上一层层地冒虚汗。终于，他瘫坐在地。

五

于涛是用一把铁榔头，连击六锤，要了唐玉华的命的。然后，他独自一人坐在沙发上抽烟，直到 15 日早 6 时 30 分，才立起身，将尸体拖到厕所。用一把菜刀，先卸唐的下肢，再卸头，分别装入塑料编织袋内。在以后的三天时间里，他抛尸抛物共九处。连同察看地点，往返距离达五十余公里。

在监所里，我常常做噩梦，醒来满头大汗。我总是梦见唐玉华向我走来，满身的鲜血，披头散发。这时，我的心受到巨大的煎熬，痛苦和悔恨交织着缠绕我……

唐玉华再也不能回到人间！唐玉华的亲人永远面对的是冰冷、无言的骨灰盒。他们心中纵有万千思念，却无处诉说。这是多么令人伤心的人间悲剧！如果能用我的生命换回唐玉华重新回到人间，我会毫不犹豫去做的。

想一想唐玉华的母亲是多么的伤心欲绝！天下每一位母亲，对自己的子女都是关怀备至、尽心尽力的，从孩童到少年，从少年到成人，知寒知暖，一针一线，付出了百般心血。他们仅仅是希望自己的子女能健康成长，过上好日子……而如今，一位年迈的母亲所心爱的女儿，却被我这个犯罪分子残忍地杀害了！母女再也没有相见的日子……

同时,一个可爱的尚未成人的女孩子,也永远地失去了母亲。所有母亲能给予儿女的关爱、呵护,她都没有机会得到了。妈妈将永远无法在她身边。每天晚上,当她梦见自己妈妈的样子,醒来却无处寻觅妈妈的身影,心中是多么的失望和伤心!

这一切,都是我这个犯罪分子造成的。我深深地、发自内心地恳求唐玉华的亲人能饶恕我!如有可能,骂我,打我,我都没有怨言,因为我是你们永远的罪人……

我在给唐玉华及家人带来灾难的同时,也给自己的父母和亲人们带来了他们从未承受过的巨大痛苦和压力。

……父母舍不得吃,舍不得穿,将我们姐弟四人养大成人。作为父母唯一的儿子,父母在我身上花费的精力是无法用金钱去衡量的。父母劳心劳力之后,多么希望我能够有所作为、出人头地呀!而我却没有把握美好的生活,没有什么光宗耀祖的壮举,可能连抱孙子的希望也给父母打得粉碎!

我的三个姐姐及三位姐夫,也被我这个不听话的、目无国法的弟弟气得要死。小时候,每当父母拿回来什么好吃的,她们总是留给我吃;每当我做错事、父亲要责打我的时候,她们宁愿挨打,也不让父亲打我,总是说弟弟小,弟弟不懂事,不要打他。长大后,姐姐们每次从外地归来,都忘不了给我带几件喜欢的衣服……也许,我将来无法见到她们了,但我心中有一句话想对他们说:"姐姐、姐夫,弟弟错了……"

说到这里,我又想起目前自己唯一的外甥,心里百感交集。作为孩子唯一的舅舅,在他刚刚懂事、马上要去上学的时候,我没有给他做一个好榜样,反而成了阶下囚。如果将来有人对他讲:

"你舅是个杀人犯",孩子心里会多么难受!

从看守所厚重的大墙里走出来,一个念头从心底鼓涌起来:去于涛家看看!

看看?看他的年迈的父母?他的伤心欲绝的亲人?重新揭开他们心底的那块伤痕?不,我不能,我又很快压制住自己的念头。

六

渭南市中级人民法院一审判处于涛死刑。

于涛上诉到陕西省高级人民法院。对于他这桩铁板一般的案子,他当然知道上诉是无济于事的,他的一只脚已经踏上了关中民间传说的奈何桥桥头。这会儿,他还有啥想头?

每天清早,看到太阳冉冉升起,我的心情是万分的复杂和痛苦。对于监所里的大部分在押人犯,这一天都是新的开始,因为他们离自由愈来愈近。看着他们,我心中有说不出的羡慕,但随即又落入无尽的痛悔之中。我的罪行使我在太阳向西的时候,离人间越来越远。

死,这个字是抽象的,而人的死是具体的。想到死的同时,我想到了李大钊、董存瑞,和我国驻南使馆三名记者,人们会永远地记住他们的名字。看看自己,暂时虽然会被许多人谈论,但人们对我只有唾弃和愤恨。夜晚里,哭泣的只是我的父母、亲人。社会会很快将我抛进历史的垃圾堆。将来即使在黄泉之下,我也没有勇气去面对唐玉华及列祖列宗。我多么希望能从头再来,但无情的大墙铁门告诉我：晚了，太迟了！我在人生道路上，跌了一个永远也难爬起的跟头。……我思前想后，有时甚至想到高科技发展的今天，人类可以发射卫星、登上月球，创造了这样那样的人间奇迹，可为什么没有发明后悔药呢？为什么时光不能倒流呢？如果日子回到那一天（1999年4月14日），我决不会再干下如此罪行。

回首自己的一生，可言的少、难言的多。在监所这些天，父母二十六年的养育之恩，我才得以体会。如果真的有来生，不知我的父母还能让我做他们的儿子不？……自古以来，欠债还钱，杀人偿命！我没有什么可狡辩的。亲爱的爸爸、妈妈，你们就当是养的一条狗死了，不要太难过。如今想想，我能有你们这样的父母，是我前世今生的造化。而你们有我这样的儿子，则是你们一生中最为不幸的事情。

这里，我希望家人能替我去探望唐玉华的亲人，转达一个罪人对他们全家深深的忏悔，千万不要因为我的罪行，而使两家人相互仇恨。我希望我的伏法，能让人们抹去一切，让老人家们健康长寿。

我还希望父母能念及父子之情、母子之情，在儿伏法后，能给儿准备一张草席。不要让儿死后暴尸于野，风吹雨淋，遭人唾骂。清明节时，希望外甥能给我烧些纸钱。黄泉之下，我会保佑他健康、平安地长大成人。

也许人生中最大的悲剧便是一觉醒来，发现自己无路可走。如今，我的感触是那样的深刻！我在监所内的每天、每时、每秒，都是我生命之钟的倒计时，是我人生悲剧的落幕……

在我记下于涛这段话语的时候,窗外阳光明媚。这是一个冬日。前两天,关中大雪,满世界阴冷潮湿。

现在,今天,好了,冬阳直直射在我的案头。我看见,两只小蚊虫扇动薄翅,沿着桌棱在急走,使我惊异于这个小生命的顽强。

我合住于涛这本厚厚的"悔过书",不会忘记这个冬日里于涛带给我的故事。你呢?

铜豌豆

12月5日,天色黑净的时候,李龙全被押进审讯室。在临渭区吝店镇李十三村"12·1"杀人大案中,王金虎夫妇及一对儿女死于非命。李龙全被临渭区刑警大队的侦查员们定为犯罪嫌疑人。

审讯室很小,靠墙一个褐色的蜂窝煤炉子,将它的白烟筒曲里拐弯地送出窗外;两溜沙发上,坐着刑警队的头头们。虽然他们都身着便衣,你仍能觉出那种逼人的威势。屋子正中间,堆了一地衣服,湿的,污泥斑斑——刑警在蒲城县一个采石场抓捕李龙全时,李狂奔七八里路。在永丰洛河岸边,不辨凸凹,跳下三十余米高的峭崖,落入洛河——屋里灯具全部关掉,用紫光灯照射。那衣服袖口、前襟上的血迹像是一片片的斑痕,隐约可见。听了副大队长王一文、探长高峰的侦查汇报,翻弄过这些衣服,在盆里洗着手,副局长皎正敏说:今晚把这货拿下来!

晚9点整,李龙全被按坐在一把木椅上。此人骨骼粗大,半眯着眼,很粗蛮的样子。一屋子的人,正嘈杂着说话,似乎没有一人多看他一眼。突地,一人开了口,是王一文;随后高峰跟着,问他的姓名年龄,一句一句地,切入了正题。

审：今天叫你来，你晓得为啥？

李：……今儿叫我来，是找我媳妇哩。媳妇躲计划生育，想多生两个娃么。李梗着脖子，滑稽可笑地给今晚的话题开辟了一个新轨道。刑警们并没有感到意外。

审：李龙全，你今年三十多岁，又判过刑坐过牢，应该知道公安机关是干啥的。你说，公安局能给你上环？结扎？

李不语。

审：你今天下午见了我们跑啥？三四十米高的崖往下跳？枪响了还跑？躲计划生育就不要命了？你说，公安局在你村里抓过计划生育没？

李眨了几眨眼皮，答：没得。

审：那你说下这些，咋能解释得通？

李：我就是那样想的。

审：李龙全，可不敢胡说。那是给自己挽笼头哩。我们寻你，是有一定事实依据的！

李在木椅上故作艰难地挪挪身子，嘴里嘶嘶啦啦地吸气。审讯结束后，他与刑警们抬硬杠，说他跳崖后就昏迷了，啥啥都不知道，绝不是刑警们看到的跳进河后又扑腾到岸上。就是那一跳，李说他的腰扭了，疼得厉害。此刻，任刑警们一再发问，李只不言传。审讯室一时寂静下来。

从蜂窝煤炉边，皎正敏站了起来，笑道：李龙全，你听说过没？蚊子飞过去都有个嗡嗡声。老鼠跌到面缸里，挣死也难跳上去。告诉你，你是个严重违法的犯罪分子！你不要等旁人说出你那点事来！皎正敏笑着，说着，一步步逼到李龙全眼前。倏地，又远远走开。李龙全额上渗出一层细汗。

王一文扬起一沓笔录纸,问:我们见到了你媳妇、你侄子,做了这些谈话记录。你要不要看一看?

李急道:我侄子说啥?我媳妇说啥?

审:说啥?你留给他们的话,你不清楚?

李不语。

审讯室沙发上坐的一圈刑警,纷纷道:好汉做了好汉当。党的政策你也清楚,坦白和抗拒是两样结果。弄下瞎瞎事,现在想糊弄一下,没用。

李的鼻尖淌下汗滴,梗脖,闭唇。

审:上一次为啥判你刑?

李:盗窃。

审:谁抓的?

李:洛南县公安局。

审:没抓错?

李:没有。

审:这一回为啥抓你?

李:你问的是哪一宗事?

审:我们派那么多人抓你,现在上这么多人审你,你清楚问的是哪宗事!

此间的情形,就像下盘围棋,各自都在迂回,在包抄,棋势消消长长,令人屏息静心。一着不慎,棋子被对方提走,所占地盘就可能归于空白,前功尽弃。

审:李龙全,你不言传,得是想办法哩?

李:今到这来了,还想啥办法?

审:瞎睡都得从眼前过。不交代,那事也落不到旁人头上。

你休要蔓蔓葛葛胡搅缠。

李：你说得我心里慌慌的。问啥话，你给咱提明。

审：才做了几天，就不记得啦？偷人也不是，放火也不是。是啥，再不能给你说了。

李停了半晌，忽翻了翻眼，道：就是躲计划生育哩！

一屋子刑警呼地立起来四五个，连喝：你丈母娘家在商南县麻石河，门牌号是多少多少，我们在那里候了三天三夜。多少话，你丈母娘、你媳妇、你侄子都说得清清爽爽……

李龙全由头而胸而腿，全身发抖，歪着头靠在椅背上，再不吭气。在他的心里，这些一个个都挺面善的刑警，肯定都是极厉害的角色，他们的每一句话，都像一把利刀，直刺心底。或许他把握住一点：刑警们不会动手打他，便横下心来，要做一颗铜豌豆，任他们熬煮，他赔得起时间。所以，他紧闭双眼，每听到叫他，答一声"有"，便不开口。他是要死守住心底的某一个堡垒。

审：李龙全！

答：有。

审：有的气咽得下，有些气就咽不下。一气之下，做了傻事，痛痛快快地说出来，我能理解。

李龙全要求喝水。刑警给了。李的手腕处，刻一"孝"字，脏兮兮地涂上了蓝色。刑警就点着那字，问李，都是有老人的人，咋就能舍得下老人做那糊涂事？李喝出了杯底，睁大眼，又要烟抽。刑警给了。李大口大口地吸出嘶嘶啦啦的声响，低勾了头，静呆呆地像一堆瓦石，烟灰燃出好长，也不弹。

终于，他问：今晚腰疼得厉害，能不能明早再说？

审：现在吧。你说了，大伙都心轻。

李：叫我想一下。

审：今晚先说个大概就行。

李：说就给你往完里说，那也没得啥。

突破口已然打开。李龙全彻底放弃了守势。满屋子人的眼光，都聚焦在他身上，盯着他足足燃完一根烟，将烟蒂扔在脚下，又喝一缸水，才说：

今年麦头里，我在窑上做活哩，媳妇跑来说，王金虎糟蹋她哩。我说你先别言传。又一天天黑，我去给人捎了个话回来，撞见我媳妇叫王金虎抱着，她抓挠他的脸，够不着。我将王金虎打了一顿，当时就给他说：这事私了，瞎好给上一点点。他一直没有动静。这事就憋在我心里头。过不了几天，他媳妇来寻我的事，问我咋打了她金虎。我说：就是打了，你去问他为啥挨的打。过了几个月，王金虎一分钱也不想掏，我气得整天吃不下饭，专等他哪一天给我回话哩。又隔了好长时候，我去蒲城保丰联系好采石场，回来把媳妇安顿到她娘家。12月1日的后半夜，就拿了手电、斧头，从墙上翻进去。门一掀，见王金虎全家人都睡着了。他媳妇拉亮灯，叫他出门看动静。我就等在门口，趁他拉门时砍了他一斧（说到此处，李龙全的头颅微微发颤）。他媳妇来撕拉我，我在她脖子上也砍了一下。他家娃子、女子都坐起在炕上看，我也把他们砍了。……我从后门走的，走时拉灭了灯，斧子我丢到了河里。

说完，李龙全舒出一口气，不再梗脖、闭目。他坐端正了些。跳崖时摔伤的腰部似乎也不很疼痛了。他向刑警们要水喝，并且颇为气壮地叮嘱：水要煎煎（滚烫）的！

铜豌豆熬烂了。或者说，这盘围棋下完了，李龙全的"子"

被提得一个不留。

这"货"终于被拿下，刑警们轻松起来。尽管他的供述，与他媳妇、他侄子的佐证在枝节上还不尽一致，比如：他说是让王金虎"瞎好拿上一点点"，他媳妇却说他几番催要王的三轮车，没拿到手，才动了杀机，等等。刑警们纷纷散立起来。此刻已是12月6日凌晨一时了。审讯整整用去四个钟点。除过主审的副大队长王一文、探长高峰，参加审讯的还有刑警队大队长张金龙、副大队长钞凤奎、杨西录、王创业等。天一亮，他们将打捞凶器，搜寻血衣。一干铁证备齐，这案子将移送到下一个司法程序。

签字画押。写"96年12月5日"的最后一划时，李龙全挽了小圆圈，将笔画抽拽到右边，落住。杨西录问他文化程度，李说小学没毕业。杨西录就说：要是多上两年学，这乱子怕就闹不下。李龙全嘴里支吾了一声，听不清说的是甚。

"大款"大逃亡

孽 钱

刘冬逃了。

刘冬是大荔县婆合村基金会第一代办站和信用社的代办员，经管着数十上百万元的现金。

1999年冬，县里整顿基金会。风声乍一传出，刘冬就不见了踪影，像大荔百里沙苑被飓风刮起的一粒黄沙，飘摇而去，再难找寻。婆合的书记、乡长晓得坏了菜了，刘冬肯定在基金会账本上做了手脚，然后以"大款"的模样外逃了。基金会账面上的钱，全都是四村八屯的村民们一颗汗珠甩八瓣地，硬攒下来的，如今被刘冬这一风吹得不见踪影，可如何是好？书记、乡长嘴角都急出来燎泡，火三火四来寻大荔县公安局经济犯罪侦查大队。

侦查员们才一上案，就觉出刘冬的脑瓜很是够用。他将自己的脚印抹擦得干干净净，简直是滴水不漏，天南海北，处处都可能去，可没一处留下来印迹。当下架网布控，搜集线索。不几日，他们得到一个信息：

刘冬外逃时，真的像"大款"一样，还带着他相好的马某。

相好的

许多男人的事，都坏在女人身上。刘冬也没能例外。

五十岁以前，刘冬苦扒苦作，很是攒下来笔家业。在村巷里显摆之余，一抬头，发觉皱纹已经爬满额角，他心里长叹：这辈子咋只有受苦的命！直到遇见三十岁不到的马某，这个已年过半百的汉子才猛觉生命到了傍晚，原来也还可以亮堂一番。他舍得泼钱，很快拿下来马某，两下相好了。村人嘴里的相好的，城里人称作情妇。你以为养情妇很容易吗？刘冬的精力和财力没有多长时间就出现透支。他只好将手伸到基金会和信用社的钱柜里。买汽车跑运输，赔了；办了个造纸厂，赔了；基金会、信用社的账面上，很快烂出一个大窟窿。县上、乡上要查了，他就是有通天本事，也弥不齐账目，只有落荒而逃。当然，临走时他得带上相好的。

原以为摆脱了各自家庭的羁绊，与相好的浪迹天涯，是最幸福的事，但是，马某很快就厌烦了。在漫长的逃亡途中，日日杯弓蛇影、草木皆兵、担惊受怕，女人厌烦。刘冬腰缠万贯，却只给她千把元，且每到一处都窝在屋里，由她外出买东买西，女人厌烦。更要命的，女人本来有家有舍，在家时看到哪儿哪儿破，真正离家出走了，又没办法不想家，想娃。她偷偷地想，狠狠地想，夜里蒙着被子流着泪想。终于，她背着刘冬，拨通了家里的电话。

那边厢，女人的丈夫抱住话筒不撒手，只喊你回来吧，警察来家说过的，没你的责任；再说，只要你回来，门一关，天大的事也是咱家的，外姓旁人能说个啥？娃成天哭着要你哩！这一席话，夹着哭音，直说得天摇地动，不由女人不回转家来。

几乎就是同时，经侦大队也得了信儿。大队长刘江亲自上阵，见得马某，不消三五回合，便拿下口供。刘冬藏在哪里，钱款存在哪里，尽在掌握之中。当下汇报到局领导雷普义、武德有处，局里拍下板来：立马三刻动身追捕，目标——乌鲁木齐。

在兵站

2月14日，咸阳国际机场，一架前苏制客机追着落日，腾空而起。专案组成员高阳、刘智华就搭乘这架飞机，前往乌市执行追捕任务。经过数小时颠簸，落地后，大荔警方几乎在第一时间与乌市公安局刑警支队第五大队取得联系。两下里一会合，简单交换罢案情，立即驱车奇台路乌市第一肉联厂家属院。据大荔警方掌握的情报，刘冬就藏匿于此。

一切似乎都很顺利，警察们迅速围严了刘的住处。敲，叫，撞门，这才发觉，早已人去屋空。房东说，昨日一早，刘冬就已经搬走了。是这姓刘的已有预感？还是他的情妇马某透了口风？下一步又该朝哪迈？高阳二人将电话急急打回大荔。

在大荔，大队长刘江满脑门的火。叫人唤来马某，这女人涕泪交流，说她已经叫刘冬那老鬼害惨了，又咋会再给他去通风报信？刘江细细讯问下来，又挖出来个新情况。这女人说，逃往新疆途中，有一回，在八一兵站下车吃饭，刘冬瞅见一家"陕西餐厅",拉了她进去。闲谈间,晓得小老板是陕西礼泉县人,一时高兴,便说自己也是老陕,大荔人。小老板睁圆了眼,两手在胸前一拍,喜道:"你说巧不巧?隔壁开粮油店的,也是大荔人!"当下相拉着来到隔壁粮油店,见那店主,三十多岁一个汉子,果真是大荔国棉十三厂的职工,名叫刘玉民。厂子不景气,刘玉民夫妇二人远走新疆,开这小店,胡乱糊口度日。离故乡山远水远,平日心胸间也积攒下不少思乡的愁绪,这会儿见了乡党,可不像天上掉下来的一般?二人相见恨晚,泡一壶浓茶,卷两支莫合烟,掰扯些大荔县的长长短短。刘冬只说他也是做生意的,这二年赔深了,欠下一屁股烂账。躲账躲到新疆,还没有个躲处哩。刘玉民正谝得入巷,听是这话,胸中豪气大发:"出门靠乡党。不说咧,你的住处,包在小弟我身上了!"二人还说了些要合伙办家餐厅的话。

道高一尺,魔高一丈。一套全新的抓捕方案迅速制定出来。寻见刘玉民在大荔的亲戚,查出他的乌市住处,找着了刘玉民,顺藤摸瓜,还愁拽不出刘冬来?

大 雪

乌鲁木齐下了场雪。雪片儿飘落得紧,不消半支烟工夫,放眼望去,四处都是白茫茫的。气温降到零下二十多度。大荔警察心里,更是冷得够戗:找着了刘玉民的住处,可没找着这个人。刘玉民也搬了家了。

在老家大荔,大队长刘江端着一根烟,瞅着烟头明明灭灭,烟雾缭绕,在眼前作山、作水、作人、作兽,他心里翻腾得厉害。

这些天，每天傍晚，中央电视台的新闻联播他都要挤空儿看看，看这节目后边的天气预报，要晓得乌鲁木齐是冷是热，是风是雪。战友们能否适应得了那儿的气候。对于刘冬，他在十多年前就有过接触。那时，他已经是老牌刑警了。一回，在长安屯村破了个大案，村干部们为示谢意，设宴相邀，内中就有刘冬。他对这个人的全部印象就是奸猾奸猾，是个在社会上闯荡的好手。自打立下刘冬携基金会巨款潜逃的案子，他晓得不出两身汗，就很难逮住刘冬。果真是这样的。你看，如今是两番断线了！

空里蚊子飞过去，还要留个嗡声哩。不信刘冬、刘玉民这两个在大荔过了多年的大活人，反倒没留下一星半点的踪影？查，查他个翻地三尺！刘江狠狠揿灭烟头，霍地挺直黑塔一般的身躯。

当日傍晚，侦查员们查出刘玉民有个挑担在大荔。八八九九去说明了利害关系，那挑担倒爽快，立马应承联系刘玉民。几个传呼打到乌鲁木齐，说家里有急火事哩，赶快回电。片刻，刘玉民回过话来，急惶惶问家里究竟咋啦？挑担便照着侦查员的话说：也没啥紧事。娃大了，整日蜷在屋里，几下里心都不安。看能不能在乌鲁木齐找个营生干干？刘玉民那头歇了口气，说是他正打算开个饭馆呀。娃要不嫌脏累，可以去饭馆干。两下里当时约定，让挑担的娃带上家里大人的信和两千钱，速到乌市。

经侦大队定下由李建虎教导员出马。可刘玉民挑担的儿子，也才十七八岁，还没办身份证呢。经侦大队垫上钱，加急给办妥证件。眼见二人登上飞机舷梯，腾空而去，刘江思忖：这一着棋，刘冬还能占了先手吗？

此刻，在乌鲁木齐，正是大雪漫卷。

暗 号

却说高阳、刘智华二人,将到乌市以来的枝叶末节统统过了一遍脑子,没发现有什么破绽。那么,刘冬最有可能藏身何处?

蓦地,高阳想起刘队长来电中说到过,刘冬与刘玉民在兵站结识之后,曾打算开一家饭馆。这两个"老陕"凑在一块,会不会再开一个"陕西风味"餐厅呢?高、刘二人一边等候家里的指令,一边撂开长腿,在乌市大街小巷、旮旮晃晃找寻带"陕西"字样的饭馆,乌市何其大也?这办法急切间哪里能够奏效?正在此时,李教导带着刘玉民挑担的儿子下了飞机。

刘玉民打发女儿到机场接人,自己并不闪面。好个刘玉民,他葫芦里卖的究竟是什么药?不过,无论如何,他的女儿都出面了,他还能躲多久?侦查员们一路跟踪,进了一家新开的"穆斯林饭馆",一把拽住了刘玉民。刘冬呢?还是不在此地!

一边厢叫人把住饭馆门口,一边厢拧过头来审问刘玉民。这刘玉民三番五次搬家躲开警方视线,原来是吃了刘冬的迷魂汤。刘冬对他说:"我离开大荔,是为了摆脱债主的纠缠。手头这几个钱,凭啥叫他们拿走?咱俩合伙开个饭馆多好哩!"刘玉民租好一间门面,刘冬一把掏出六千元钱作为首期投资。如此这般,此后,刘玉民只好被刘冬牵着鼻子走。刘玉民比刘冬小将近二十岁,哪里是他的对手?这不,被警察堵住了大门,刘玉民还真的说不出刘冬的去向。

刘冬在乌市还买了一部传呼机。侦查员们教会刘玉民几句话让他不断地呼叫刘冬。刘冬电话回得倒很及时,可就是不与刘玉民见面。再通话时,侦查员就叫刘玉民说饭馆生意很不错哩,房东都有些眼红了,几次想收回房子,眼下可咋办呀?听了这话,刘冬果真沉不住气,与刘玉民约定晚上8点在国贸大厦门前见面,商谈此事。

时间分分秒秒的,过得快,8点钟也就到了,刘玉民准时出现在国贸大厦门前。远远地在他四周,隐伏着大荔和乌市两地的侦查员,正紧盯他的双手。按事先约好的暗号,只要他双手抬起来,点燃香烟,那就是刘冬闪面了。忽然,刘玉民朝侦查员跑来。他传呼机上显示:改到10路车终点站见面。

终点站

又是一个繁华地段。较之国贸大厦,10路公交车终点站还要热闹些,人多,杂,乱哄哄的像是人流的漩涡,刘冬选择这样的地方,根本就不可能说话,肯定还会转移地点。侦查员正在这样思忖,就见地下通道冒出来一个黑汉,凑到刘玉民跟前嘀嘀咕咕。几乎又在一瞬间,两人就消失在地下通道里。

刘玉民走时为何回头张望?黑汉是不是刘冬?他既然能够迅即出面、又迅即消失,那必定住在附近无疑。乌市公安局刑警支队五大队立马调集警力,以地下通道出口为圆心、到各宾馆、招待所齐齐搜寻,才到国防工办招待所,就问着这里果然住一黑汉,五十多岁,陕西人。

待服务员打开房门,侦查员们拥进去,没见刘玉民,那黑汉倒是在。搜出一张身份证,明明白白写着刘冬,陕西大荔县人;还有一本结婚证。看那照片,却是刘冬与马某,两人的头挨得紧紧的，满脸幸福状。此时已是 2 月 23 日子夜 1 时许，刘冬逃出大荔的第六十九夜。

刘冬当下被羁押到乌市公安局看守所里。没费侦查员多少工夫，他便交代，自 1995 年兼任村基金会第一代办站和信用社代办员起，他开始用大头小尾假存单、假借他人之名，为自己骗取贷款；搞账外账，利用群众存款放高利贷；五年来，他手里直接骗贷四万五千元，侵占村民存款二十余万元。这回逃亡，随身带了六万元现金，还没有花多少呢。刘冬在村里曾是那样的出手阔绰，气吞云天，可谁知这"大款"的腰包，竟是用村民们的血汗钱塞满的。

2 月 28 日夜间，一列乌鲁木齐开往济南的火车，呼啸着停靠在陕西渭南站。站台上，六辆警车一字儿摆开，警灯"嚯嚯"地旋转，令人目眩。这是渭南市公安局经侦支队樊明哲支队长和大荔县公安局武德有副局长，带队来迎接凯旋的侦查员、押解嫌疑人。大荔县基金会和信用社之混乱，在市内，乃至全省，几乎尽人皆知。这里面有基金会、信用社股民们的盲从，妄想早上投进去一个钱，到傍晚就收回来十个钱。更多的问题，还在于基金会信用社的管理者身上。有没有严谨完善的制度？这些制度执行得如何？正如林草茂盛的地方，也衍生毒蝎、蛇一样，经济愈发展，经济犯罪亦愈来愈多。公安经侦战斗未有穷期，樊明哲他们掂出了肩上担子的分量。刘冬被顺利押解到位，警车车队四散开来，还有更重要的任务在等着他们。

当日深夜，刘江终于再一次见到刘冬。

盯视半晌，刘江只问了一个问题："谁给你透露了我们去新疆追捕你？马某？刘玉民？"他是在检查哪个环节没衔接好，以致刘冬几次三番躲过追捕。

刘冬嘴一咧:"按说,他们最该给我透个风的。可是,不晓得你咋给他们洗的脑子,他们一句话也没说给我。外出逃窜,人地两生,谁一高声,我都会以为是来抓我呀,就得赶紧挪地方。这里头的滋味,这辈子我是再也不想尝了!"

也就是说,刘冬这只惊弓之鸟,几番躲过追捕,全凭的是侥幸和憨福。这使刘江多少产生了点失落感,对手并没有想象中那么高超。真是没劲!

邱兴华的"三怕"

邱兴华不晓得,近来他的"名气"有多么大。他看小说,曾把自己比作汉代的将军韩信,认为自己早晚必成大器。韩信卒年三十六岁,邱兴华便说:不怕三十六岁死,就怕死后无名。

四十七岁上,邱兴华果然扬"名"全国。不过,他得到的,是恶名。铁瓦殿———耸立在海拔二千一百二十八米的陕西省汉阴县平梁镇凤凰山山顶上的一座小庙。7月16日,十人在这里被刀斧砍死,"几乎都是一刀致命"。犯罪嫌疑人正是邱兴华。

制造如此灭绝人性的血案者,是人?是"魔"?五百人大搜山,千余群众送给养,苦战月余,民警们抓住的是一个身高一六五米、瘦身板、黑皮肤、四十七岁的农民邱兴华。

随着警方的深入审查,邱兴华的人性谜团一层层地揭开了。他也害怕。他的害怕,其实比常人更多⋯⋯

怕 穷

在他的人生经历中,一直在为何事压抑、苦恼、崩溃,以致最终绝望呢?

他最怕贫困。

深山里,后柳镇一心村的一个院落中,一间老房,土坯夯成,烟熏火燎,一片漆黑,房间内杂物凌乱。有村民指认,邱兴华就在这里出生。八年前,邱兴华从此搬家到佛坪县,再没回来。

邱兴华父亲早亡,母亲患病。为了生计,他学会了刻印章、修理柴油机、捕鱼、养蚕、挖药材……但直到最终走向末路,在他四十七岁的人生里程中,贫困的阴影一直笼罩着他和他的家。这是他的最怕,也是潜在的、最根本的人性崩塌的原因。

在镇中学读书时,他常随一名老师下乡修理柴油机,渐渐精通于此。他还学会了雕刻印章,一天能刻三个,可以赚九毛钱。当地人公认他修的柴油机比别人好,但他为小利所惑,从中做手脚的臭名在方圆几个乡镇也同样响亮。经他修理的柴油机,不过数日,就又"发病",老乡们还得花钱,再请他来修理。原来,他发现机子的问题后,从来不一次修完,留着一点毛病"细水长流""永资利用"。

1985年,二十六岁的他娶了小他六岁的邻居何冉红。1999年,因逃避债务,邱兴华带着妻子和三个孩子离开老家。七年换了五个居住地,越搬越远,最短的只住了十多天,成为一个标准的"外乡盲流"。邱兴华不再修理机器,他打鱼、养蚕、挖草药,唯独不愿种田。颠沛流离中,生活仍不见起色。一家五口,其中三个学生,生活负担一直压在他身上。向人借钱,但往往有借无还,逐渐失去村民信任,"想做点事也就得不到帮助了"。躲债已成为邱兴华的生活内容之一。

背负"不务正业"的恶名,乡里发生各种"坏事",都被认为是他所为。因为"走私黄金""拐卖妇女""偷铁路设施"等罪名,邱兴华曾三次被抓。但后来大多被证实并非他所为。

长期的经济困顿中,他认为自己努力了,但困顿依旧加剧。原本恩爱的夫妻开始吵架,家境的贫困,租住的破旧房子,欠着学费的三个孩子,一切都似乎是座活火山。他的脾气变得异常暴躁,最终只能把没有改善的根源归根于命运。

于是,听信一个白发老人算命,在6月13日,夫妇俩前往铁瓦殿,想把邱姓石碑搬进大殿。铁瓦殿管理人员不允,双方发生冲突。这成为行凶的第一个导火索。

怕 家

他爱家。爱是一种责任,但他怕再承担这种责任。

他最终是在回家时落的法网。他要去看儿、杀妻。

邱兴华的大女儿梅梅说:妹妹上初中二年级,年龄最小的弟弟也是初一学生。没有了父亲,整个家就破碎了。同样,没有了支撑家庭的父亲,姐弟三人对未来生活的憧憬,就只能是无法实现的梦想。梅梅说,父亲出事后,家人眼前一片黯淡,原本潮热难耐的租住屋,也好像一下子变得阴暗冰冷。生活失去了方向,也看不到任何希望。沉重的压力,让尚未成年的三姐弟透不过气来。

记者：如果爸爸以后回不了家，你觉得家里该咋办？

梅梅：住在这里也没啥人依靠，要是搬回老家去，至少人熟一些。

8月7日，在石泉县后柳镇的高山上，梅梅曾和母亲、弟弟一起跟随警察上山，劝降喊话："爸爸，我是梅梅。你快出来吧，我们好想再见你一面。爸爸，你已经被包围了，快出来吧！"

记者：上山帮警察抓你爸爸，心里是不是很矛盾？

梅梅：有点。

记者：如果你爸爸还要藏在山里，你怎么想？

梅梅：担心他。不知道他有没有吃的。

梅梅说，爸爸出事后，附近街上和村里的人，都用一种奇怪的眼光看我们，家里人现在很害怕出门。住在这里，我们感觉很无助，也很孤独。

妻子何冉红说，娃娃们本来上学就晚，再加上没钱，经常转学，所以现在没有一个初中毕业的。大娃想考卫校，现在看来难了，连中学也可能读不了了。哪有钱呀？

在自家院里被擒后，刑警要押送邱兴华归案。孩子们送出十几里山路，邱兴华最后对儿子说，要好好学习，长大以后要成器。

怕 法

制造如此血案，他怕法吗？

怕。

他尝过法的甜头。他一直以能娶到何冉红为骄傲。这是他四十多年生命里，做得最漂亮的一件事情。当年邱兴华看上了何家的姑娘何冉红,受到何家抵制,两个年轻人选择了逃婚。但最终,邱兴华被何家人一顿暴打后送进派出所。邱兴华以《婚姻法》维护自己权利,写好"状纸",告到乡法庭与司法所。何家因"干涉婚姻自由"受到批评。邱兴华娶到了何冉红。

落网后,对于为何杀死其他九人,他解释:"我反正就想把姓熊的杀掉。他们(其他九人)是不该杀的,但我不把他们杀了,我又跑不掉。我已经发现了警察抓我,我就怕了。我白天趴着睡,晚上走路。"

邱兴华喜欢看《水浒》,幻想"无法"制裁。杀人时,也如梁山好汉一样要蘸着鸡血,墙上留字。做了三十多天的"钻山豹",吃尽苦头,就是想逃脱"法"的制裁。

一个检察长的死坎儿

一个人,一辈子,总会遇到许多道"坎儿"。越过一道"坎儿",增加一份历练,回首笑看来路,步履或许更加稳健。

陕西省咸阳市秦都区原检察长陈平遇到的,却是一个"死坎"。2005年1月19日,陈平因杀妻、受贿、私藏弹药,一审被判处死刑,剥夺政治权利终身。

一

汪玲死时,只有四十六岁。在亲人眼中,她能干和气,孝顺善良。汪玲曾有一个让人羡慕的家庭:丈夫陈平是咸阳市秦都区人民检察院检察长,聪明能干,人长得也帅。她自己从上世纪80年代早期就做生意,家中积蓄丰厚;唯一的儿子十多岁时就送到澳大利亚读书。然而,2003年9月29日,这个在咸阳市福园小区的家庭彻底破碎了。

当日中午,咸阳警方接到陈平报案,说妻子出事了。警方迅速赶到现场,因陈平说自己没有拿钥匙,警方叫来锁匠撬开防盗门。当门锁撬开时，眼前的一幕让众人惊呆了：身穿粉色睡衣的汪玲躺在床上，浸卧在血泊之中，手脚被白色尼龙绳捆绑，胸腹部被刺二十一刀。

检察长妻子被人杀害在家中！这一消息不胫而走，引起社会各界关注。咸阳警方当即组织专案组开始侦破。

警方现场勘查发现，床靠背上有甩溅血迹，多处发现有擦拭血迹、血手套印痕，客厅到南卧室地面有单趟灰尘鞋印，室内地毯上有汪玲脱下的衣服，还发现室内的八万多元现金没有被拿走。现场没有发现作案工具。结合汪玲死亡的状态，警方断定汪玲不会开门让外人进入。

在案件侦破期间，陈平像往日一样上班。

案发一百零八天后的 2004 年 1 月 17 日，陈平被咸阳警方以涉嫌故意杀人罪刑事拘留。

为了提取足够的证据，专案组请来了河南的鉴定专家袁国平、足迹专家王清举协助破案。袁国平最终在死者汪玲所盖的被子上找到了一个沾有血迹的弧形刀印。围绕这个刀印展开的调查发现，陈平的朋友张某曾送给陈平和其他三个朋友这种同一样式的工艺短刀。办案人员提取了张某送给其他人的这把工艺短刀进行鉴定，发现被子上遗留的这个血印痕是这类刀印压成的，从而印证陈平拥有可能用于本案的刀具，而这种类型的刀与汪玲身上的刺伤完全吻合。警方调查发现，张某送给其他人的三把刀都已找到，唯独送给陈平的这把刀不见踪影，因此认定是陈平作案。

足迹专家对现场遗留的两行足迹分析后认定，汪玲被杀现场遗留的足迹特征，与从案发现场提取的陈平所穿鞋子反映的特征一致。陈平皮鞋反映的人体足形特征和行走习惯动作特征一致，认定现场鞋印是陈平在作案时所穿不同皮鞋所留。

根据一系列证据,警方断定凶手就是陈平。

二

被刑事拘留后,陈平一直缄默不言,但最终供述是自己杀害了妻子。在供述中,陈平这样交代:

早在1996年左右,他就因生活琐事和汪玲产生矛盾。此后,矛盾不断加深。2003年春节去珠海、深圳玩时,两人又吵架了。其间,他睡不着,就到宾馆对面商场的医药专柜买了五片安眠药。后来,他没有服用。2003年4月,他和汪玲多次吵架,曾想过让汪玲去澳大利亚给儿子陪读,顺便在澳大利亚发展,但汪玲说语言不通,不愿意去。

2003年9月28日晚,在咸阳"好望角"和朋友吃饭的陈平给司机打电话,得知汪玲在一个粥店喝粥,就让汪玲吃完饭后到"好望角"一起回家。汪玲来后没有吃饭,就喝了点酒。8点多钟吃完饭,他们一起到秦格大厦17楼王某家给朋友看画。这时,他因说字画可能不是真的、白给他都不要等话,被汪玲数落了几句,心里很不舒服。回到家中后,汪玲继续说他狂,用狂妄自大等话挖苦讽刺他,他就和汪玲吵了起来。加之当晚喝了些酒,就下定决心,按原来的设想,在家中杀掉汪玲。

汪玲到卫生间冲澡时,他将从深圳买的五片安眠药放到一个纸杯中融化后加满水,递给洗完澡的汪玲。汪玲端杯子喝了,他就在书房上网……凌晨4时多,他叫了汪玲几声,见没有反应,就起来坐在沙发上。这时,看到了茶几下放的工艺刀。因有点害怕，他就喝了点药酒，找了双白线手套戴上。随后，他又找了条白色尼龙绳。在用尼龙绳把汪玲捆绑好后，他用工艺刀在汪玲胸前捅了二十多刀。在捅前两刀时，汪玲弱声喊"啊、啊"，他就用床上的黑T恤衫堵住汪玲的嘴；又发现汪玲眼睛睁着，又用衣服把汪玲的脸盖住。

杀死汪玲后，陈平伪造了现场。他把刀子、血手套等作案工具装到一个在秦都区人大开会用的纸袋内。6时左右走出家门，去到渭河大桥，将纸袋扔进河里；7时左右步行回家。7时40分，他就下楼坐车上班去了。车开出福园小区大门后，他用一张餐巾纸假装擦鼻子，顺势包着汪玲的两部手机扔到了窗外。

三

陈平供述，他们夫妻俩常为一些"生活琐事"而吵架。那么，事实上究竟是什么样的"生活琐事"？汪玲的六本笔记和二十多封遗信清清楚楚地揭开了其间内幕：1996年前后，陈平结识咸阳某金融单位一女子，一个贪色，一个慕权，生发出了一段畸情。一次，汪玲说是要去西安，中途又返回家中，竟看见丈夫与那女子在自己床上亲昵。汪玲哭过，吵过，闹过，却怎么也拉不回来丈夫已经走远的黑心。

"张"乃关中人的一个俗语，意思是说"张狂""飞扬跋扈"。记者在咸阳调查时发现，陈平就是个不折不扣的"张"人，尤其是他成为检察长之后。一次，陈平拦截一辆出租车外出，到地方后司机伸手："五块钱。"陈平也不答话，亮出随身携带的手枪。司机吓得直打哆嗦，忙说你走，你走。脱得身来，急忙报案。警方如临大敌，包围了陈平所在的酒店，弄清楚持枪者是陈检察长，只好不了了之。

陈平杀妻的前两天，在一个饭局上，突然口出狂言："在咸阳这块地盘上，谁要和我陈平过不去，我就不让他好过！"他的朋友们默不作声。还能说什么呢？他们的这位检察长朋友有句"名言"："我虽然没有提拔一个县处级干部的权力，但我要放倒一个县处级干部却很容易。"

四

汪玲死后，咸阳警方勘查现场，从陈家里的衣柜、手包内，旮旮旯旯里，提取现金八万四千七百零五元，美元一万零四百元，面值五十元的纪念币一千二百五十元，存单两张计十五万元，咸阳市四达运输公司收到汪玲投资款八十万元收据一张，股票一千五百股……还搜出一块鱼骨化石，据说比省级博物馆收藏的等级还高。

命案带出受贿案。汪玲原是咸阳市冶炼厂的工人，1987年下岗，先后开过粮油门市部、饭店、澡堂，能挣的钱都是有数的。陈家巨额财产从何而来？检察机关很快查出：2002年夏，秦都区检察院反贪局在调查西部证券股份有限公司咸阳一营业部涉嫌挪用股民资金案件线索中，营业部经理樊某托人向陈平说情，并许诺给陈平四十万元。

当该案调查取得初步进展时，陈平打电话叫回办案人员，并安排了其他案件线索让他去调查。此后，该案就不了了之。

也就在这天晚上，营业部经理樊某将百元面额的四十万元现金分为四捆,用报纸包好,装在一纸袋里,让中间人转交给陈平。第二天上午,在检察长办公室,陈平如数收到这四十万元。

陈平好赌,在赌桌上钱不凑手时,往往一个电话打给金融单位命令"支持"。检察长要求几分钟赶来,对方便几分钟携钱赶来。所以,"陈平赌钱,只进不出",在咸阳市早有流传。

五

2004年12月21日至22日,陈平案在咸阳市中级人民法院开庭。因案件涉及证人隐私,咸阳市中院对此案进行了不公开审理,众多前来旁听的人被挡在法庭外面。两天的庭审持续二十个小时,控辩双方进行了辩论。早在案件移送到检察院后,陈平就全面翻供。在庭审中,陈平仍不承认自己杀害了妻子,辩护人也为陈平进行无罪辩护。

陈平为自己辩解称,他的有罪供述中,买药地点由咸阳变为深圳、刀子由水果刀变为工艺刀、绳子长度由一二米变成六七米等,都是因为刑讯逼供、诱供产生的。他申请对汪玲的死亡时间、现场足迹、他包内是否有苯巴比妥(安眠药)残留物等进行鉴定。

辩护律师则提出,公安机关在元月17日的刑事拘留报告书中说"死者的死亡时间为29日上午7时前",但"死亡时间"的鉴定结果其实是后来才作出的;现场防盗门钥匙被破坏,不能排除他人进入;尸体上发现他人毛发,案发现场不能排除有第三人;本案中作案工具、手套等下落不明、现场丢失的两部手机和另一部小灵通的去向存疑等。

法院最终认为,陈平和律师提出的无罪辩护不能成立,不予采纳,并以故意杀人罪判处陈平死刑,剥夺政治权利终身;犯私藏弹药罪,判处有期徒刑三年;犯受贿罪,判处有期徒刑十五年,决定执行死刑,剥夺政治权利终身。对其收受的四十万元贿赂款,也从其个人财产中追缴。

在宣判之后,陈平被押上警车送回淳化看守所。记者在人群中发现了汪玲的哥哥汪兵役。他告诉记者,汪玲是父母唯一的女儿,在家中排行老二,非常能干,对母亲也很孝顺。案子发生后,母亲一直不相信是女婿杀害了自己的女儿。"母亲受打击太大了。今天案子判了,我会回去告诉母亲,恶人终于受到惩罚了!"他还告诉记者,全家人以前都想不到是陈平杀了汪玲,"看上去斯斯文文的一个人,怎么能想到那么残忍呢?"

在陈平的儿子写给父亲的一封信中,记者看到,这个可怜的孩子至今不相信是父亲杀害了母亲。

民警小心收好那包炸药

一

2001年6月8日凌晨4时。临渭区程家乡蔡郭村一组，村庄还在酣睡。

一声巨响，打破了这里的静谧。村民郭星明家房倒屋塌，硝烟弥漫，郭星明和妻子闵婵娟、老母亲被埋入瓦砾堆中。

一村群众哗然，惶然。程家乡党委、政府领导赶到村民中间。警笛声中，市、区民警紧急赶赴现场。

二

抢救与侦破同步进行。

大电灯亮起来。倒塌的楼板被千斤顶一点一点撑起来。程家乡党委书记党根潮，乡上领导徐建英、王向荣、李继军，干部张维、樊华和村民一起手扒镐挖。

时间一分分地过去，汗珠一滴滴地淌下。郭星明被挖出来了！闵婵娟被挖出来了！郭星明老母亲被挖出来了！他们鲜血糊面，气息如丝。快，快，往医院送！紧赶慢赶，赶到市中心医院。三人中也只活下郭星明的老母亲。

案子发在临渭公安分局向阳街派出所辖区。所长杨民安正在省城参加档案工作会议，接到警情，立即驱车渭南，路过家门，只打了个电话，便径直赶到蔡郭村。在现场，分局局长朱东吴带李天荣、宁双喜等已在部署侦查。

一条条信息反馈回来，一点一点勾勒出嫌犯的面目：郭星红。村民们抽了口冷气：郭星红？他不是死者郭星明的胞弟嘛！

三

郭星红在村子里懒出了名。他手不沾铁锄镢杈，脚不下麦田菜地，整日在村里游逛闲转。他爱打牌，没有麻将，扑克也行；加不进男人的牌摊子，媳妇女子堆里他也钻。打牌就是打牌，也不与人多言语，针眼大的事都认得真，都要讨个说法。一年冬天，他突然到西安找见医生，说是肋骨疼。医生望闻问切，仪器扫描，没发生什么病变，打发他回家。他甚是不满，说要弄死那鸟医生。因此种种，郭星红今年二十七岁，依然没有讨得媳妇。

郭星红与胞兄郭星明又有甚解不开的疙瘩？去年秋季，郭兴明养了一群鸡，人手少，请郭星红招呼一阵子。第三天，郭星红便大叫累着了他，把他的病给逗犯了，嚷嚷着要当哥的给他补偿一万元钱。经人说合，当哥的拿出两千元。郭星红大为不满，两千元钱收是收下了，一边就又四处说他哥欠他八千元。他哥一日不还钱，这事就一日不得毕。

6月7日，案发前晚，郭星红焦燎不安。他喊来老母亲，说想吃一口方便面。老母亲从席子下面摸出十元钱给他买了。他又说想吃鸡蛋，老母亲便给他蒸了鸡蛋糕。

转日凌晨4时，爆炸声响。有村民说，4时多，看见郭星红骑自行车出村，车上夹了个大塑料袋。民警分析：塑料袋里可能装着炸药。这样一个报复狂，下一个报复目标会是谁？

四

巡警、刑警、治安警，村民、村长、乡干部，成百人的队伍进行密集搜索。枯井、涵洞、原峁、沟渠，齐齐查看。8日当晚，村里灯火通明，八十多人的巡逻队往来穿梭。村民急，民警急，程家乡党根潮书记、向阳派出所杨民安所长更急：郭星红身携炸药，一日不逮住他，程家乡千家万户就一日不得心安；倘若郭星红潜入渭南、西安制造事端，后果更是不堪设想！

8日23时许，消息自西安传来：郭星红落网！

郭星红对爆炸害死兄嫂的事一一招来。民警据此，刑拘提供炸药、导火索、雷管的华县农民高新房、王小民、赵军旗等人。

从郭星红身上，民警搜出那个塑料袋。袋里装有十公斤炸药。8日凌晨，郭星红放置好炸药，引燃二十多米长的导火索，骑自行车匆匆逃出村子。到公路边，他扔掉车子，挡了一辆往西安去的客车。他想少出点车票钱，售票员不允，话语硬棱，惹得他一肚子火，当时真想引爆炸药，同归于尽。又想家里炸药不知爆了没有，更要命的是，他这才想起来老母亲也睡在那座房子里！他准备着,到西安后打听着确切消息,再寻一处人僻地方,自己粉身碎骨算了……

民警们小心收好了那包炸药。

黄金大骗案

海南岛上十五个骗子，横渡琼州海峡一路北上。在舞场套牢那些中年妇女，给女人们留下锥心刺骨的悔恨……

舞　场

五月天暖，白昼渐长。傍晚，渭南火车站附近的一个露天舞场里，人声稠了。

三十多岁的郭巧舞兴正酣。舞伴姓邱，说是邱建国，福建石狮人。西部大开发，也来陕西看看有无投资项目。南方人的普通话是推着舌尖送出来的，不由郭巧不感兴趣。邱老板给郭巧耳语，嘴里哈出的热气叫她耳朵根发痒："我做黄金生意啦，公安逮住了是要坐牢的！"谈得甚欢，海南老板便请郭巧替他租一间房子，房价高出市面一倍，且每成交一克黄金，再给房东提取几块钱的利润。"你也别费心了，我家里就有一间空房么！"陕西女人爽快道。

舞曲正响得醉人。

交 易

5月4日，邱老板住进郭巧家的第二日，有人提着黄金登门求售。"你提来多少货？"

"五千克。"

"不对的啦，说好只要三千克嘛！"

"货是真货。先看货，先看货。"货主只管赔着小心。

邱老板取来一只小碗，倒进去硫酸水，叫郭巧翻找来一小块黄铜，放进里面。那铜块化作一股烟，散了。老板又捏了货主的黄金，放进碗里，那金子毫发未损。

邱老板掸了掸手心，燃了一支烟，"啪"地打开保险箱，拨拉一下厚厚几沓钱捆，说："金子倒还可以，但说好的收三千克，你拿来五千克，我没那么多现钱！你必须降价！"货主争了半晌，只好降价。可是，天平称过金子，点过票子，细细算来，邱老板还是缺五万元。

邱老板看了郭巧一眼，颇是难为情。

戒 指

郭巧决定支援邱老板一把。郭巧她妈受命拿着支票去银行取款。老人心里怪怪的，不得劲。在街上虚转了一转，待到天黑，回家说银行关了门了。邱老板几人很失望的样子，连夜去了省城西安。

郭巧晓得母亲害的啥心病，背过人，数落道："这金子低价买,利润大,咱为啥不要?金子是真的,借了钱去,咱押下金子,怕啥?"娘们两个这才统一思想。

转日一早,取来钱款,娘们两个直奔西安西八路一家旅社,找见邱老板。事到临头,郭巧她妈抱紧了钱袋子,脑子里又磨开了圈。邱老板一笑,捏了点散金,叫来个跟班:"你去带老妈妈打个戒指啦!"郭巧她妈专门找了大街上一家大金店,打戒指的拿戥子称过金子,连连说这金子好成色。郭巧她妈将金灿灿戒指套上指肚,一颗心才落回肚里。

邱老板拿到五万元,尽数交于货主,得到那五千克黄金。即刻打的绝尘而去,说是飞回海南,再取钱赎金。郭巧娘们两个,藏着、掖着五千克黄金,戴着只金戒指,回到渭南。

战 场

5月7日下午,渭南高速公路出口处,数名民警正在盘查每一辆进出渭南的客车。就在昨日,郭巧她妈拿了五千克黄金去检验,证实全是黄铜。那伙人真的是骗子。

站南派出所所长刘孟雄接到抓获三名嫌犯的报告,是在5月8日上午9时许。民警逮住了王其健、王赞标、黄学起,当场搜出六千八百克黄铜、天平、戥子、硫酸、放大镜、透明胶带等物。然而,经郭巧辨认,其中没有"邱老板"。

5月9日,王其健等人交代,邱老板真名叫王怀春,现在有可能在河南省洛阳市行骗。案情上报临渭公安分局,局长朱东吴、政委阮西林、副局长杨方、李天荣认定,这是一个跨省区大范围用假金子行骗的犯罪团伙,必须予以摧毁。

9日晚6时，渭南一队民警急赴河南洛阳，带队的正是临渭公安分局副局长杨方、站南派出所所长刘孟雄。这支队伍星夜兼程。10日凌晨1时抵达洛阳，敲开洛阳市公安局大门，取得配合，即刻展开搜查。一夜无眠，直至天亮，搜索无果。10日，杨方、刘孟雄将民警分作三队，分片搜查洛阳市区的宾馆、旅社。民警们忍饥耐渴，大海捞针一般，搜至深夜，仍无进展。11日晚，案情浮出水面：王怀春一伙海南人可能匿身中天酒店。

民警们疾风般掠到中天酒店，布控完毕。海南嫌犯分住数个房间，民警们控制一个，抓捕一个，看守一个。至晚9时，七名嫌疑人落网。此时，警力已不够用。副局长杨方亲自看押嫌犯，所长刘孟雄则补充到抓捕组。晚12时，王怀春出现在中天酒店大厅，被受害人一眼认出。王怀春三十多岁，个头魁梧，精精干干，看样子不是善茬。刘孟雄一个箭步冲上前去，闪电般抓住王怀春四个手指一扭。王怀春疼痛失声，跪地受捕。

随后，民警们又在洛阳车站一旅社、三门峡市抓获三个诈骗嫌犯。至此，在陕西渭南、河南洛阳、三门峡，共有十五个嫌犯落网。

电波火急，传至渭南。镇守后方的朱东吴局长收到捷报，长吁一口气。

罪　孽

王怀春、王其健等十五个骗子，皆海南省儋州人。每人皆有数张身份证、数个假名，作案时或为买主，或为货主，或为中介人，有分有合。一旦得手，立即奔赴异地，分罢赃款，再行诈骗。

至 5 月 15 日，这伙骗子已交代了在川、陕、豫犯下的系列诈骗案。

5 月 17 日，渭南市公安局看守所院内，四十余户受害者来此辨认行骗者，三十余起诈骗案真相大白。

以"幸福"的名义

刘政国、孟军全一审被判处死刑,是 2001 年 4 月 4 日的事。他们的死,发芽于一年之前的那个春节。

一

刘政国、孟军全傻了眼:下岗了。这道坎难住了这两条三十多岁的汉子。二人愤愤地走出铁三局建筑安装总队的大铁门,一时间还懵懵懂懂,不知所往。不多久,刘政国又与媳妇离了,整日喝喝酒,乱转转,成了闲人一个。

2000 年春节前,华阴市玉泉办事处王道村,孟老汉困卧病床。他的儿子孟军全扎煞着两手,抱头蹲在一张椅子上,正无法可想,瞅见刘政国进得门来。刘长孟五岁,是当兄长的,当下摸出三百元钱,塞进孟小弟的手中。

一盅淡茶饮罢,总归是苦心人碰着愁肠人,言来语去,脱不开一个字:钱。刘政国试探道:"我有一事能挣大钱,可风险也大。"

孟军全眼里绽出狠色:"头掉了,也不过碗大个疤。只要能挣钱,你说!"

刘道:"有人要车哩。咱俩去弄辆,一卖可不是笔大钱?"

"咋个弄呀?"

"你去要,司机肯定不给。不给就得硬抢,硬抢司机还不给,就得弄死他!"

二

渭南某宾馆某房间,电视机声音突兀地嘈嘈杂杂。房间里,刘政国正将一把榔头的把,锯作巴掌长短。成了,榔头把正可盈握,塞裤兜、出手,都不碍事。他满意地抹了把鼻尖上的汗滴。

门开了。孟军全带回来好消息:预订好一辆桑塔纳,2000型的。他给人家说,是去大荔县许庄镇接媳妇呀,还交了一百元押金,把那司机喜得直点头,像是鸡啄米。

二人说一回,笑一回。又看刘政国锯就的榔头,孟军全这才吃了紧:"真的要弄死人?"

刘道:"看你那熊样,没有一点大丈夫志气!这是头一回,你先不要动手,只看我咋个弄车。如果弄不成,你下车,不连累你。往后只帮着照看一下你嫂子和你侄子就成。"

第二日,约好的时辰到了,二人下楼来。红色2000型桑塔纳,端的停在楼门前。晨光里,这车子锃光闪亮。

三

桑塔纳没有弄成。那天早上，车门开处，里面除过司机，还有一个押车的，都是粗大身坯。孟军全有点怯火。路上，刘政国几次使眼色，叫一对一地下手，他都装作没看见。车到许庄，刘政国只好胡乱指了一家单位，叫停车。自己进去转了一转，出来抱怨说来迟了，新媳妇早被接走。回得渭南，两人再付一百七十元车费，俱觉得甚是窝囊。

转日，刘政国去一家桑拿屋，叫了位熟识的小姐，携回华阴，住进孟军全的朋友李小战家里。冬夜漫漫，几人夜夜饮酒，又谋起弄车一事，李小战也想参与。刘政国道："弄车一事，得碰个合适茬口。我原先的厂里，有个姓朱的，贩了多年的黄金，肯定发了财。我都盯了他大半年了。咋样，咱哥几个把这活作了？"几人一哇声地通过此项议案。

隔了两日，三个人买了麻绳、螺丝刀、透明胶带，赶到华阴孟塬。上到朱家楼顶，顺绳下到阳台，取胶带贴在窗玻璃上。一锤打去，玻璃碎裂，可并没有发出多大声响，也没有掉落下来。进了房，四处乱翻。只翻出一张十元钱钞票，三人很是丧气。回到小战家里，摸出那张十元钱，咋看墨色都不对劲，原来是张假钞。三人更复何言，只有骂娘。

这就已经到了 2000 年元月 15 日。刘政国道："这样下去咋行？车的事，还弄不？"

孟、李二人连声应道："弄弄弄。"

四

一觉睡到 16 日下午，刘政国的意思要立马出去弄车，说现在是三条好汉了，还怕他一两个人？

李小战道："还是准备一下的好。"就去买了根琴弦，说是勒脖子好用。

回头一试，那琴弦使不上劲，还不如绳子利火，就又换了绳子备好，孟军全建议："买瓶酒来喝！喝点酒，就有胆了。"刘政国就笑骂了孟军全一回。

三人喝罢酒，来到华山路口，拦住一辆银灰色奥拓车。车子一开，四处透风，哐当乱响。刘政国问司机："你这马骑几年了？"

司机笑道："我都开了 4 年了。先前，别人还开了两年。"

刘政国掐了指头，道："你这破车也值不了几个钱，咋还上路？"拉着孟、李二人下了车。

17 日，三人又睡到下午。看看天色还早，打了几圈牌后，议定，因孟、李二人在华山路口熟人多，只好由"刘大哥"去"牵"车。临要动身，孟军全又提出要喝"壮胆酒"。18 时左右，华山路口，天色已黑，人影绰绰。刘政国站立了一会儿，觉得肚饥，去买了肉夹馍来吃。正舔手指肚上的油滴，一辆出租车"嘎"的一声，刹在他脚前。

五

"经审理查明,被告人刘政国于2000年元月初曾纠集孟军全抢出租车,未能得逞。2000年元月16、17两日,被告人刘政国、孟军全与李小战再次预谋杀害出租车司机,抢劫车辆。被告人刘政国与李小战购买了作案工具榔头一把、尼龙绳一根,并对抢劫作案做了具体分工。元月17日晚,刘政国在华山骗出租公司赵云峰驾驶的陕E-T1881红色奥拓牌出租车去华县柳枝,孟军全、李小战同往。途中,刘政国坐司机右侧,孟军全坐在司机后面,李小战坐在刘政国后面。当车行至秦岭发电厂附近的台头村供水站南西潼高速公路南约二十米处时,刘政国抓夺方向盘,孟军全即用绳子套在赵云峰的头部。致赵云峰死亡后,将尸体及车座罩子扔于华县毕家乡袁曹路渠的桥洞下,并抢走赵云峰车上手续及现金、手机等物,驾车向西安方向逃去。"

——摘自渭南市中级人民法院
(2001)渭中法刑初字11号刑事判决书

"2000年元月18日,西安市灞桥公安分局新筑刑警队接特情报告,有人在新筑街道出售可疑奥拓出租车。刑警队据此抓获正销疑车的陈军,发现车上有大量血迹。经突审,陈军交代车是刘政国开来让他帮忙卖的。

抓获刘政国后,经审查,刘交代其伙同孟军全、李小战,于元月17日晚从华阴市华山路口骗租奥拓车,……绳勒、榔头砸,杀害司机并抛尸……驾车逃离现场,到西安让陈军帮忙卖车。元月 19 日，我所接通知后，于 20 日中午将孟军全从其妻住处抓获。经审查，孟军全对其伙同刘政国、李小战抢出租车并杀害司机的犯罪事实供认不讳。"

——摘自华阴市公安局华山分局玉泉派出所"破案经过"。

六

元月 18 日，孟军全去李小战家。小战媳妇说："我给小战洗裤子，洗下一盆血水。咋回事嘛？"

孟说："你没问小战？"

媳妇说："人家说是打架了。"

孟道："那就是打架了。"

可能是觉着事不对，李小战早早跑了，至今未到案。公安干警正在缉捕之中。

案卷里，有一封孟军全写给他媳妇的信。记者注意到，落款日期是元月 13 日晚，就推断此信当写于孟随刘在大荔许庄抢车未遂之后。信中这样写道："人活一世，我很早都已想得很清楚了。从你我结婚以来，我没有什么成绩，也没有什么值得你们说及的地方，很对不起你们。……我心里知道，我在干什么。我这样做，都是为了咱们小家庭的基础与幸福。我心里想的事很多，很多。我不愿在生活上让人笑话我，我有我追求的目标与愿望。我活一世，要不如人，不如死了更好受些。

"如我有什么闪失，希望你照顾好咱们的孩子！常回家看看，顺路到我家去一去，让孩子常看看他奶和他爷。总归，他是孟家的血脉。

"孟XX有我的账，一千二百八十八元五角。他只给了我八百元，想耍赖剩下的。不说了，他孟XX只值四百八十八元五角，算了，不跟他说了，让他想去。孟X去山西卖炮没路费，借走三百三十元。这件事，你是知道的。请要回这笔钱。……"

案卷中，还有一份材料，却是被害人妻子的话："……丈夫生前与我同属十冶公司职工。近年企业不景气，我下了岗，丈夫待岗。加之婆母患病，无钱医治，家里基本生活都成了问题。我们借款买奥拓车在华山跑出租车，打算挣点钱医病、还债，不料丈夫被无端杀害，我这个本就困难重重的家庭面临崩溃。现在，六十三岁的婆母成了偏瘫，不能自理；十四岁的儿子在外高费借读。我看不到一点希望……"

唉！

完璧归赵

月光浅淡。高高的蔡家坡崖畔。

"光头"和"老虎""文文"蹲在一个土丘上。所有人都不说话,直勾勾地盯着地上的几把铁锹,锹头上带着刚从地下掏出的旧土。

半晌,"老虎"拍拍屁股,起身说:"今天没戏,不挖了。走,明儿'逮'狮子去。"

"老虎"看中的石雕狮子,是个古物。如果"逮"了去,他估摸能值不少钱。隔夜,一座小庙里,三个黑影围定一个石狮。

"一二,走!""老虎"一声喊。"光头"和"文文"不敢怠慢,一蹬地,猛地抬起狮身。刚走几步,"文文"突然惊呼一声,踉跄倒地。狮子笨重的身体摇摇欲坠。"老虎"怒喝一声:"耍杂呢!""文文"慌忙爬起来,抱住狮腿。三人将狮子抬上了车厢。

凌晨1点30分,三人离开这家小院,骑三轮车往回走。夜色中的青石狮隐隐透光,"老虎"悻悻自信:"没有我'逮'不住的狮子。"窝在一角的"文文"拿起彩条布遮住了狮子,扫视着四周。

不久,"老虎"给两兄弟送来了钱。石狮子出手了。

偷盗者

一个傍晚,"老虎"开车找"文文"去看东西。车子顺着大路上了塬,再下到沟里,穿过一片林子时卡住了,走不动。两人正准备下车查看,突然听见有人喊叫;接着,有手电筒光照过来。"老虎"跳下车就跑。"文文"刚准备撒丫子,突然发现拿手电筒的是"光头",这才大嘘一口气,叫住了已跑出十几米的"老虎"。

"光头"说,出来遛遛,碰碰运气。三人便一起逛荡,寻找目标。

车子在一个庄子里拐来拐去,终于看到一家农户挂着明锁。"文文"用剪钳剪断锁,进了院子。整个院房被翻遍了,也没找到点儿啥值钱的东西。"光头"说:"不行,不能空手回去。"于是,三人又顺着院墙翻进隔壁家。看见房檐下堆着一堆玉米,旁边有几个蛇皮袋子,便装了八九袋玉米,扛出院子,装到车上。

看见车子还很空,"文文"提议再找点东西。后来又连翻了两家,装走四副棺材板、两箱西凤酒、一台海信电视附带DVD影碟机,还顺手提走一个电饼铛、几壶食用油。装车以后,"老虎"发现还有一个空包,又折回去装了一包玉米。第二天,三人把玉米、棺材板拿出去卖了,其他东西分着自己用。

"老虎"和他的小兄弟们不走空道。不过,他们的主要目标还是文物。

岐山县位于陕西省西部,是周文化的发祥地,有"青铜器之乡""甲骨文之乡""民间艺术之乡"的美誉。县域内文物古迹多如繁星，有以周文化为主体的文化遗址遗存 576 处。其中，国家和省、县级重点文物保护单位 24 处。晚清四大国宝中，大盂鼎、毛公鼎均出自岐山。

由此，岐山吸引了众多偷盗者贪婪的目光。据统计，2011 年，陕西省宝鸡市共破获各类文物案件 85 起，抓获犯罪嫌疑人 48 人。其中，岐山县发案就占到了总数的三分之一。

"请"佛祖

入冬的一天，"书生"和"老虎"去老刘店面串门。老刘摆弄着他的古玩，递过一根烟："前阵子，我在堰河村小庙看中一个佛祖。你们'请'不'请'？"

"啥样子？""老虎"问道。

老刘放下手中的玉器，神秘地说："白色石质，外表浅黄色，菠萝头，盘腿坐着，一只手放在腿上，一只手手心向上，高约一米四，宽有七八十公分，厚四五十公分。"

"书生"一听，就知道有戏，这老家伙肯定隐瞒了什么。

看"书生"不出声，老刘提议去现场看看，随后便关了店面。

看了佛像后，"书生"发现是汉白玉的。要是能"请"走，下半辈子就可以歇下了。

"老虎"看到佛像在旅游景区，而且体积过大，当即表示："这个不倒带（不好运输），不能'请'。"老刘也没再说什么。

大约过了一个月，"书生"和老刘在店里聊天，"文文"跑来问："有活没？我没钱花了。"

老刘旧话重提，问他干不干。"文文"看了"书生"一眼："能给多钱？"

老刘眯了眯眼睛："八九千。"

"书生"哼了一声，"文文"看出了"书生"的意思，接话说："不行，弄出来得加钱。"

老刘晃晃脑袋说："再说吧。"

听说庙里要把佛像从禅房搬到大雄宝殿供桌上了，"书生"和老刘、"文文"连忙去凑了个热闹。为了掩人耳目，三人准备了鞭炮，红红火火地庆祝了一番。看到佛像底座尚未凝固的水泥，三人感到"时机"来了。

一个寂静的夜晚，"书生"和"文文"带上人手，开上三轮车，把车停在事先选好的地方。待"文文"蹑手蹑脚地翻进小庙院墙，打开侧门。其他人跟入院内，来到佛像前，开始动作。

由于水泥供台还没有凝固，佛像和供台粘合不紧，四人便首先铲掉了水泥，一人守一边，打算合力把佛像挪到地面。但是，佛像太重，好几次都只是让佛像扭了扭屁股，丝毫搬不离窝。

眼看着时间不早，"文文"急中生智，一下子把绳索绑在自己腰上，全身向后倒去，后背几乎和地面成了30度角。这是他小时候在村里和别的男孩拔河用过的招数，屡试不爽，就算是匹骡子，也能动一动。

果然奏效了。"文文"等人将佛像挪到提前带来的手推车上后，一鼓作气，将小车推出了小庙。却遭遇新的难题——面前的土坡挡住了去路。无奈之下，"文文"拨手机求助"光头"和老刘。一小时后，两人赶来。最终将佛像抬上了车，拉回老刘的亲戚家，埋在了后院。

两个月后,"光头"找来了买主,谈成了一笔10万元的交易。

2011年4月,这群肆意妄为的文物蟊贼被警方监控。

张某某,外号"光头",四十九岁,小学文化,无业,宝鸡陈仓人。

胡某,外号"老虎",四十二岁,小学文化,无业,河南许昌人。

张某,外号"文文",四十三岁,初中文化,无业,宝鸡陈仓人。

抓蟊贼

凤鸣禅寺位于岐山县凤鸣镇堰河村,近年来只有居士来往,并无住寺和尚。不过,寺中有尊明代佛像,质地为汉白玉,造型精美,色泽上乘,在全国第三次文物普查登记中已被文物部门"挂了号",价值不菲。

2010年12月初,凤鸣禅寺决定将佛像供至大雄宝殿。谁知,从僧房登上宝座的当晚,三吨重的佛像就失踪了,底座周围只留下两道手推车的痕迹。消息一出,举县哗然。

从现场看,案犯对凤鸣禅寺及其周围环境比较熟悉,事前经过多次踩点、预谋,推测应有当地人参与,或在附近有落脚点。从作案手段来看,案犯属盗窃老手,有撬盗经验、攀登技术、反侦查意识。根据现场两道手推车车痕判断,直接进入现场的案犯达四名以上,才有可能挪动佛像。

办案民警多方走访当地群众,从周边县区获知了几条重要线索:2010年8月,凤翔县长青镇灵化村城隍庙一个重约上吨的清代铁钟被盗；同年10月，扶风县南阳镇华严寺一尊释迦牟尼石像蹊跷失踪；前不久，千阳南寨镇一列入文物普查名录的明代铁钟也离奇丢失。这几起盗窃案的作案方式极其相似。

经过细致分析和对比，办案民警一致认为：这些案件系一个团伙所为。专案组遂将这几起文物盗窃案并案侦查。几番搜集信息后，将曾因盗卖文物受过多次打击的岐山县肖某列为第一嫌疑人，围绕肖某的社会交往和活动轨迹展开侦查。今年4月，一个由胡某、张某、肖某等十余人组成的盗窃团伙浮出水面。

6月27日晚，再次确定团伙成员的具体位置后，岐山县五十多名民警上马攻坚，在眉县汤峪镇、岐山蔡家坡镇和高新区钓渭镇等地同时拉开收网行动，先后将胡某、张某、肖某、刘某等十一个犯罪嫌疑人抓获。

经查，该犯罪团伙由岐山人、陈仓人和河南人组成，他们的作案特点为有分有合，白天踩点、晚上下手，擅长盗窃寺庙和田野里的文物。随后的几天审查，团伙成员如实交代了自2009年以来先后流窜扶风、眉县、凤翔、陇县、千阳和周至等地，疯狂盗窃寺庙、田野的文物和农户财产、粮食等物品的犯罪事实，总计作案达八十余起。其中，凤翔、扶风、千阳的文物失窃案和岐山凤鸣禅寺的石佛像被盗案均系该团伙所为，并查实石佛像已销往山西省运城市新绛县。

7月1日，办案民警连夜奔赴山西，将在当地的销赃人员柴某一举抓获，明代汉白玉佛像完璧归赵。

案件告破。岐山县人民检察院成立审查起诉小组，对全案进行深入细致的研究，对十二处存在瑕疵的证据要求公安机关补充侦查，召开检委会对犯罪罪名和情节开展专题讨论。最终决定，以盗窃、掩饰、隐瞒犯罪所得罪向法院提起公诉。

故事背后

多年来,岐山县文物保护工作成效显著。但也遇到一些问题和挑战:田野文物保护工作形势严峻;文博单位物防、技防以及设施比较落后;消防安全设施相对滞后;文物收藏市场亟待规范等。

保护文物,还需相关部门密切配合,层层负责,落实文物安全责任和保护措施。尤其是要把田间野外文物安全工作纳入制度化、规范化管理轨道。

最后一次较量

一

一位汉子出现在广西东兴市街口，对面就是越南芒街市。

他脸色黝黑，胡子拉碴。显然，很久没有修剪过了。如果不注意他闪着凛凛亮光的双目，没人能够想到，此人就是陕西省黄陵县主管刑侦的公安局副局长，一位硬邦邦的陕北汉子。

2002 年 12 月，刘小华南下广西边陲，就为缉拿杀人狂徒张军利。

2002 年 9 月 16 日晚，黄陵县城五人被杀。这五人分别是张军利的岳父母、邻居和情敌。案情不算复杂，从目击证人到现场遗留凶器，已经形成一条证据链，环环指向张军利。而在案发当晚，张军利就从黄陵县消失了。经层层上报，公安部很快发出 B 级通缉令。

刘小华熟悉张军利，犹如熟悉自己的手掌纹路。他俩是老对手了。张军利身高一米八五，膀大腰圆，比刘小华整整高出一头。

但在将近二十年的较量中，早已形成一种格局：张军利始终被压在下风。从 1984 年到 1999 年，张军利三次作案，次次都是刘小华将他送进监牢。

这一次，是他们的第四次，也该是最后一次较量了。

为什么要从陕西直插广西呢？案发当晚，黄陵县公安局局长郭玉宝与刘小华现场办公，在第一时间派出警力，查遍张军利在陕西、河南所有的亲戚，还有他三次坐牢结交的两百多个狱友。结果一无所获。就在此时，刘小华接到一封神秘的来信。

不用猜，刘小华认得出，这信是张军利写的。张军利在信中说，黄陵 9 月 16 日的案子，不是他干的，他现在要学好啦，也不准备回国了。看在与公安局多年打交道的缘分上，他提供一条线索：案子是湖北人所作，名叫某某某，家住某地，手机号码 139×××。

刘小华一笑。他想象得出，张军利在仓皇逃窜途中，突发此信，是如何期待着大批警察扑向那个子虚乌有的湖北人，好给他留出一点宽裕时间。看那邮戳，发信地在云南勐腊。郭玉宝、刘小华和专案组刑警分析，这小子聪明反被聪明误，最起码暴露出了他目前的行踪。但是，他会老老实实地待在云南等陕西的刑警来抓吗？不会。他最大的可能是逃出国境。他会从哪儿出境呢？从刑警掌握的情况看，他对广西东兴市较为熟悉。会不会在云南虚晃一枪，改道广西呢？

在广西东兴界河上，横着一条小木船，船头在中国，船尾就在越南。东兴街头，还游逛着一些被叫作"野马"的人。只要掏二十元人民币，这些人就会将你送过边境。刘小华到了东兴，立即与当地公安机关取得联系，将五六万人的东兴市翻了个底朝天。

此时，陕、桂两地刑警已经织就一张密密实实的法网，单等张军利露头。

没过多久，一位老者拦住东兴市公安局警车，说在越南芒街利来公司赌馆里，见到过一位北方大汉，脸上、手上有烧伤，出手很阔绰，一下注就是三百美元，可能是中国警方通缉的那个张军利。

东兴市公安局立即派出联络官，越过边境，敦请越南警方协助查缉此人。

二

时间一天天地过去了，就是不见张军利露面。刘小华不得不重新审视这个打了近二十年交道的对手。

张军利小学毕业，没有多少文化，在一家汽车修理厂谋生。他生性蛮横，好使狠斗气，长一身腱子肉，常吹嘘十来个小伙子近不了他身。1984年和1993年，他两次因流氓罪被判有期徒刑。出狱后，和媳妇离了婚，却又不放过这个可怜的女人。常常招妓女在家，偏偏打个电话叫来前妻，要当着她的面鬼混。前妻不从，他就剥光了她的衣服，绑在桌腿上用烟头烫，用皮带抽。1999年，因为侮辱、猥亵妇女，私藏弹药，张军利又被判有期徒刑两年。

就在第二次刑满出狱后，张军利极端仇视社会。平日里，他除了上网，就是酗酒。喝得烂醉如泥时就红着眼睛说，他准备了一张黑名单，单子上有他以前的媳妇、岳父母以及和他前妻来往过的人、和他吵过架的邻居，甚至还有省上报道过他恶行的记者。

2002年9月16日，他终于下手杀了五人。这五人全都是他"黑名单"上的人。而他的名单上，还有十多个人，分别在黄陵、延安、西安。此时，张军利已成了黄陵县，乃至陕西省的一个大毒瘤、一枚随时会爆炸的炸弹。

这样的人，自然不会从人世间自行蒸发的。那么，他会藏匿何处？2002年的最后几天，黄陵县公安局副局长刘小华蹲在广西边陲的界河旁，苦苦思索，不得其解。

三

在南中国漫长的边界线上，刘小华他们取得当地公安机关全力配合，与越南、老挝、缅甸警方联手，强化各个关隘的出入境检查。之后，他们重新回到古城西安。

黄陵警方做出这个决策，缘自刘小华副局长的一个大胆设想。他认定，张军利最终还是要杀回陕西的。经过请示郭玉宝局长，他们调整了缉拿方案：既要追，更要守。守，就是守住重点保护对象，在黄陵、延安、西安铺设三层网，一定让张军利粘上就走不脱。当然，要内紧外松，不能让恶徒嗅到一点气息。

2003年正月初十，西安线人来电：张军利在省城出现。刘小华和刑警队长刘明川跳上车子，一路警笛，飞一般开进西安。但迟了一步，张军利只在西安待了两小时，就又不知去向。无论如何，张军利在西安出现，说明回守省城的策略是正确的。但他的脱逃，又暴露出守候方案还存在缺陷。抓捕的关键时刻，在时间上往往要精确到分钟，在地点、空间等方面也不允许存在任何疏漏。

4月12日，刘小华来到陕西省公安厅，与刑侦局二处处长康长学、副处长李三省、科长孙建设再次设计抓捕方案，完善抓捕过程的每一个细节。刘小华一反常规，将摆布在西安的几个线人介绍给孙建设。黄陵是个山区小县，张军利又是公安局的"常客"，与几位办案民警都是"熟人"。刑警们深知，张军利犹如惊弓之鸟，一见到黄陵人定会逃窜。所以，抓捕任务由刑侦局二处协助完成。

4月20日，星期天。上午10时，孙建设科长接到报告：张军利已到西安火车站，现搭乘一辆便捷货运车进入城内，线人已跟随其左右。多亏了刘小华将线人介绍给孙建设认识。现在，线人成了活动目标——他所到之处，必是张军利所在之处。

孙建设一边跟踪目标，一边紧急汇报康长学、李三省两位处长，并将消息通报给黄陵县公安局专案组。

十分钟后，康、李二处长赶到现场，孙建设已从附近派出所调来三名民警执行抓捕任务。他们六人迅速控制有利地形，向张军利所乘的那辆面包车靠拢，封住四个车门。张军利还没明白过来，就被刑警劈手拉下车来。

就这样，张军利从下火车到被抓，还不到两个小时。公安机关兵不血刃，不费一枪一弹，擒住了这个在陕北声名狼藉的杀人魔头。

刘小华等人火速从黄陵赶往西安。在省公安厅招待所一间普通的客房内，两个老对手在经过二百一十四天的较量后，终于面对面地坐下来了。

四

张军利是个很有心计的人。第三次坐牢期间，他就决定大开杀戒，把那些得罪过他、辱没过他的人，一个一个全部除掉。2001年12月初，出狱不几天，他先用一个塑料桶买了二十公升汽油藏在家中，又把一根钢棍打制出四个棱。他买了一架望远镜，站在自家楼上，可以观察到河对岸前妻家中的情况。他还准备好一万元现金，预备着一旦得手，这笔钱就可以让他跑出警察的视线。

整整大半年过去，他没有下手。本来在狱中时，有个叫王新红的和他关在一个牢房里，而他正怀疑此人与他前妻有染，早就恨得咬牙切齿。以他的身板，弄死这人跟捏死一只鸡一样容易。但他不动声色，甚至还将自己的窝窝头分给王新红吃。他在等，等他所有的"仇人"基本都在家的时候，他才要动手，一网打尽。免得打草惊蛇，招来警方插手，使他功亏一篑。前妻早已被他吓得不知去向。他在望远镜里，一直没能看到她出现在对岸，他的杀人计划也就一直搁浅。

2002年9月16日晚上10点多，情况起了变化。张军利从一家网吧里出来，正遇见骑着摩托的王新红。他突然间决定不能再等了，让王将他送回家。

两人一进门，他抬腿一脚，将门踢上，顺手抄起那根四棱钢棍，脸上露出一丝狞笑："知道今天是你死期吗？"

王新红当即跪倒在地，说："不知道。"

"你知道我为什么要杀你？"

"不知道。"

"再想想看！"这一嗓子有了恨声。

王新红一哆嗦，连着点了几下头，意思是知道了。

张军利就又问："咱俩的过节该了结了，你还有什么话说？"王新红开口想求饶，张军利不听，喊道，"那就来世再见吧！"一挥钢棍，王新红便悄无声息地软瘫在地。

张军利锁了房门，骑着王新红的摩托车，来到已经离婚的媳妇家，翻过墙，顺手剪断电话线。没用三分钟，张军利用刀戳死前岳父霍贵喜、岳母张玉莲。回到他住的院子，杀死和他吵过架的邻居蒋能五及其女儿，又将王新红尸体拉进蒋家，提来早已准备好的汽油泼在地上，想要焚尸灭迹。

哪料百密一疏，他刚点着火，满地的汽油"砰"地一声爆响，将他烧成个火人儿，烧伤了他的头、脸、手和腿。他本打算在黄陵再杀三个，然后直奔延安、西安，完成"复仇"计划。现在，他只好连夜逃出陕西。

他没有朋友，更不敢交朋友，总感到只有在不断逃亡中才是最安全的。因此，在逃亡的二百一十四天里，近一半的时间他都是在汽车或火车上度过的。他在一个地方住宿从不超过三天，而且绝对不会在晚上 12 点以前登记入住。二〇〇三年正月初十，他在西安露了两个小时面后，就一路往西，直到新疆。也有几次与警察擦肩而过，惊出他一身冷汗。

有一次，刚下火车，就见一个警察拿着一张简报，把他看了几眼，让他站住。他顿时意识到，警察手里拿的是通缉令，如果跟过去，就再也跑不成了。咋办？他立即走到另一个警察跟前，问厕所在哪，将手中的包递给警察，慢慢走出警察视野，撒腿就跑。他留下的包里，装着几万元现金，还有十多个假身份证。

此番回西安，还是计划找狱友借几个钱，然后干掉那两个报道过他劣迹的记者。没想到，法网恢恢，这么快就罩住了他。

坐在刘小华对面，张军利还有点不服，说如果再给他十秒钟，结局肯定是另一个模样。刘小华吐出一缕烟，不作声，透过缭绕的烟雾，盯着这个在亡命途中熬得干瘦不堪的男人。

冷不丁的，张军利又问："刘局，你晓得进出黄陵有几条路？"

"六条……"

"错！是七条。"张军利急不可耐地打断刘小华的话。

刘小华一笑，徐徐道："对你来说，现在一条也没了。"

代后记
玉面罗刹

巷子真是窄啊！警车开过来，行人都得贴在墙边，才能让得开路。

巷子名叫草市巷，居于渭南城中。早先，此地多卖木柴、草席，清咸丰元年，即1851年得此巷名。

渭南市公安局刑警大队就在巷子正中。后来，又更名为临渭区公安分局刑警大队。再后来，刑警们搬走了。不过，那都是上个世纪90年代之后的事情了。

上个世纪90年代，刑警们很忙。那么多的命案，麦地里，枯井里，沟壑里，旅舍里，不时就发现了死尸。

案头——刑案侦查牵头人——就带队去现场勘查，或者去抓人,有时会给渭南法制报社打个电话:今晚又有事了啊!

半晌午,估摸着该抓回来人了,我从民主南路出发,走着去草市巷。

可有时,案头们并没有收队,或者虽然收队,但并没有抓回来嫌犯。

这种情况,我一般去西录家。刑警大队家属楼就在院里,西录住一楼。碰到他家煮了面条或者蒸了包子,也不用客气,跟着吃点垫垫肚子。

再有点时间,还打几把扑克牌。有个案头狡黠,出牌总是迟缓,总是等瞄见别人把牌举起来,他揣摩出牌局情形,立马嘟嘟哝哝道:急啥?急啥?该我出了!把上家的手挡住,他一出牌,就赢。旁边就有人翻白眼:事后诸葛亮……

往往的,牌局正热,院子里一声警笛,所有人扔下牌,跑出门去。然后,人抓回来了。

这就开始预审。

一般在二楼。屋子中间放一把椅子,嫌犯戴铐坐下。四围都是人,记录的坐着,其他大多站着。

上世纪90年代,渭河岸边这个刑警大队的审讯室并没有什么高科技设备,通常也就一纸一笔。

但是,预审水平齐整。内中一年轻刑警,面白俊,指修长,也不怎么打人,问话句句似钢钎,能将锈迹斑斑的铁锁撬开。

那时看书,记得男罗刹为黑身朱发,女罗刹如绝美妇人,都有神通力,可于空际疾飞,或速行地面,降服暴恶之鬼。

暗暗给这刑警,起个绰号:玉面罗刹。

渭河北,乙男勾搭甲男老婆,被甲发觉。甲气愤不过,要求乙赔偿一手扶拖拉机车斗的韭菜。乙应承了，可迟迟未给。甲就斩了乙。

渭河南，一壮年欺老凌少，村巷里人人恨之，称其"毒虫"。终被老父亲棒杀。

塬上，露天电影场，一少年多看了另一少年一眼，就被捅出个大血窟窿。

——抓回来的这些人，起初钢牙紧咬，抵死不认账。

玉面罗刹审来，轻言细语，删繁就简，总是能摸清对方心里最要紧的那个死扣。只是这个过程时短时长，有的刚一交锋就溃败，有的则需要磨上一个通宵。

嗨——嫌犯说，拿块烧饼来！

玉面罗刹嘴角绽出一丝笑意。

再端一缸子水来！嫌犯说，要煎煎的（滚烫的）。

一屋子的人就捉对儿会心一笑。

要吃要喝，嫌犯就是打算放弃抵抗，要交代了。

嫌犯吐口那一刻，我常常似乎听得见锈锁被撬开时那"咯嘣"一声脆响。

上个世纪90年代，关中平原的刑案，大抵如此。

案件，尤其是凶杀案，是积攒的社会矛盾的总爆发。

一个时期的刑案，承载着那个时代的经济状况、风俗人性、社会管理等诸多信息。

如今回看渭河两岸、关中平原上个世纪90年代那些案件，犹如端详一块块活化石，镶嵌在历史的褶皱里。

当年听案时，我开始打腹稿。回得报社，不分晨昏，将墨水吸足，稿纸摊开就写。稿子要用在下一期的报纸上。

一晃，二十多年过去了。案头们早已搬走，老去。二十多年间，我由渭南，而西安，而北京，经历了另外一些人，另外一些事，写过另外一些稿子，字数甚多，但应景者众。其中，大多应该速朽。

感谢学鹏。这是个很有才学的年轻人。2020年春，那段惶恐的难熬日子里，北京花家地一方斗室里，我们用汾酒打发下班后的时间，点评历史。放言高论之余，他建议将那些陈年旧案结集出版。我犹豫良久，自问可有价值？曾读《念楼学短》，郑板桥说自己的书："有些好处，大家看看；如无好处，糊窗糊壁、覆瓿覆盎而已。"我，便是这种心境。

感谢当年渭南的领导、同事们和记者站小友们倾心相助。尤其是李正民老师，今已年迈，还动手从故纸堆里翻拣出其时《渭南法制报》合订本，使得这些旧作能够重新集合起来。感谢群众出版社编审萧晓红女士，她为本书的出版付出了智慧和辛劳，让本书以最好的面貌呈现在读者面前。

《警报在最后一刻解除——一位法治记者的案情笔记》出版了。岁月忽忽，旧事堂堂，而草市巷犹在，巷边法桐应该依旧摇曳着斑斑点点的荫凉。